ECSTASY

TOME 2

BECAUSE YOU LOVED ME

NCL Éditions

 ISBN : 979-10-92634-31-0
E-mail : ncl.editions@gmail.com
Site internet : www.nathalie-charlier.com

Existe également en livre format numérique

Nathalie CHARLIER

ECSTASY

BECAUSE YOU LOVED ME

TOME 2

ROMAN

À mes lectrices,
Vous qui me motivez chaque jour…

For all those times you stood by me
For all the truth that you made me see
For all the joy you brought to my life
For all the wrong that you made right
For every dream you made come true
For all the love I found in you

Diane WARREN

1

Madie

À genoux, mon père sur ma droite et ma mère à ma gauche, les yeux fermés, je prends la pleine mesure de ce que je me suis obligée à faire. Je ne parviens pas à prier. Pour la première fois de ma vie, je ne suis pas en mesure de communiquer avec Dieu. J'en viens même à me demander s'il existe vraiment. Si tel était le cas, il ne m'aurait jamais infligé un tel supplice.

Parce que, si je veux être honnête, à l'intérieur, j'ai l'impression que mon cœur n'est plus qu'un vaste champ de ruines. Je l'ai perdu. Définitivement. Je l'ai vu dans ses yeux, bien avant qu'il ne me dise *« tout est fini entre nous »*. Il attendait que je parte avec lui et c'est ce que j'aurais dû faire. Mais je n'ai pas pu. Pour quelle raison ? Je suppose qu'on appelle ça de la loyauté. J'ai besoin de ma famille, aussi étrange soit-elle. Cela étant, n'ai-je pas encore plus besoin de lui ?

Mon Dieu, que se passera-t-il demain, après-demain, et les jours suivants, quand je ne le verrai pas, lorsque je ne m'endormirai plus dans ses bras, ou que nous ne mangerons plus ensemble ? C'est juste inenvisageable.

— Madie, notre brebis, s'était égarée dans la nuit. Elle nous est revenue. Remercions le Seigneur.

Quoi ? Et puis, quoi encore ? Il me prive de l'amour de ma vie et il faut que je dise merci ? Et mon cul, c'est du poulet ? Pas question ! D'ailleurs, j'en ai ras le bol de toutes ces conneries.

Je serai toujours catholique et même pratiquante, cela ne fait aucun doute à mes yeux. Toutefois, j'ai besoin de décider de mon avenir, de faire mes choix, tout comme mes erreurs, et d'assumer ces dernières.

Lorsque je soulève les paupières, mon regard se pose sur Marie, si éteinte et effacée. Elle qui était la joie de vivre incarnée, quand a-t-elle changé ? Il y a trois ans encore, elle riait si facilement et plaisantait à tout bout de champ. Et là, devant moi, je ne vois qu'une jeune femme triste, résignée, et vieille avant l'âge.

Mes yeux bifurquent vers son mari, ce crétin que mon père adore. En même temps, il lui cire tellement les pompes, qu'il ne peut pas faire autrement. Franchement, le stock de vaseline qu'il lui faut chaque semaine ! J'étouffe un rire nerveux à cette idée. C'est le genre de vanne que sortiraient Fred ou Vince, pas du tout mon style. Pourtant, c'est très agréable de voir les choses ainsi, avec humour et dérision.

Pour en revenir à mon beau-frère, sous ses airs de parfaite bonhomie, se cache un homme encore plus austère que papa et ce n'est pas peu dire. Je comprends qu'elle soit malheureuse. Elle doit se faire chier comme un rat mort. Pourquoi l'a-t-elle choisi, d'ailleurs ?

Je soupçonne qu'elle étouffait dans notre petit village et c'était le seul moyen de s'affranchir d'une vie qui ne lui convenait plus. Alors, lui ou un autre, c'était du pareil au même. Le premier qui a eu l'aval de mon père était le bon. Peu importait qu'ils soient mal assortis.

Sans pouvoir m'en empêcher, je ferme les yeux et m'imagine dans dix ans. Cette femme frustrée et soumise, ce sera moi. Accablée et misérable également, car je serai avec un mec que je n'aimerai pas. Comment cela pourrait-il être possible, quand le seul que j'aie jamais voulu ne fera plus partie de ma vie ?

Un job sans histoires, genre guichetière dans une banque, une existence morne, un mariage fade, et des regrets plein la tête d'avoir laissé partir l'homme de mes rêves. Cette vision de mon futur semble tellement réaliste que j'en ai le souffle coupé. Non ! Tout, mais pas ça ! Et pourtant, je sais que c'est exactement ce qui m'attend. Il n'y a aucun doute à avoir, tout se passera ainsi.

Parce que c'est le quotidien sans surprises de mes parents, ils imaginent que cela doit aussi devenir le nôtre.

Ce sont des gens simples et honnêtes, je vous l'ai déjà dit, mais la fantaisie et l'insouciance n'ont pas cours chez eux.

Sauf que je refuse un tel avenir. Je ne peux pas m'engager sur cette voie, dans cette vie, en pleine connaissance de cause. Il n'y a pas moyen, c'est niet !

Mon père me donne un coup de coude, afin de me ramener à la réalité.

— Tu devrais remercier le Ciel, qui dans sa bonté t'a pardonné, au lieu de rêvasser.

— Non !

Ce mot est sorti de ma bouche, sans que j'aie pu le contrôler, mais cela ne change rien. Je ne veux pas de ce futur, ni passer les prochaines années à regretter de n'avoir pas été assez courageuse pour m'affirmer. Et plus que tout, pas question de finir comme Marie.

— Comment ça, non ? s'enquiert ma mère, d'un ton scandalisé.

Avec difficulté, je me redresse. La moquette est de bonne qualité, mais dans la mesure où ça fait près d'une heure que je suis par terre, c'est mortel pour les articulations ! Je ne sais pas comment ils parviennent à tenir. Perso, je n'en peux plus, j'ai les genoux en compote.

— Papa, maman, Marie, relevez-vous, s'il vous plaît. Il faut qu'on discute.

Lionel et Joseph, je ne leur parle pas. Ils peuvent continuer à embrasser le tapis, ce n'est pas mon problème. Pour ce que j'en ai à foutre ! Jamais je ne pardonnerai à mon frère de m'avoir trahie ainsi. Quant à l'autre abruti, le fait qu'il rende ma sœur malheureuse est un motif suffisant pour que je l'ignore royalement.

Afin de les inciter à s'exécuter, je file vers la cuisine et prépare du café pour tout le monde. Sur l'évier, le mug de Nahel sèche. En voyant cela, je ne peux empêcher les larmes d'envahir mes yeux. *Allez courage, Madie, il faut que tu leur parles. Ensuite, tu te rendras chez Nahel et tout s'arrangera*, me souffle une petite voix pour me donner la force qui me manque si cruellement. Oui, c'est exactement ce que je vais faire.

Ma sœur me rejoint pour m'aider à porter le plateau sur lequel j'ai posé les tasses. Alors qu'elle s'en saisit, sa main presse la mienne, comme pour m'encourager. Elle a compris ce que je m'apprête à faire, et a conscience que la démarche est loin d'être aisée. Mais elle me soutient et, ça, c'est précieux à mes yeux. Si ça se trouve, par le passé, elle a été dans une situation similaire à la mienne. Seulement, personne ne l'a aidée, elle. Je lui souris tristement, en déglutissant avec difficulté. J'ai peur, vraiment, mais je suis tellement résolue que rien ne me fera changer d'avis.

Lorsque j'arrive à la petite table, ils ont pris place tout autour. Seuls Lionel et Joseph sont debout derrière mon

père. En même temps, ce n'est pas comme s'il y avait assez de chaises !
— Voilà, je ne sais pas ce que Joseph vous a raconté, mais je suis persuadée qu'il ne vous a pas tout dit.

Ce dernier essaie de m'interrompre, mais je le fusille du regard. Ça suffit à le faire taire, enfin pour le moment.
— Il nous a juste parlé de cette relation, de la réputation épouvantable de ce garçon, et du fait qu'il avait une autre femme dans son lit chaque nuit, explique ma mère, scandalisée.
— C'est tout ?
— Il craint que ce voyou ne t'entraîne vers la dépravation. Il paraît qu'il se drogue. Il se dit même qu'il est trafiquant de la drogue, proteste-t-elle, espérant de toute évidence me choquer.

Hélas pour elle, je ne le suis pas. Je ne peux pas croire un instant que tout ceci soit vrai. OK, les filles, c'est vérifié. Mais je ne l'ai jamais vu prendre quoi que ce soit d'illicite. Je l'aurais remarqué s'il avait sniffé ou s'il se piquait. Ce n'est pas le genre de chose qu'on peut ignorer. Attention, ce n'est pas un ange, je le sais. Tout comme j'ai compris qu'il buvait. Beaucoup. Trop sans doute, même s'il le fait rarement en ma présence. Donc, toutes ces rumeurs ignobles ne sont qu'un ramassis de conneries !
— Vous a-t-il expliqué que je suis malade ?
— Quoi ?

Maman est sous le choc. Elle me fixe avec effarement. Pivotant vers mon frère, je lance avec hargne.
— T'es un bel enfoiré, toi ! Tu leur as pourri la tête avec des ragots, mais ce qui était vraiment important et qui me concernait directement, tu t'es bien gardé de le leur révéler. Et dire que tu as décidé d'être prêtre… Honte à toi, espèce de sale hypocrite !
— Madeleine !
— Non, papa ! Il n'y a pas de Madeleine qui tienne ! Je suis gravement malade.

D'accord, j'en rajoute sans doute une couche, mais je veux qu'ils prennent conscience de ce que Nahel a fait pour moi.
— Je suis atteinte d'une endométriose sévère. Il s'agit de kystes et d'altérations graves qui se situent au niveau de mon utérus. Depuis le temps que je traîne mes problèmes, vous n'avez jamais jugé utile de me faire consulter un spécialiste.

C'est clairement un reproche que je leur adresse.
— Nous pensions que ça passerait avec le temps. De nombreuses femmes ont des ennuis de cet ordre, proteste maman.
— Comme moi ? Inconsciente ? En train de vomir tripes et boyaux ? Incapable de marcher ?
— Non, admet-elle, la tête baissée piteusement. Mais tu dois comprendre que cette situation était gênante pour

nous. Ce ne sont pas des sujets dont nous parlons facilement, tu le sais.

— Oui, je suis au courant. Je le sais tellement bien, qu'aucun de vous ne m'a jamais demandé comment j'allais ou si les choses s'amélioraient. Nahel m'a trouvée malade, parce qu'il s'inquiétait pour moi et il était bien le seul. Il m'a veillée, il m'a soignée, il m'a nourrie, et s'est occupé de moi comme aucun de vous ne s'est jamais donné la peine de le faire. C'est ça l'attitude du voyou que vous a décrit Joseph ? Il m'a obligée à consulter un médecin renommé à Paris. Le diagnostic est tombé. Si je ne prends pas le traitement adéquat, les symptômes empireront et je risque non seulement d'être stérile, mais aussi de devoir subir une intervention chirurgicale lourde. C'est ce que vous voulez pour moi ?

Aucune réponse. C'est une bonne chose, parce que je n'aurais jamais admis que quiconque le critique.

— Alors, oui, je l'aime plus que tout au monde. Pas seulement parce qu'il m'a aidée. Mais également, parce qu'il est gentil et me respecte, il me protège, s'occupe de moi et m'aime au moins autant que je l'aime. Je suis toujours vierge, si c'est ce qui vous préoccupe tant. Il tient assez à moi pour attendre, ce qui est plutôt rare par les temps qui courent. Je ne prétends pas qu'il est parfait, mais moi non plus je ne le suis pas.

— Il a fait une bonne action, reconnaît Marie, qui ouvre la bouche pour la première fois de la soirée.

Lionel pose une main sur son épaule et serre. Je vois, à sa grimace, qu'il lui fait mal, mais il ne s'arrête pas pour autant. Sale con ! Toutefois, elle ne se tait pas et poursuit.
— Peut-être qu'il n'est finalement pas si mauvais.
— C'est un hérétique, persiste papa.
— Je connais de bons catholiques qui se sont montrés nettement moins charitables ! rétorqué-je aussitôt, visant clairement mon frère.
— Tout ça, c'est bien gentil, mais je ne comprends pas pourquoi tu nous racontes cette histoire. Tu veux que nous allions le remercier ? Ce n'est pas parce qu'il s'est comporté une fois avec moralité que ça fait de lui le prochain pape, intervient Lionel. Je te rappelle qu'il m'a frappé !
— Tu parles en pleine connaissance de cause, n'est-ce pas ? Tu peux fayotter comme tu sais si bien le faire avec papa, tu n'es pas plus le successeur du pape François que lui !

Ouais, bon, l'épisode du coup de boule va être difficile à faire passer. Mais je n'ai pas dit mon dernier mot.
— Ça fait un mal de chien !
— À mon avis, ce n'est guère plus douloureux que l'épaule de ma sœur que tu es en train de broyer !

Aussitôt, il la lâche. Mais trop tard, mon père l'a vu. Marie me fait un clin d'œil discret pour me remercier.

— Qu'attends-tu de nous, Madie ? demande-t-elle avec un petit sourire. Essaie de comprendre notre point de vue, nous nous inquiétons pour toi.
— Je sais. Ce que j'aimerais, c'est que vous me laissiez vivre ma vie et faire mes choix, sans intervenir.
— Et si tu fais fausse route ?
— Maman, tout le monde commet des erreurs. Je ferai comme n'importe qui, je les assumerai. Et j'en tirerai les conclusions qui s'imposeront. On appelle ça l'expérience, pas vrai ? Vous ne pourrez pas éternellement me protéger de tout. Ce n'est pas sain.
— Tu feras ce que nous te dirons, ordonne mon père, que mon petit discours semble avoir laissé indifférent.
— Non, papa. J'ai dix-huit ans.
— Mais c'est moi qui paie le loyer, ici. Alors, tant que tu seras à ma charge, tu feras ce que je te commanderai de faire.
— Dans ce cas, tu peux tout de suite arrêter de subvenir à mes besoins.

Mon cœur bat à cent à l'heure, mais je ne recule pas. Je sais qu'il veut me rappeler tout ce que je lui dois et dans quelle merde je pourrais me trouver, si cela devait cesser. Et franchement, ça marche plutôt bien. Je suis paniquée, même si je n'en montre rien. Si je reviens sur ma position maintenant, c'est foutu.
— Mais que vas-tu faire, pauvre folle ? s'écrie-t-il, se relevant brusquement.

— Je chercherai un travail, comme la plupart des étudiants. Et j'apprendrai à me prendre en charge.
— Six mois ! Je te laisse six mois pour comprendre ta douleur. Mais à mon humble avis, tu reviendras bien avant et en rampant.
— C'est ce qu'on verra, murmuré-je, plus déterminée que jamais.
— On rentre à la maison, décrète-t-il, après un signe aux autres. Inutile de perdre notre temps plus longtemps, elle refuse d'écouter la voix de la raison.
— Papa ! Pourquoi ne me fais-tu pas confiance ? Pourquoi t'imaginer tout de suite le pire ?
— Parce que tu es une petite fille, naïve et crédule ! Parce qu'il te brisera ! Et ensuite, qui ramassera les pots cassés ?
— Je suis plus forte que tu ne le crois.
— Je vois qu'il est de toute façon impossible de te raisonner, alors autant partir.

Intérieurement, je pousse un soupir de soulagement. Cette soirée, tragiquement et dramatiquement ridicule, va enfin s'achever. Après m'être dirigée vers la porte, je l'ouvre et les laisse passer, ne leur permettant surtout pas de changer d'avis.
— Bon retour. Je pense que je rentrerai à la maison à Noël.
— Ah bon ? Tu viens quand même ?

Je vous jure que j'adore ma mère, mais des fois elle est un peu godiche dans son genre !

— Maman, je refuse de me fâcher avec vous. Ce n'est pas parce que nous ne sommes pas d'accord, que je ne suis plus votre fille. Vous savez que je vous aime.

Elle me prend dans ses bras et me serre contre elle. J'ai toujours apprécié cet instinct maternel particulièrement développé chez elle. En fait, je l'aime tout court.

— À moins que je ne sois pas la bienvenue ? demandé-je à mon père.

— Tu es chez toi, à Rochesson. Mais il n'est pas question qu'il mette un pied à la maison.

— Je sais. Je viendrai seule.

— Et n'oublie pas. Tu as voulu t'émanciper, il va falloir assumer. Je ferme le robinet. Débrouille-toi, ma fille !

— C'est exactement ce que je ferai.

— Je ne te donne pas deux mois pour changer d'avis.

— Nous verrons…

Après avoir embrassé ma sœur, je regarde Joseph qui fait un pas dans ma direction. S'il s'imagine que j'accepte de lui faire la bise, il peut se brosser !

— Ne m'approche pas ! Je ne veux plus entendre parler de toi, dans les prochains temps.

Mon ton est tranchant et révélateur de toute la colère qui m'habite. Il n'insiste pas et repart, tête basse. Quant à Lionel, il n'embrasse personne et certainement pas les femmes, qu'il considère comme des potiches. Dans le genre intégriste, il est pas mal, lui !

Quand je referme la porte de mon appartement, je suis tellement vidée que j'ai l'impression d'être passée sous un rouleau compresseur. Il me faut longtemps pour réaliser ce que je viens de faire.

J'ai obtenu mon indépendance, mais à quel prix ? Je devrai gagner ma vie, en plus de faire mes études, ce qui me paraît à proprement parler impossible. Pourtant, je n'ai pas le choix. Et je vais devoir assurer côté cours, car sinon, outre le soutien de mes parents, c'est ma bourse que je risque de perdre. Et ça, pas question…

Mais je songerai à tout cela demain. Pour le moment, il y a plus urgent. Il faut que je retrouve Nahel pour m'excuser, lui expliquer la situation, et tenter d'arranger les choses. J'espère juste qu'il n'est pas déjà trop tard.

2

Même si je n'y suis jamais allée, je connais l'adresse de Nahel. Je l'ai relevée sur un courrier glissé dans la poche de son jean, dernièrement. Ce n'est pas très loin, je dirais environ dix bonnes minutes à pied. Il faudra que je pense à ramener mon vélo, la prochaine fois que je retournerai chez mes parents. Je suis sûre qu'il peut me rendre bien des services et je regrette sincèrement de ne pas l'avoir sous la main, en cet instant précis.

Consultant ma montre, je constate qu'il est presque deux heures du matin. Ce n'est pas très prudent de sortir maintenant, mais je ne peux pas attendre jusqu'à demain.

À vrai dire, je suis très inquiète pour Nahel, j'ai peur qu'il fasse une connerie. J'ai vu tant de désespoir dans ses yeux quand il est parti et, connaissant son caractère impulsif, le pire est à craindre. Attention, je ne parle pas de suicide ou de trucs bien glauques dans ce genre. Je fais plutôt référence à des bagarres, à une quantité trop massive d'alcool absorbé. Bref, il est capable d'aller loin, très loin même, et je dois à tout prix m'assurer qu'il va bien. S'il lui arrivait quelque chose, je ne pourrais jamais me le pardonner.

Après être passée dans la salle de bain pour me rafraîchir le visage et me recoiffer, j'enfile mon caban ainsi qu'une écharpe, avant de changer d'avis, par peur de marcher seule dans les rues.

L'Esplanade n'est pas à proprement parler un quartier qui craint, mais il n'est malgré tout pas nécessairement bien fréquenté, surtout la nuit. Dans la poche de ma veste, j'ai glissé un couteau de cuisine, pour le cas où. Je ne sais pas bien ce que je pourrais en faire, mais ça reste une arme et je suis rassurée de le sentir sous mes doigts.

Au pas de course, je parcours le kilomètre qui me sépare de son appartement : direction la rue de l'Observatoire. Même si je ne connais pas bien Strasbourg, je n'ignore pas que c'est un des endroits les plus huppés de la ville. Elle est située juste en face d'un parc et du planétarium. Les immeubles sont assez anciens, mais en excellent état, forcément.

Peu après, j'arrive en bas de chez lui, sans encombre, mais après avoir sursauté deux ou trois fois, m'octroyant de belles frayeurs. Pour le coup, je pousse un énorme soupir de soulagement. Le bâtiment est facile à repérer, c'est sans doute le seul qui bénéficie d'un garage souterrain.

J'appuie sur la sonnette, d'abord brièvement, puis plus longuement, mais je n'obtiens pas de réponse. Bon sang, où peut-il se trouver s'il n'est pas à son domicile ? Fred doit être encore au club, il me semble donc improbable qu'il se soit rendu chez son ami. Et comme je ne sais pas où vivent les autres membres de la bande, je suis bien avancée. Je ne peux tout de même pas faire le pied de grue dans cette rue toute la nuit ?

De rage, je donne un coup de pied dans la porte. C'est là que je réalise qu'elle n'est pas verrouillée. *Merci, mon Dieu ! Pour une fois que vous êtes avec moi ! Je commençais à me demander sérieusement si je vous avais contrarié, parce que depuis quelques heures, on peut dire que vous ne m'avez pas loupée !*

Sans attendre, j'entre et actionne l'interrupteur. Sur la boîte aux lettres, il est indiqué que son logement se trouve au troisième étage. Aussitôt, je monte. Arrivée devant son appartement, je sonne plusieurs fois, puis me mets à toquer doucement pour ne pas réveiller tout le voisinage. Toujours aucune réponse.

Soudain, une porte située un peu plus loin s'ouvre sur une jeune femme brune d'une trentaine d'années.

— Ce n'est pas la peine d'insister, mademoiselle, il n'est pas chez lui. Cela fait d'ailleurs quelques semaines qu'on ne le croise plus très souvent.

Ça, je le savais, puisqu'il vit quasiment à plein temps chez moi. Elle ne m'apprend rien !

— Désolée de vous avoir dérangée, je chuchote, tentant de masquer ma déception.

— Ce n'est pas grave. Bonne nuit, murmure-t-elle, avant de refermer sa porte.

Bien, qu'est-ce que je fais maintenant ? Dépitée, je me laisse tomber sur une marche de l'escalier. J'aurais sans doute été plus avisée de l'appeler. Mais oui ! Quelle buse je fais, par moments ! Pourquoi n'y ai-je pas pensé plus tôt ? Des fois, je vous jure que je pourrais me baffer. C'est encore plus le cas, quand je réalise que mon portable est resté chez moi, dans mon sac. Oh, la stupide !

Mais pourquoi l'ai-je oublié ? OK, je ne suis pas ce qu'on peut appeler une addict du smartphone, je n'ai pas sans cesse besoin de l'avoir à portée de main. Mais enfin, sortir en pleine nuit, sans penser à l'emporter avec moi, c'est d'une inconscience rare ! À ma décharge, j'étais si pressée de le rejoindre, que je n'ai pas beaucoup réfléchi avant de partir. Justement, il me semble que je ne fais plus très souvent fonctionner mon cerveau, ces temps-ci, voire pas du tout.

En définitive, après avoir tergiversé dans tous les sens, je décide de rester ici, pour être certaine de ne pas le rater. Au moins, je suis à l'abri. Il finira bien par rentrer. Après avoir trouvé une position à peu près confortable, adossée contre le mur de l'escalier, je fourre mes mains dans les poches de mon caban. Puis je commence à attendre, et à attendre encore…

Une petite secousse sur l'épaule me réveille en sursaut. C'est la voisine de Nahel, celle qui m'a renseignée quand je suis arrivée.

— Mais qu'est-ce que vous faites toujours ici ? s'exclame-t-elle, penchée sur moi, les yeux grand ouverts. Ne me dites pas que vous avez passé toute la nuit sur cette marche ?

Je baisse le visage, à moitié endormie. C'est pathétique, vu de l'extérieur, mais qu'y puis-je ?

— Nahel n'est pas là, et il y a fort peu de chances pour qu'il rentre. Vous connaissez son ami Fred ?

Je hoche la tête en silence.

— Savez-vous où il habite ? demande-t-elle encore.

Cette fois, je fais signe que non. En fait, je crois que c'est dans le coin. Mais où exactement, je l'ignore.

— Son appartement est tout près, sur le boulevard de la Marne. Je passe devant l'immeuble pour me rendre à mon travail. Si vous voulez, je vous montre.

J'accepte avec joie. Même si Nahel ne se trouve pas chez son meilleur ami, celui-ci pourra sans doute m'aider. Je suis sûre qu'il saura où est mon amoureux.

Je me lève avec difficulté, percluse de courbatures. Clairement, il y a plus confortable pour dormir qu'une planche en bois ! Sans un mot, je lui emboîte le pas. Je n'ai aucune envie de raconter ma vie à une nana que je ne connais ni d'Adam ni d'Ève, et encore moins la raison de ma présence ici, durant la moitié de la nuit.

Hélas, comme pour confirmer mes craintes, elle commence à me poser des questions, dès que nous nous trouvons sur le trottoir.

— Vous êtes une amie de Nahel ? Il est super craquant, n'est-ce pas ?

Oh, comme je la vois venir avec ses gros sabots ! Elle me tend l'hameçon, espérant que je me mettrai à table. Mais c'est mal me connaître. Je ne suis pas du genre à causer à tort et à travers, et encore moins avec une femme que je n'ai jamais rencontrée auparavant. Les amies de Nahel ne sont certainement pas mes amies !

Cela étant, rester muette frise l'impolitesse. Après tout, elle aurait très bien pu me laisser moisir sur les marches de l'escalier, où je serais encore en train d'attendre stupidement.

— Oui, je le connais bien.

Et c'est tout ce qu'elle tirera de moi. Je n'ai pas besoin d'une confidente. Si j'ai envie de m'épancher, je n'ai qu'à me rendre à confesse. Au moins, là, je suis sûre que mes paroles ne se répèteront pas. Sauf si celui qui se trouve en face moi est mon frère. Ah, comme je lui en veux !

— C'est par ici, venez, nous y sommes presque. Je suis infirmière dans une clinique tout près, m'informe-t-elle.

Cette fois, je réagis. Ce qu'elle est en train de me dire m'intéresse déjà nettement plus.

— Ah bon ? Et en quoi consiste votre job ?

Ce changement de conversation a un double avantage. Premièrement, je n'ai pas besoin de m'expliquer au sujet de Nahel. Deuxièmement, je me renseigne sur une profession qui me tente de plus en plus. Parce que, autant être lucide, les études universitaires, pour moi, c'est terminé. Je ne pourrai pas poursuivre un cursus qui me motive de moins en moins et bosser parallèlement. Je n'en vois pas l'intérêt, alors le plus raisonnable est de changer de cap, le plus tôt possible.

L'idéal serait de trouver un BTS en alternance. Deux ans à se partager entre une école et un emploi, le tout rémunéré, comme cela aurait été le cas si j'avais accepté le poste dans la banque où travaille ma mère. Toutefois, plus j'y réfléchis, plus je comprends que de toutes les propositions qui m'ont été faites, la seule qui a réellement éveillé mon intérêt est le métier d'infirmière. Ce n'est qu'une année de plus, par rapport au cursus précédent. Et puis, cela permet bon nombre d'opportunités. Enfin, je crois…

Noémie, c'est son prénom, ne se fait pas prier. Elle me raconte très facilement sa vie, m'expliquant qu'elle est célibataire, qu'elle vit dans cet appartement payé par son père depuis cinq ans, et qu'elle travaille dans un service de cardiologie. Elle m'indique par le menu les tâches qui sont les siennes. Finalement, je trouve ça très valorisant. Enfin, je veux dire que quand on a passé huit heures à bosser, en sachant que c'est pour la bonne cause, qu'on a soulagé et aidé son prochain, on peut dormir tranquille. J'ai le sentiment que ça me correspond assez bien. Il va falloir que j'y réfléchisse sérieusement.

— Voilà, c'est ici. Le code est 0201. Je le connais, parce que j'ai vu Fred le composer quand j'ai accepté de boire un verre chez lui, il y a quelques mois. C'est également mon jour et mon mois de naissance, c'est pour ça que je m'en souviens.
— Merci, Noémie. C'est très gentil à toi de m'avoir accompagnée jusqu'ici et d'avoir répondu à mes questions.
— Pas de problème. Si tu as besoin de quoi que ce soit, comme effectuer une journée de stage d'observation pour te faire une idée plus précise de ce métier, tu sais où me trouver.

Après un dernier signe de la main, elle traverse la rue et s'éloigne prestement. Étouffant un bâillement, je me dirige vers l'entrée. Il est six heures trente, je n'ai dormi que deux petites heures, et encore sur une marche d'escalier. J'ai hâte de retrouver mon amoureux, d'arranger les choses et de me reposer.

L'appartement de Fred est situé au quatrième, c'est marqué sur sa boîte aux lettres. Comme il y a un ascenseur, je m'y engouffre. Lorsque je me trouve sur le palier, tout se complique. Il n'y a aucune indication sur les portes, seulement des numéros.

C'est à ce moment précis, qu'une jeune femme apparaît à environ un mètre de moi. Au loin, j'entends la voix de Fred qui crie *« Ferme derrière toi en partant ! »*. Super, c'est là ! La nana a l'air tellement dans les vapes qu'elle ne lui répond pas. Alors qu'elle avance, je me glisse derrière elle. Je crois qu'elle ne m'a pas calculée, elle semble tellement occupée à décuver qu'elle ne prend même pas la peine de tirer sur la porte. Encore une belle imprudente, si vous voulez mon avis.

En tout cas, ça me convient parfaitement, parce que je peux pénétrer dans l'appartement, ni vue ni connue. Quand j'aurai trouvé Fred, tout se réglera en deux temps trois mouvements, j'en suis persuadée.

Je jette un dernier coup d'œil à la fille qui longe à présent le couloir en titubant, puis j'avance et referme doucement derrière moi.

Une fois dans le vestibule, je me dirige vers ce que je pense être la pièce principale. Et là, le spectacle qui se dresse devant moi est digne de l'apocalypse. Il doit y avoir une vingtaine de personnes, hommes et femmes confondus, tous à poil, dormant pour certains à même le sol, pour d'autres sur des matelas ou le canapé. Près d'eux, j'aperçois de nombreuses bouteilles d'alcool, des cendriers débordants de mégots, et pas forcément ceux qu'on voit sur les cigarettes. Quant à l'odeur qui envahit mes narines, elle est carrément écœurante. J'ai beau être inexpérimentée, je comprends immédiatement ce qui a dû se dérouler ici : une orgie. Penser que je suis choquée est un euphémisme et ce n'est rien de le dire.

Avec un frisson de dégoût, je fais un pas en avant et scrute tous ces inconnus pour tenter d'y trouver Nahel. À mon grand soulagement, il n'y est pas. Même si je ne peux pas forcément distinguer tous les visages, ses tatouages sont assez voyants pour que je puisse le repérer. Or, définitivement, il n'est pas là.

Je marche alors vers la cuisine, mais celle-ci est vide. Bon sang, où est Fred ? Je suis sûre que c'était sa voix tout à l'heure.

Après une seconde de réflexion, consciente de n'avoir jamais été aussi gênée de toute ma vie, je décide de rentrer chez moi. C'est vrai, je suis crevée et il vaut mieux que je récupère mon smartphone pour appeler mon amoureux. C'est tellement plus simple. J'aurais d'ailleurs aussi bien fait de commencer par là, après le départ de mes parents.

Alors que je reprends la direction du vestibule, pressée de me barrer le plus vite possible, un détail retient mon attention. Sur le coup, je n'y fais pas particulièrement gaffe. Mais, tandis que ma main est déjà posée sur la poignée, je fronce les sourcils et reviens en arrière.

Nahel n'était peut-être pas dans le séjour, mais sa veste est, quant à elle, accrochée au portemanteau. Ce qui signifie qu'il est bien ici. Envahie par un sentiment d'appréhension qui me vrille l'estomac, je rebrousse chemin. Saisissant la manche, je la soulève et aperçois la petite éraflure que j'avais remarquée un jour sur le tissu, en me promettant de la recoudre à l'occasion. C'est bien son caban, aucun doute n'est permis.

Les sourcils froncés, je me dirige vers la première porte, que je pousse doucement. Ce sont les toilettes, mauvaise pioche. La suivante, c'est la salle de bain, où un homme nu dort dans la baignoire. Charmant ! Enfin, si on aime le genre gros et velu. La troisième est la chambre de Fred, que j'entrouvre pour la refermer aussitôt.

À vrai dire, l'ami de Nahel n'est pas en position de me répondre, puisqu'il est en train de s'envoyer une fille. Comme elle était à quatre pattes et, lui, face à la porte, derrière elle, je l'ai immédiatement reconnu. Mais où suis-je exactement ? Dans le temple du sexe ? Bon sang, c'est à ça qu'il occupe ses nuits ? Quel immonde porc ! Et Nahel dans tout ça ? Il fait pareil ?

En fait, si je me réfère à ce que j'ai vu au club, je devrais me rendre à l'évidence et abonder dans ce sens. Sauf que mon chéri a changé. Et je ne peux pas concevoir qu'il ait pu me déclarer son amour avec autant de sincérité, hier soir, puis se livrer à une partouze sordide juste après. Non, il m'est impossible, ne serait-ce qu'un seul instant, d'envisager qu'il soit mêlé à tout cela.

Hélas, mon instinct n'est pas de cet avis et me hurle de ne pas ouvrir la dernière porte, me certifiant que ce que je pourrais découvrir ne me plairait pas du tout. Mais je refuse d'écouter. J'ai confiance en lui. L'amour n'est rien sans la confiance.

Sans bruit, je pousse le panneau de bois et avance dans la chambre. À peine quelques centimètres plus loin, je me fige. Ce que je découvre me glace d'horreur. Dans le grand lit, Nahel est endormi, torse nu. Jusque là, tout va bien. Sauf qu'à ses côtés, une splendide blonde totalement à poil sommeille bien tranquillement. Sa main est étendue en travers de la poitrine de mon amoureux, dont les doigts, passés autour de sa taille, reposent sur ses fesses dénudées.

Je sais que je devrais hurler, lui mettre des gifles, mais je ne suis pas comme ça. Je me contente donc de ravaler mon désarroi et de rebrousser chemin, pour quitter cet endroit répugnant sans attendre.

Ce n'est qu'une fois dans la rue que je laisse libre cours à mes larmes. C'est pas vrai, je n'arrive pas à y croire ! Je me suis foutu l'intégralité de ma famille à dos pour lui, j'ai bravé tous les interdits, j'ai renoncé à leur appui, et tout ça pourquoi ? Pour un putain de connard d'enfoiré de salopard qui prétend m'aimer et me trompe avec la première pouffiasse venue, au moindre problème.

Cette fois, c'est certain, je ne veux plus jamais entendre parler de lui. Ah ça, non ! Je refuse de me lier avec un mec infidèle. Heureusement que nous n'avons pas couché ensemble, parce que ça m'aurait bien fait chier de lui avoir offert ma virginité, pour découvrir ensuite sa véritable nature ! Mon Dieu, mais comment est-ce que je m'exprime à présent ?

Sentant que la colère s'apprête à faire place au chagrin, je me mets à courir le plus vite que je peux jusqu'à mon studio.

Arrivée à destination, je n'ai que la force de verrouiller derrière moi et de rejoindre mon lit, sur lequel je m'effondre en larmes. À présent que les vannes peuvent être ouvertes, de violents sanglots surgissent de ma poitrine. Comment ai-je pu me laisser berner par cette enflure ? Comment ai-je pu être assez naïve pour gober toutes ses salades ? Pathétique et nullissime, voilà ce que je suis. Bon sang, j'ai vu en lui mon prince charmant, l'amour de ma vie, alors qu'il n'est rien d'autre qu'un vulgaire crapaud pustuleux. Et en plus, avec ces conneries, je suis dans la merde ! Parce qu'il n'est pas envisageable, un seul instant, de changer d'avis sur la manière dont j'entrevois le futur. Mon futur.

J'ai réussi à m'affranchir de l'influence étouffante de mes parents, hors de question de faire machine arrière. Non, c'est ma vie et c'est moi qui décide.

De toute façon, si je les contactais maintenant, il est évident que mes jours à Strasbourg seraient comptés. Mon père n'est pas méchant, mais il y aurait forcément des mesures de rétorsion pour avoir osé le défier et mettre en doute mon éducation.

La première serait de me ramener manu militari à Rochesson où, nul doute, je finirais guichetière dans la banque de maman. Et celle-ci passerait le reste de ses jours à m'avoir à l'œil. L'image de ma sœur, si triste et résignée, me revient en mémoire. Non, ce n'est pas l'avenir auquel j'aspire.

Récemment, j'ai dit à Nahel que j'ignorais ce que je désirais. J'ai le sentiment qu'aujourd'hui, je sais au moins ce que je ne veux pas. C'est un bon début, me semble-t-il. En attendant, il va falloir que je trouve rapidement un boulot et que je prenne les choses en main.

Même si je suis malheureuse comme les pierres, et je pressens que ce n'est pas près de passer, ma vie ne cesse pas pour autant.

On pourrait croire que je ne l'aime pas tant que ça, puisque je refuse de me laisser abattre. Mais moi, je sais que c'est faux. En trouvant Nahel avec cette fille, dans ce lit, j'ai eu le sentiment que toute mon existence s'arrêtait, que mon cœur se brisait et qu'un grand froid m'envahissait.

J'ignore d'où vient cette force, que je ne pensais pas posséder, mais elle est là et bien là. Et elle me permettra de me reprendre. Alors, inutile de continuer à me morfondre, ça ne sert à rien.

Mon Dieu, je sais que tu m'entends. Aide-moi à affronter cette épreuve, la pire de toutes. C'est aujourd'hui que j'ai vraiment besoin de toi. Donne-moi la force de me relever et d'avancer coûte que coûte. Il ne faut surtout pas que je me laisse aller, parce que je sombrerais très rapidement dans une dépression encore plus difficile à surmonter.

Avec l'énergie du désespoir, mais toujours animée par cet instinct de survie qui est en train de prendre le contrôle, je décide que j'ai d'abord envie d'une longue douche, histoire de me laver de toute cette boue. J'ai l'impression d'être crasseuse, salie, et c'est insupportable.

Une demi-heure plus tard, lorsque j'en émerge, je me sens un peu mieux. J'enfile un jean, un pull et me sèche rapidement les cheveux, avant de me brosser les dents. Après deux cafés corsés, je suis en train de dresser une liste des tâches qu'il me reste à accomplir, par ordre de priorité pour faire le ménage dans ma vie.

Premièrement : préparer les valises de cet enfoiré. Aucune de ses affaires ne doit plus traîner ici. Deuxièmement : m'en débarrasser en appelant Sophie pour lui demander de les récupérer. Comme nous ne sommes pas particulièrement copines, elle ne s'éternisera pas et, plus important encore, elle ne me regardera pas avec une pitié qui me ferait horreur. Troisièmement : préparer un curriculum vitae et dresser la liste de tous les commerces où je pourrais postuler. Après tout, n'ai-je pas déjà de l'expérience dans le domaine de la vente, puisque j'ai bossé deux étés de suite dans la boulangerie de mon village ? Quatrièmement : lessiver…

La sonnerie de mon portable interrompt net mes pensées. Aussitôt, je me fige. Et si c'était lui ? Mieux vaut ne pas décrocher. Mais en même temps, si ce sont mes parents, ne faut-il pas que je réponde ? Ils pourraient s'inquiéter. Prudemment, je m'approche du comptoir où mon téléphone est posé. Avec étonnement, je découvre qu'il s'agit de Val. Que me veut-il ?

Depuis que je suis sortie de la douche, mes yeux sont secs et je suis assez fière de moi, même si le courage dont je fais preuve m'épuise, aussi bien physiquement que psychologiquement.

La dernière sonnerie résonne, juste avant que la messagerie ne s'enclenche, quand je me décide enfin à décrocher. Après tout, autant lui demander de passer récupérer les effets de Nahel. Ils sont amis, il pourra les lui rendre et je n'aurai pas besoin de croiser l'artisan de tous mes malheurs.

— Oui ? dis-je, la voix rauque d'avoir trop pleuré.

— Madie, salut, c'est Val.

— Salut.

Un silence gêné s'installe. Je ne sais pas ce qu'il me veut et je parierais ma chemise sur le fait qu'il n'est pas au courant de ce que j'ai vu.

— Écoute, Madie, j'aimerais que tu m'excuses pour mon attitude d'hier soir. Je ne comprends pas pourquoi j'ai été aussi con.

— Ce n'est pas grave, Val.

Dommage que je ne sois pas tombée amoureuse de ce mec, il est vraiment correct.

— Si, c'est grave. Depuis le début, je sais que tu en pinces pour lui. Mais tu me plais beaucoup et je suis un peu jaloux de ce crétin qui ne te mérite pas. Ça va passer et, bientôt, je n'y penserai plus. Mais hier, c'était plus fort que moi, et j'ai été nul.

— Ne te reproche rien. De toute façon, Nahel et moi, c'est terminé.

— Quoi ? Mais comment est-ce possible ? Vous sembliez si proches, il y a moins de vingt-quatre heures ! C'est quoi ce délire ? Qu'est-ce que ce boulet a encore fait comme connerie ?

Parce que je suis à bout et que j'ai besoin de me confier, je lui raconte l'histoire, depuis le moment où nous avons découvert ma famille dans le studio, jusqu'à celui où j'ai trouvé mon mec dans un lit avec une autre, le tout en à peine une nuit.

Évidemment, le fait d'évoquer des évènements aussi douloureux fait rejaillir les larmes que j'avais enfin réussi à dominer. Tu parles d'une connerie ! Mue par une volonté de fer, je crispe tous les muscles de mon corps et de mon visage, si bien que je parviens à les endiguer. Cela me donne au moins la fierté de ne pas chouiner devant Val.

Alors que je renifle, fort peu élégamment, mon interlocuteur ne bronche toujours pas.

— T'es encore là ? demandé-je, tout en essuyant mes yeux humides.

— Ouais, je suis là, et je ne sais pas quoi dire.

— Rien, Val. Il n'y a rien à ajouter. C'est comme ça. Mais j'aimerais que tu me rendes un service.

— Tout ce que tu veux, s'empresse-t-il de répondre.

— Il faudrait que tu passes chez moi pour récupérer les affaires de Nahel. Je vais tout rassembler. D'ici une heure, ce sera prêt. Ça ne te dérange pas ?

— Non. Dans une heure, je serai chez toi.

Lorsqu'enfin je raccroche, je me reproche presque de lui avoir dévoilé la vérité. Après tout, nous ne sommes pas particulièrement proches et j'ai conscience qu'il y a un problème entre lui et Nahel. Ce n'était pas forcément très malin de ma part.

Toutefois, je ne tergiverse pas longtemps. J'avais besoin de parler et il était là. Je suis sûre qu'il sera discret. Tout comme je sais parfaitement que je lui plais depuis le premier jour, quand je l'ai rencontré dans le couloir du restaurant universitaire. Pourtant, je n'ai jamais éprouvé pour lui l'attirance que je ressens pour mon DJ. Et j'ai comme le sombre pressentiment que ce n'est pas demain la veille qu'un homme m'inspirera à nouveau ce genre de sentiment. Cette pensée est à la fois rassurante et démoralisante.

J'ai toujours imaginé que le lien qui m'unissait à Nahel était unique, presque surnaturel. Mais il l'a coupé cette nuit. En me trompant avec l'autre pouf, il a tout détruit.

Arrêter de m'apitoyer et aller de l'avant. Voilà ce que je dois faire…

3

Nahel

Je suis réveillé en sursaut par un jet d'eau glacée qui m'asperge le visage. Merde, j'ai une de ces casquettes plombées ! Je ne me rappelle pas avoir autant picolé, ni m'être à ce point démonté la tronche.

Après quelques secondes, les souvenirs reviennent et une chape de béton s'abat sur moi. Je suis seul. Madie n'est plus là et ce qui devait être la soirée de toutes les audaces s'est révélé être un horrible fiasco. Si ses cons de parents n'avaient pas débarqué, à l'heure qu'il est, je serais en train de sommeiller tranquillement dans ses bras. Putain, c'est trop nul quand même ! Cette nuit devait marquer le passage de notre histoire à une autre dimension, pas le début de la fin.

Je suis tellement mal que je pourrais pleurer. Madie me manque tant, que j'ai juste envie d'une chose : me jeter par la fenêtre. Dire que cela ne fait que quelques heures que je ne l'ai pas vue.

J'ai déjà vécu cette situation avec elle et j'en ai été terriblement malheureux. Quand on sait qu'à ce moment-là nous n'étions pas encore en couple, je n'ose même pas imaginer ce que ce sera cette fois. Je sens que je vais salement en baver. Non, j'ai la certitude que je ne parviendrai pas à m'en remettre de sitôt.

— T'es qu'un minable cloporte ! vocifère Val, penché au-dessus de moi.

Merde, mais qu'est-ce qui lui prend à ce débile ? Il a perdu la boule ou quoi ? Je tente de me relever, le regard mauvais. Aujourd'hui, c'est pas le jour, mieux vaut ne pas me faire chier ! Or, il a agi exactement comme il ne fallait pas.

En règle générale, je ne suis pas du matin. Mais après la nuit que je viens de passer, je suis dans un tel état larvaire que la tête me tourne.

— Ta gueule, Val, arrête de beugler comme ça ! J'ai mal au crâne et je ne suis pas en état d'entendre tes conneries. Par contre, dès que je me sentirai mieux, toi et moi, on aura une petite explication. Et là, mon vieux, prépare-toi à recevoir la raclée du siècle. Tu vas prendre cher.

— Ah ouais ? T'es pas en état de m'écouter ? Eh bien, je te dis quand même ceci : tu avais dans ta vie un véritable diamant. Cette fille, si belle, si gentille, était complètement folle de toi. Et qu'est-ce que tu fais ? Tu saccages tout à la première occasion. Comme toujours…

Je me gratte la tête, en fronçant les sourcils. Cette fois, c'est sûr, il est complètement barré. D'où tient-il une histoire aussi abracadabrante ?

— Qu'est-ce que tu racontes, ducon ? T'as tellement envie de te la faire pour débiter autant de saloperies ? Putain, t'es pitoyable, mec. Je croyais te connaître, m'écrié-je, mais je me demande si c'est vraiment le cas !

— Enflure ! hurle-t-il encore.

Cette fois, j'en ai ras le cul de me faire insulter au réveil et pour pas un rond en prime. Il commence vraiment à me casser les burnes. Par conséquent, il me semble qu'il est temps de remettre les pendules à l'heure.

Prenant Val au dépourvu, j'avance et le pousse en arrière, jusqu'à ce qu'il soit bloqué contre la cloison. Puis, le maintenant en place par mon bras replié en travers de sa gorge, je siffle entre mes dents.

— Maintenant, ça suffit, tes conneries ! Je ne sais pas ce que tu as ce matin, mais je te préviens. Si tu as le malheur de continuer à me parler comme ça, je te dégomme la tronche, pote ou pas. Et pour ton information, les parents de Madie étaient chez elle, hier soir, et elle m'a obligé à partir. Elle m'a viré et les a choisis, eux. Voilà la vérité. Alors, tu fermes ta grande gueule, je ne veux plus t'entendre, c'est clair ? Ton silence vaudra toujours mieux que de t'écouter déblatérer sur une situation dont tu ignores tout !

— Ah, tu ne veux plus m'entendre ? Je me demande si tu tiendras le même discours, quand tu sauras qu'elle était là, ce matin, et qu'elle t'a vu à poil au pieu avec cette nana.

— Qu'est-ce que tu racontes ? Putain, de quoi tu causes ? C'est quoi cette histoire ? Et de quelle gonzesse on parle ?

Les yeux de Val se rivent sur le lit et je ne peux faire autrement que de l'imiter. Estomaqué, je découvre une blonde, nue comme un ver, le cul à l'air, qui dort à poings fermés près de la place que j'occupais quelques minutes plus tôt, malgré le raffut que nous faisons. Merde, mais c'est quoi ce bordel ?

C'est l'instant que choisit Fred pour nous rejoindre.

— J'ai fait du café. Allez hop, tous à la cuisine ! On pourra s'expliquer tranquillement.

Saisissant mon jean et mon tee-shirt, je leur emboîte le pas. Ça me débecte de remettre des fringues sales, pourtant ce n'est pas ma préoccupation, en ce moment même. La seule question qui m'obsède, c'est : qu'est-ce qui se passe exactement ? Parce qu'il y a un truc qui m'échappe, c'est évident. Remarquez, vu l'état dans lequel je me trouve, cela n'a rien d'étonnant.

Après un détour par les toilettes qui empestent le vomi, mais ma vessie menaçait sérieusement d'exploser et impossible de me retenir, je les rejoins enfin.

Près de mon café, Fred a préparé deux comprimés d'Advil. Ce mec est mon sauveur, voilà pourquoi je le considère comme un frère.

Le pas lourd, la bouche pâteuse et les tempes bourdonnantes, je me laisse tomber sur une chaise. Plus que jamais, j'ai l'impression d'avoir cent ans. Ce ne sont pas seulement mes excès de la nuit dernière qui sont en cause, j'en ai connu d'autres. C'est également ce sentiment de désolation qui ne me quitte plus, depuis que j'ai claqué la porte de son appartement. Je me sens totalement perdu sans sa présence si rassurante.

— Nahel, commence Fred, hier soir, tu es venu ici dans un état de merde. Tu divaguais, tu pleurais, je ne t'avais jamais vu comme ça. Alors, maintenant, dis-nous ce qui s'est vraiment passé. Et toi, Val, tu la fermes et tu le laisses raconter ! ajoute-t-il, constatant que celui-ci s'apprête à l'interrompre.

Je déglutis avec difficulté, tellement il me semble atroce de me remémorer les évènements de la veille. J'ai la sensation désagréable que ma vie s'est arrêtée au moment où je suis sorti de son immeuble. Je n'arrive toujours pas à y croire.

Relevant ma tête, qui paraît peser une tonne, j'observe les deux mecs qui attendent que je parle. Si je n'en ai aucune envie, je sais que je leur dois une explication. Au moins à Fred, qui m'a récupéré cette nuit, complètement hagard et délirant. Et cette fois, la drogue n'y était pour rien.

C'est bien plus tard qu'elle a joué son rôle d'anesthésiant. En effet, mon pote m'a installé dans la chambre de Vince, qui était absent, et m'a apporté un litre de vodka, ainsi que mes pilules bleues préférées. Résultat : moins d'une heure après, en constatant que je n'avais aucune nouvelle de mon ange blond, j'ai décidé de passer à l'action. J'ai dégommé la bouteille en quelques minutes et ai avalé quatre cachets dans la foulée. En temps normal, j'en prends un toutes les trois heures, pas plus. Là, j'ai fait fort et j'en paie le prix ce matin, parce que j'ai l'impression d'être passé sous un rouleau compresseur. Bordel !

Si je continue comme ça, je finirai par y laisser ma peau. Le moment est peut-être venu de réfléchir à ce que j'attends de l'avenir. Si je veux me détruire, autant acheter une corde et me pendre, ça ira beaucoup plus vite et ce sera sans doute plus efficace que toutes les saloperies que j'ingurgite à longueur de journée. Je n'ignore pas que, sous l'influence de Madie, j'étais en train de réduire sacrément ma consommation.

Elle n'a jamais rien exigé, n'a jamais rien ordonné, elle ne sait même que je me drogue. Mais, comment dire ? À son contact, j'avais vraiment envie de reprendre ma vie en main. Cette fille était un miracle pour moi et, maintenant, je suis juste en train de retourner en enfer par le chemin le plus court.

Fred se racle la gorge, afin de me rappeler leur présence. Déglutissant avec difficulté, je me lance.

— Hier soir, après avoir quitté le club, on est allés chez elle. On avait prévu de faire l'amour. Ça aurait été la première fois.

Voyant leurs tronches étonnées, et quand on me connaît on peut comprendre cette réaction, je suis obligé de préciser.
— Madie est vierge. Je l'aime trop pour avoir eu envie de la brusquer, alors j'ai accepté d'attendre. On a fait quelques trucs, mais on n'est jamais allés jusqu'au bout. Et puis, elle a été victime de quelques soucis de santé qui ont contribué à différer les choses. Mais hier, on était prêts, l'un et l'autre. Et quand tout à l'heure, je disais qu'on était sur le point de faire l'amour, j'étais sincère. Madie est trop belle, trop précieuse, pour que j'aie envie de la sauter comme les poufs qu'on baise pour les oublier aussitôt. Du coup, j'avais l'impression que c'était également la première fois pour moi. Faire l'amour, me réveiller avec la fille qui a dormi dans mes bras, c'est un truc que je ne connais pas. Mais pour elle, j'étais prêt à tenter le coup.
— Tout ça, c'est bien joli, intervient Fred. Mais à quel moment un grain de sable s'est-il inséré dans la machinerie pour provoquer un tel bordel ?
— En arrivant dans son appartement, on était chauds bouillants. Et puis… la tuile d'enfer nous est tombée sur le coin de la gueule. Ses parents, ou plutôt toute sa famille, étaient là et nous attendaient. Putain, si vous les aviez vus, tous plus frappadingues les uns que les autres. Le père était comme fou, la mère pleurait et se signait à tout bout de champ, et je ne vous parle pas de son frangin

et du beau-frère. La seule qui paraît un peu moins fêlée que le reste de la smala, c'est sa sœur. Et encore... Bref, toute une bande de joyeux cathos bien intégristes, déclaré-je avec une ironie cinglante. Les choses ont dégénéré. Moi, je voulais juste que Madie vienne chez moi, qu'elle me suive loin de ces fanatiques. Mais elle a refusé. Je sais qu'elle aime sa famille, mais elle ne peut pas les laisser lui dicter tous ses faits et gestes. Le problème, c'est que son connard de frangin avait tout cafté aux vieux qui ont bien évidemment rappliqué à toute vitesse pour sauver leur progéniture du démon que je suis.

— Et alors ? Qu'est-ce qui s'est passé ? demande Val, soudain calmé.

— Les choses ont un peu dégénéré. Son paternel n'arrêtait pas de me traiter de musulman et d'hérétique ! J'ai collé un coup de boule à son beauf, j'ai failli faire de même avec le père. Puis, d'un coup, ils se sont tous mis à genoux et ont commencé à prier. Et Madie m'a demandé de partir. Elle devait clairement choisir entre sa famille et moi. Comme elle est loyale, elle est restée avec eux. À l'heure qu'il est, elle doit déjà être dans son bled paumé et ne reviendra probablement jamais. Je crois que ce qui m'a tué, c'est la tristesse qui brillait dans ses yeux. Elle ne voulait pas que je m'en aille, mais ne voyait aucune autre possibilité, parce que dans son esprit, elle ne pouvait pas les rejeter. Tu parles d'une connerie !

— C'est ça d'avoir choisi une nana qui est trop différente de nous. Ça ne pouvait que mal se terminer, fait remarquer Fred avec bon sens.
— Parce que tu crois que j'ai choisi, ducon ? Elle m'est tombée dessus, j'ai rien pu faire ! J'ai essayé de résister, vraiment. Mais chaque fois, je craquais, c'était plus fort que moi. Tu sais, Fred, je n'ai jamais été aussi heureux de toute ma chienne de vie que ces deux dernières semaines. Madie est belle, elle est douce…
— Elle est d'un ennui mortel, m'interrompt-il.
— Ne va pas croire ça. C'est une des personnalités les plus complexes qu'il m'ait été donné de rencontrer. Sous cette apparente fragilité, cette fille est plus costaude dans sa tête que nous trois réunis, dis-je en pointant l'index sur chacun de nous, tour à tour.
— Je confirme, intervient Val. Si ce que tu viens de nous expliquer est vrai, alors effectivement, elle en a dans le froc. Parce qu'après ton départ, elle les a tous envoyés chier.

Je me redresse comme si j'étais assis sur un ressort, tous mes sens soudain en alerte, suspendu à ses lèvres.
— Quoi ? D'où tu tiens ça ? s'enquiert Fred, avant que j'aie moi-même pu poser la question.
— C'est elle qui me l'a dit, ce matin, au téléphone. Je l'ai appelée avant huit heures, persuadé que vous dormiez encore. Je voulais juste laisser un message pour m'excuser de mon comportement d'hier soir. Tu sais,

Nahel, j'ai remarqué Madie le même jour que toi. Comme toi, je l'ai tout de suite trouvée si belle que j'ai été conquis. Pas la peine de monter sur tes grands chevaux, ajoute-t-il, en me voyant me redresser pour lui en coller une. Elle ne m'a jamais regardé, jamais calculé. Au début, je croyais que tu te la ferais et que tu la larguerais aussi sec, comme d'habitude. Il suffisait juste que j'attende mon tour. Je me disais que, moi, je saurais prendre soin d'elle et je nous imaginais sérieusement ensemble. Mais rien ne s'est déroulé comme prévu. Plus les jours passaient et plus tu étais fasciné. Je sentais qu'il y avait quelque chose de spécial entre vous, que personne ne pouvait piger, mais j'espérais encore. Et puis, hier soir, j'ai compris. Quand tu lui as déclaré devant tout le monde que tu l'aimais et qu'elle était ton miracle, j'ai réalisé que c'était foutu. Du coup, j'ai été un peu con, guidé par la jalousie et les regrets. J'en suis désolé. Pour être tout à fait sincère, je n'ai pas fermé l'œil de la nuit. Je m'en voulais de mon attitude vis-à-vis de toi et d'elle. T'es mon pote, je n'avais pas le droit de penser à me la faire. C'est pour ça que j'ai appelé, persuadé de tomber sur la messagerie. Je ne pouvais pas prévoir qu'elle décrocherait.

— Qu'est-ce qu'elle a dit ? je le presse, tendu à l'extrême.

— Elle les a tous mis à la porte en leur demandant de la laisser vivre sa vie. Apparemment, ça s'est plutôt mal passé et ses parents lui ont coupé les vivres. Elle va devoir trouver un boulot rapidement, pour payer son loyer.

— Il faut que j'aille la voir ! m'exclamé-je, déjà debout pour sortir de la cuisine.

Putain, je me sens comme un Jack Russel sous amphets ! Elle m'a choisi, moi. Elle les a tous envoyés se faire foutre pour qu'on soit ensemble. Je n'arrive toujours pas à le croire, j'ai besoin de m'en assurer en la serrant dans mes bras.

— À ta place, je m'abstiendrais ! s'écrie Val, se levant à son tour.

Les yeux plissés, je pivote sur moi-même. Pourquoi est-ce que j'ai l'impression fort dérangeante qu'une catastrophe imminente est en train de me tomber sur le coin de la gueule ?

— Après leur départ, elle s'est rendue chez toi, poursuit-il. Mais tu n'étais pas là. Elle a passé la nuit sur les marches de ton escalier à t'attendre.

Je baisse les yeux, déstabilisé par la colère que je lis dans les siens. Cette fois, je ne la ramène pas, parce que je suppose que celle-ci est parfaitement justifiée.

— Noémie l'a aperçue, à l'aube, et lui a suggéré de vérifier que tu n'étais pas chez Fred. Elle l'a accompagnée et lui a indiqué le code de la porte de l'immeuble. Ne me demande pas comment Madie est entrée dans l'appart, mais elle est venue ici, ce matin. Putain, cette gamine innocente a vu le baisodrome géant qu'est devenu le salon, elle a vu Fred troncher une gonzesse en levrette !

Je me tourne vers mon pote qui rougit de gêne et baisse la tête.

— Au moment de s'enfuir, tellement elle était horrifiée, elle a remarqué qu'il y avait ta veste, alors elle n'est pas retournée chez elle pour te téléphoner, comme elle l'avait prévu. Elle s'est pointée dans la chambre et t'a trouvé au lit avec la fille qui y dort toujours. Aussi silencieusement qu'elle était entrée, elle est repartie. Madie m'a demandé de passer à son studio pour récupérer tes affaires. À ses yeux, c'est fini. Et je peux te dire que je ne l'ai jamais vue dans cet état. Elle était désespérée, elle se retenait de pleurer, mais elle était vraiment décidée. C'est pour ça que je suis venu ici et que j'ai pété un câble. Je suis désolé, Nahel, mais tu n'avais pas le droit de lui faire une chose pareille. T'as pas honte ? Merde, une perle comme elle !

Effondré, je me laisse à nouveau choir sur la chaise et me saisis la tête entre les mains. Comment est-ce possible ? Comment un truc aussi con a-t-il pu m'arriver ?

Puis, soudain, je me redresse.

— Je n'ai rien fait avec cette meuf. Je ne savais même pas qu'elle était dans le lit. J'ai bu comme un trou, j'ai consommé de l'ecstasy et j'ai fumé des pétards, puis je suis tombé dans les pommes. Mais j'ai pas baisé, j'en suis absolument certain.

Mû par une énergie que je ne contrôle pas, je me lève à nouveau et cours vers le vestibule pour récupérer mon caban. Mes amis m'emboîtent le pas.

— Où vas-tu ? questionne Fred.

— Je file chez moi pour prendre une douche et me changer. Ensuite, j'irai la voir et j'arrangerai tout. Je lui expliquerai exactement ce qui s'est passé. Madie me fait confiance, elle me croira et tout rentrera dans l'ordre.

Je suis déjà à la porte, lorsque j'entends Val murmurer.

— J'ai de sérieux doutes quant à la réussite de ce plan.

Mais rien ne peut effacer le sourire radieux qui éclaire mon visage. Madie m'a choisi. Elle a décidé de donner une chance à notre histoire, au détriment de sa famille. C'est tout ce qui compte pour moi.

Sans perdre une seconde, je quitte cet appartement. Il est temps pour moi de retrouver mon ange blond.

4

Madie

J'ignorais qu'il avait laissé autant d'affaires chez moi. Depuis près d'une heure, je cherche tous ses effets personnels, que je range soigneusement dans des sacs. Il y en a déjà trois. Une fois remplis, je les dépose dans l'entrée de mon studio.

Je sais que je devrais me venger en découpant toutes ses fringues en petits morceaux. Mais même si j'y ai sérieusement pensé au point d'avoir les ciseaux en main, je ne parviens pas à m'y résoudre. Agir ainsi me semble particulièrement mesquin et je ne suis pas comme ça.

Alors que je dépose avec soin ses vêtements dans le troisième sac, je songe à tout ce qui vient de se passer ces dernières heures. Non, surtout ne pas laisser le chagrin me submerger, il sera bien temps plus tard. Pour l'instant, je dois continuer à me raccrocher à cette colère qui me maintient debout et m'empêche de m'effondrer.

Imaginer que je ne le reverrai plus, que mes mains ne se perdront plus jamais dans sa chevelure indomptable, que ses caresses ne me réveilleront plus chaque matin, est juste une torture. Mais, paradoxalement, je ne reviendrai pas sur ma décision. Parce que vivre avec un homme infidèle, laisser le poison du doute vous submerger à chaque retard, à chaque regard posé sur une femme quelconque, est un supplice autrement plus destructeur.

Il avait raison, je n'ai pas réussi à le changer, à combattre ses démons. Je n'ai pas fait de miracle. Mais dans la mesure où je n'ai rien d'une Sainte, c'était joué d'avance. Il n'y a que moi pour avoir été assez conne et avoir cru que c'était possible.

Un petit coup toqué à la porte me fait sursauter. C'est sans doute Val. Je déverrouille sans vérifier qui est là, comme souvent, et m'éloigne rapidement pour terminer ma tâche. Plus vite ce sera fini, plus vite ses affaires dégageront d'ici.

Sans prendre la peine de me retourner, je lance simplement.

— Tu es en avance, Val. Je n'ai pas tout empaqueté. Accorde-moi cinq minutes.

La porte se referme et j'entends des pas dans le vestibule. Mais je suis tellement plongée dans mes regrets, et si pressée de laisser tout ça derrière moi, que je n'y prête pas réellement attention.

— Madie.

Cette voix rauque me fait sursauter, à tel point que j'en fais un bond. Mince, mais est-ce qu'un jour je serai prudente ? Combien de fois, Jo me l'a-t-il reproché ? Nahel aussi, d'ailleurs.

Si j'avais pu penser que ce serait lui, jamais je ne lui aurais permis d'entrer. Maintenant, c'est trop tard. Il est là, debout au milieu de la pièce, alors que je garde obstinément le dos tourné, fourrageant ses ultimes affaires dans le sac, d'une main tremblante.

— Tout est prêt, parviens-je à dire, sans pour autant lui faire face. Tu peux emporter tes bagages. Je pense n'avoir rien oublié.

— Madie, je t'en supplie, laisse-moi t'expliquer. Ce n'est pas ce que tu crois.

Je suppose que ce sont ces derniers mots qui font monter la moutarde à mon nez et sont responsables du pétage de plombs que je sens imminent. La rage et la rancœur me submergent, telle une lame de fond, balayant tout sur leur passage.

Alors, les pommettes rosies, les yeux brillants et les lèvres pincées, je pivote enfin vers lui. Il a une mine épouvantable, mais je m'en cogne. Nahel ne mérite aucune compassion de ma part, juste du mépris.

— Je ne crois rien, murmuré-je avec une froideur dont je ne me savais pas capable. J'ai vu, c'est tout.

— Mais ce n'était pas ce…

Cette fois, j'explose ! Comment peut-il imaginer que je vais écouter ses explications fumeuses ? À qui croit-il avoir affaire ? À une débile mentale ? Il serait peut-être temps pour lui de comprendre que je ne suis pas aussi candide qu'il a l'air de le penser.

— Tu prétendais m'aimer, hier soir ! m'écrié-je, en pointant un doigt accusateur sur lui. Et ce matin, je te trouve dans un lit, enlaçant une de tes pétasses blondes, la main posée sur son cul ! Je sais additionner deux et deux, Nahel, je ne suis pas totalement demeurée. Et tout ce que tu pourrais dire n'effacera jamais les images immondes de ce que j'ai vu à l'aube. Alors, maintenant, tu te casses et tu m'oublies. Il y a sûrement une partouze bien dégueulasse qui t'attend chez ton super pote !

— Non ! s'exclame-t-il, je ne peux pas…

Je ne lui laisse pas le temps de terminer sa phrase. Prise d'une rage incontrôlable, je lui lance tout ce qui se trouve à portée de main, à la tête. Un mug, pas encore vide, atterrit sur son épaule, éclaboussant son tee-shirt. Un stylo et une gomme le cognent au front. Et je ne parle pas de mes chaussures, d'un verre, de deux bouquins, et de ma boîte de médicaments. Peu importe qu'il s'agisse d'un objet fragile ou non, pourvu que j'aie assez de munitions pour l'atteindre et le blesser comme je le suis. Jamais je n'ai été si violente, ni aussi déchaînée, mais c'est plus fort que moi, je veux lui faire mal.

— Mad, arrête !

Malgré les projectiles qui volent à tout va sur lui, il continue à avancer, tandis que je recule, jusqu'à me retrouver bloquée par le mur. Si je le laisse me prendre dans ses bras, ma détermination fondra comme neige au soleil. Alors, terrorisée à l'idée qu'il m'enlace, je hurle.

— Tu n'es qu'un minable queutard, alcoolique et complètement ravagé du bulbe rachidien ! Je ne suis pas un jouet, que tu utilises et que tu jettes. Tu as dit un jour que j'étais trop bien pour toi, je réalise maintenant que tu avais raison. Nous n'avons rien à faire ensemble, accepte-le et continue à te détruire comme tu sais si bien le faire. Mais ne m'approche plus. Si tu t'avises de revenir ici, j'appelle les flics.

Mes paroles lui font l'effet d'une gifle, je le vois à son mouvement de recul. Je me suis montrée volontairement cruelle dans mes propos, parce qu'il devient vital pour moi qu'il se barre le plus vite possible. Après la crise que je viens de piquer, l'épuisement et la tristesse sont en train de me submerger.

Les yeux fermés, pour retenir mes larmes, j'attends qu'il s'en aille. Lorsqu'enfin j'entends la porte se refermer, je me laisse glisser le long du mur. Il est parti. Mon regard balaye la pièce, c'est un véritable chantier. Mais ses sacs sont toujours là, il ne les a pas pris. En tout cas, ce n'est rien au regard du champ de ruines que sont devenus mon corps et mon cœur.

Alors seulement, je permets à mon chagrin d'exploser. Allongée à même le sol, je pleure à gros sanglots. Ce sont les cris d'une bête blessée, les gémissements d'une femme à terre. Oui, je suis au bout du rouleau, et je ne sais pas comment je pourrai me relever, cette fois. J'ai le sentiment que mes forces ont disparu et que la douleur, qui est la mienne, ne s'en ira plus jamais.

5

Nahel

Assis dans ma voiture, je suis totalement anéanti. Quel cauchemar ! Putain, c'est trop con. Hier, je croyais l'avoir perdue et j'avais toutes les raisons de le penser. Sa famille, ça, c'était un motif valable ! Mais une pétasse qui est arrivée dans mon pieu pendant que j'étais dans un coma éthylique, bien anesthésiant, alors ça non, c'est pas possible !

Il n'est pas question que je laisse notre histoire s'achever ainsi. Jamais je n'ai vu Madie dans cet état. Habituellement, elle parvient à se maîtriser et à rester d'une dignité qui force le respect. Or, là, elle était comme folle.

Je devine que son chagrin était proportionnel à la cruauté de ses propos. Même si tout ce qu'elle a dit est vrai, je ne peux pas l'oublier. C'est trop dur et ça fait trop mal. Mais ce qui est encore plus terrible, c'est le fait de savoir que sa décision est irrévocable. Jamais elle ne reviendra dessus, je l'ai lu dans ses yeux, juste avant qu'elle ne me traite de queutard alcoolique. Celle-là, je reconnais qu'elle me reste salement en travers.

Autour de moi, tout est brouillé. Il me faut un petit moment pour comprendre que ce sont des larmes qui rendent ma vision floue. Merde, depuis hier soir, je me suis transformé en véritable fontaine ! Ça ne m'était plus arrivé depuis la mort de mon frère.

Saisissant mon téléphone portable, je compose le numéro de Fred. Peut-être qu'il pourra m'aider. Au point où j'en suis, toutes les suggestions sont les bienvenues, même les plus loufoques. Si je ne trouve aucune autre solution, je ferai du camping devant sa porte, jusqu'à ce qu'elle accepte de m'écouter. C'est la seule chose que je demande. Être entendu. J'ai fait assez de conneries dans ma vie pour savoir que je peux les assumer. Par contre, payer pour quelque chose dont je ne suis pas responsable, pas question. Surtout si ce malentendu doit me séparer de l'unique personne qui compte pour moi.

— Ouais, Nahel. Comment ça va, *bro* ? Tu as réussi à rattraper les choses ?

— Non, pas vraiment ! répliqué-je vertement. Tu crois que je t'appellerais, si c'était le cas ? Il me semble que j'aurais bien mieux à faire ! Et puis d'abord, qui c'était la morue dans le lit ?

— Désolé, mec, j'ai peut-être merdé sur ce coup. Mais quand tu es venu, hier soir, t'étais dans un tel état ! T'arrêtais pas de gémir *« c'est fini avec Madie, c'est fini avec Madie* ». Je ne savais pas quoi faire. Alors je t'ai emmené vers la chambre de Vince, je t'ai donné de l'ecsta et de la vodka. Lisa en a après toi depuis un moment, tout le monde est au courant. Quand je l'ai vue, je me suis dit que c'était la solution à ton problème, que ça te permettrait d'oublier Mad. Je suis navré, je ne m'étais pas rendu compte à quel point tu étais mordu.

Des larmes de colère se mettent à couler sur mes joues. Je ne peux même pas lui en vouloir, j'ai conscience qu'il était animé des meilleures intentions. Mais, putain, que c'est difficile !

— Merci du cadeau ! Et maintenant, qu'est-ce que je fais, hein ? Jamais je n'ai vu Madie dans cet état. Elle était enragée, elle me jetait tout ce qui lui tombait sous la main à la tête. Je sais plus comment faire pour qu'elle m'écoute ! hoqueté-je dans un sanglot.

D'accord, ma réaction n'est pas très virile, mais c'est plus fort que moi. Tout ce désastre, ce n'est pas possible ! Avec mon ange blond, je voulais vraiment faire les choses bien et j'ai tout foiré.

— T'es où ? demande Fred, d'un ton franchement inquiet.

— Dans ma bagnole, sur le parking de son immeuble.

— Reste où tu es, j'arrive. Je trouverai une solution. Surtout, tu ne bouges pas et tu m'attends. Et pas de connerie !

Je suppose qu'il dit ça, parce qu'il ne m'a jamais vu ou entendu dans cet état. Avec désespoir, je donne un coup de poing sur mon volant, avant de m'effondrer. Quoi que Fred ait prétendu, je ne sais pas comment il peut m'aider.

6

Madie

Allongée sur le sol, j'ai perdu toute notion du temps. Je sais que je ne devrais pas me morfondre ainsi, qu'il n'en vaut pas la peine, mais c'est plus fort que moi. Je ne peux pas m'empêcher de pleurer, emplie de regrets sur ce qui aurait pu être et n'arrivera jamais. Le manque de lui va être douloureux, j'en ai conscience, et il me semble que gérer cette perte relève de l'impossible.

Mais qu'aurais-je dû faire ? Accepter une infidélité qui m'aurait amenée à le détester ? Passer le reste de mon temps à me poser des questions, dès qu'il y aurait le moindre retard, le plus petit regard sur une autre ? Ce n'est pas une vie ! Mon caractère n'est pas facile, mais il est entier. Et je ne suis pas charitable, je ne pardonne pas. Ce n'est pas le cas pour Joseph, ça ne le sera pas plus pour Nahel. La trahison est, à mes yeux, impossible à effacer, même avec la meilleure volonté du monde.

Mon petit ami n'a aucune excuse. Il savait que je l'aimais. Je voulais juste qu'il me laisse gérer la situation à ma façon. Il faut croire que c'était encore trop lui demander.

Une main qui se pose sur mon épaule me fait sursauter violemment. Perdue dans mes pensées, je n'ai pas entendu la porte s'ouvrir. Lorsque je me redresse, avec difficulté, les yeux rouges et bouffis d'avoir trop pleuré, j'aperçois avec étonnement Fred, agenouillé devant moi. Mais qu'est-ce qu'il fiche là, lui ?

— Comment es-tu entré ?

Ma voix est rauque et je suis tellement épuisée, que je n'ai plus la force de me mettre en colère. Combien de temps suis-je restée ainsi ? Aucune idée.

— J'ai pris la clé de Nahel, murmure-t-il, vaguement gêné.

Je m'assieds contre le mur, les genoux relevés devant moi et les mains serrant mes tempes bourdonnantes.

— Fred, qu'est-ce que tu fous ici ? C'est chez moi et on toque avant d'entrer. Ta mère ne t'a jamais appris ça ? Si mes souvenirs sont exacts, il y a un salon rempli de culs qui t'attend, alors dégage !

— Madie, il fallait que je te parle, répond-il, en prenant place à côté de moi, dans la même position.

Je sais déjà de quoi il sera question. Or, je n'ai pas l'intention de lui raconter ma vie ou de l'écouter trouver des circonstances atténuantes à son pote. Ce serait un peu trop facile !

— Il n'y a rien à dire, rentre chez toi ! répliqué-je avec agacement.
— Je m'inquiète, souffle-t-il, comme s'il n'avait pas entendu.
— Pas la peine, je ne ferai pas de connerie, rassure-toi. Ce n'est pas dans ma nature. Il me faut juste un peu de temps pour digérer ce qui vient de se passer. Alors, prends les affaires de Nahel et pars.

Je suis tout à fait honnête lorsque je prétends ça. J'ai besoin d'espace pour m'habituer à mon nouveau célibat, à cette trahison qui me rend malade.
— Ce n'est pas pour toi que je me fais du souci, mais pour lui. Il est à deux doigts de faire une belle boulette. Je te jure, il craque grave, là.
— Ce n'est plus mon problème.

Bien sûr, je mens. Fred vient d'instaurer le doute en moi. Je veux dire par là que je connais bien Nahel, c'est une tête brûlée. Lorsqu'il est sous pression, il réagit souvent avec excès et violence, j'en ai été témoin. Et s'il devait lui arriver quelque chose par ma faute, je crois que j'aurais bien du mal à m'en remettre.

Un mouvement, à quelques mètres de moi, attire mon attention. Une nana s'avance vers nous. Oh, mais ça va oui ? Mon appart serait-il devenu le dernier endroit à la mode ? Elle me tend une boîte de mouchoirs, que je lui arrache des mains sans la remercier. Et pour cause, je sais de qui il s'agit. Je l'ai reconnue presque instantanément. C'est elle qui dormait avec mon mec, ce matin.

Furieuse, je me tourne vers Fred qui semble soudain plus inquiet. Ma fatigue a fondu comme neige au soleil et je le fusille du regard, prête à lui sauter à la gorge. Qu'est-ce que c'est que ce plan foireux ? C'est tout ce qu'il a trouvé ? Me mettre la cause de mon malheur sous le nez ? Mais il est complètement débile ! Je vais le tuer, lui, c'est sûr. Elle aussi, d'ailleurs. Quitte à me retrouver en taule, autant que ça en vaille vraiment le coup. Vous ne croyez pas ?

— C'est quoi ce bordel, connard ? De quel droit fais-tu entrer cette pétasse chez moi ? Tu veux remuer le couteau dans la plaie ? Me rappeler ce que j'ai perdu ? C'était pas la peine, idiot bête, j'en ai parfaitement conscience et sans ton aide ! Tu as trois secondes pour dégager d'ici avec elle. Sinon, je prends ma lame de cuisine la plus tranchante et advienne que pourra !

Je vois un éclair de panique traverser le regard effaré de l'ami de Nahel. Je suppose qu'il n'aurait jamais imaginé entendre de telles paroles sortant de ma bouche. C'est plutôt le genre de son pote, ça !

Puis, mes propres mots et ce ton rageur parviennent jusqu'à mon cerveau. Mon Dieu, mais qu'est-ce qui m'arrive ? Le chagrin m'égare, me rend odieuse. Fred n'a rien fait de mal, il tente juste d'arranger les choses. Il faut simplement qu'il pige que c'est peine perdue, il n'y a plus

rien à sauver. Nahel m'a trompée et je ne pardonnerai pas. Point barre.
— Excuse-moi, Fred, murmuré-je soudain calmée, tout en saisissant sa main. Je vois bien ce que tu essaies de faire, mais il est trop tard. C'est terminé.
— Non, ce n'est pas fini. Écoute, Madie, hier soir, Nahel est venu à la maison. Il était totalement hagard et n'arrêtait pas de dire que tout était fini avec toi, qu'il t'avait perdue. Alors, je l'ai emmené dans la chambre de Vince.
— Et tous ces gens, totalement nus dans ton salon, c'était quoi ? Une orgie ?

Il baisse la tête, profondément gêné. Ses oreilles sont rouges et j'ai l'impression qu'il ne sait plus où se mettre. Je ne peux m'empêcher d'avoir une grimace de dégoût en me remémorant tout cet étalage de viande. Non, mais franchement… Je suppose que c'est de ce genre de choses que mes parents essayaient de nous protéger et, après ce que j'ai vu, je les en remercie.
— Ouais, admet-il, après un long moment. Ça arrive de temps en temps… J'ai proposé à Nahel de se joindre à nous, mais il a refusé. C'est pour ça que je l'ai mis à l'écart. Putain, il était dans un tel état ! Alors, tout ce que j'ai trouvé à faire, c'est de lui amener une bouteille de vodka et des cachets. Tu comprends, je ne savais pas comment le gérer. Quand il est mal, il est totalement imprévisible.

— Quel genre de cachets ?
— De l'ecstasy, avoue-t-il avec difficulté.
— Mais c'est de la drogue ! soufflé-je, totalement scandalisée.
— Qu'est-ce que je pouvais faire d'autre ? Merde, Madie, essaie de te mettre cinq minutes à ma place ! Il pleurait, il divaguait. Je me suis dit que plus vite il serait dans les vapes et mieux ce serait.
— Et ensuite ?
— Au bout d'une ou deux heures, je lui ai envoyé Lisa. Je savais qu'il lui plaisait. Il leur plaît d'ailleurs à toutes. Je croyais que ça lui changerait les idées, qu'il t'oublierait.
— Tu as fait ça ? Mais tu es complètement stupide, ma parole ! Je n'ai jamais quitté Nahel. Je lui ai simplement demandé de me laisser avec mes parents pour que je puisse les calmer. Il a pris ça au drame ! Et pour couronner le tout, tu lui envoies le premier cul qui passe, en espérant qu'il se le tape ! Je ne peux pas croire à tant de bêtise. Non, je ne peux pas ! Tu viens de détruire ma vie, tu le sais ça, pauvre débile ?
— Nahel n'a rien fait de mal, intervient pour la première fois la fille.

Je me tourne vers elle, le regard mauvais. Aussitôt, elle recule. Je suppose que le coup du couteau de cuisine lui a fichu la frousse. Tant mieux !
— Lorsque je suis entrée dans la chambre, il était déjà inconscient, poursuit-elle néanmoins. Alors, comme

j'étais moi-même complètement torchée, je me suis couchée dans le lit. Je pensais que s'il se réveillait ce matin et s'il était en état, je pourrais toujours le séduire. Mais quand j'ai émergé, il n'était plus là.

Voyant que je plisse les yeux, sceptique, elle ajoute :

— Je te jure sur la tête de mes parents que c'est la vérité. Tout ce qu'il a fait, c'est dormir.

— Quand je suis venue à l'aube, il t'enlaçait.

— Oui, mais il était dans le coltard. Il n'a pas arrêté de t'appeler, de gémir ton prénom. Désolée, ça me coûte de le reconnaître, parce que ce mec est super canon, mais il tient à toi. Jamais je n'ai vu un type aussi amoureux d'une nana. Et si tu es assez abrutie pour ne pas l'avoir compris, alors tu mérites de te morfondre comme ça pour le restant de tes jours. Bon, j'aimerais rentrer chez moi, maintenant. Tu me ramènes, Fred ?

Il me serre la main une dernière fois et demande :

— Tu penses que ça va aller ?

— Oui, j'acquiesce, en déglutissant avec difficulté. Je crois que j'ai fait une énorme connerie.

— Je suis content que tu en aies pris conscience, Madie. Il n'est pas trop tard. Appelle-le, dis-lui de venir et discutez tous les deux. Il me semble que vous en avez sacrément besoin.

Puis, sans tenir compte des larmes qui roulent à nouveau sur mes joues, de mon nez qui coule comme si j'avais le rhume, il se lève et quitte l'appartement avec la fille.

Même si j'ai supposé que Fred pouvait mentir pour sauver la mise à son ami, quand la blonde a ouvert la bouche, j'ai pigé qu'elle ne me racontait pas de salades. Elle était sincère, ça se lisait dans ses yeux. Seulement, après les horreurs que j'ai balancées à Nahel, comment réparer ce désastre ? Jamais plus il ne voudra entendre parler de moi et, à sa place, je ferais de même. Mince, je l'ai traité de queutard alcoolique et de dégénéré ! Pour un mec fier comme lui, ce n'est pas rien.

Décidément, je fais vraiment tout de travers. Il faut absolument que je me ressaisisse, que je lui passe un coup de fil pour m'excuser. Au moins ça !

Mon téléphone gît sur le lit. En rampant, parce que mes jambes sont trop tremblantes pour me porter, je l'attrape et reprends ma place initiale. Après m'être mouchée et essuyé les yeux, je compose son numéro. La boîte vocale s'enclenche presque immédiatement. Tu parles, il a rejeté mon appel ! Bien fait pour ma pomme !

— Nahel, c'est Madie, commencé-je, la voix chevrotante. Une fois de plus, je me suis mal comportée avec toi. Je suis vraiment désolée pour ce que je t'ai dit, je ne le pensais pas. Alors, si jamais tu entends ce message, sache que je regrette la scène de ce matin. Sincèrement. Et si tu as envie de venir m'engueuler, je t'attends. Je t'embrasse.

Voilà, j'ignore ce que je pourrais ajouter d'autre. Prétendre que je l'aime, après la manière dont je l'ai envoyé au diable, me semble franchement déplacé.

— Moi aussi, je suis désolé, souffle une voix depuis l'entrée de la pièce.

Lorsque je lève les yeux, je le vois. Il est là et il se dirige droit sur moi.

7

La seconde suivante, Nahel m'a soulevée par les bras et remise sur mes pieds. Toutefois, il ne me lâche pas, paraissant avoir compris que je suis incapable de tenir debout toute seule. L'épuisement physique et psychologique, suite aux évènements de ces dernières heures, a eu raison de mes forces et mon corps hurle de fatigue. Je n'en peux plus, je suis à bout. Trop, c'est trop.

Alors, je me laisse aller à une espèce de léthargie qui semble l'inquiéter. Aussitôt, il me soulève et me porte vers le lit, sur lequel il m'allonge.

— Madie, qu'est-ce que tu as ? Tu es malade ?

J'ai été odieuse avec lui, mais il continue à se faire du souci pour moi. Du coup, j'ai encore plus envie de me baffer. Il y a des jours où je me fais pitié moi-même ! Plus conne que ça, tu meurs…

Son regard préoccupé et la tendresse de ses gestes ont raison de mes nerfs, mes sanglots reprennent de plus belle. Je ne les retiens même pas, car pleurer me fait du bien, me soulage.

— Mon ange, arrête. Ça ne sert à rien de te mettre dans cet état.

Il me faut un long moment pour me calmer, même si je suis bercée par ses bras si forts. Il me semble que je m'endors assez rapidement, dès qu'il s'installe à mes côtés sur le lit. J'ai beau lutter, je ne parviens pas à garder les paupières ouvertes. Préférant abandonner la partie, je me laisse happer par ce sommeil si salvateur, qui me fera oublier à quel point j'ai été immonde avec celui que j'aime. Bercée par les battements de son cœur sous mon oreille, je ne songe même pas au fait qu'en ce lundi matin, je devrais être en cours. Rien n'a plus d'importance, hormis cet homme à mes côtés.

Lorsque j'émerge enfin, mes idées paraissent un peu plus claires. Ouvrant les yeux avec difficulté, je suis envahie par un sentiment d'inquiétude pendant quelques secondes. Puis, sentant la présence de mon amoureux tout près de moi, je suis aussitôt rassurée. Quelle heure peut-il bien être ? Un coup d'œil au réveil m'indique qu'il est déjà quinze heures.

Avec toutes les précautions dont je suis capable, pour ne pas risquer de le déranger, je me lève et me dirige vers la salle de bain. Ma vessie est en train de chanter la Marseillaise et j'ai besoin de me rafraîchir. Après m'être soulagée avec un énorme soupir, m'être brossé les dents et avoir passé de l'eau sur mon visage, je me recoiffe, appréhendant le moment où Nahel sortira du sommeil. Rien n'est réglé entre nous et, s'il n'a pas couché avec cette fille, je me demande ce qu'il pourra bien dire pour m'expliquer comment il s'est retrouvé dans un paddock avec elle, totalement inconscient, et sous l'influence de cachets d'ecstasy. Ses arguments auront intérêt à tenir la route, parce que sinon je sens que les choses vont à nouveau s'envenimer.

Je déteste la drogue et tout ce qui s'en approche de près ou de loin, même si je considère que l'addiction à ce genre de substance, n'est rien d'autre qu'une maladie. C'est mon père qui m'a fait comprendre ça, le jour où je suis tombée sur un habitant de Rochesson complètement ivre. À l'époque, je l'avais jugé sévèrement et papa m'avait alors expliqué que certaines personnes avaient besoin de dérivatifs pour soigner leurs bleus à l'âme. Cet homme, en l'occurrence, ne se remettait pas de la perte de sa femme.

Depuis, je n'avais plus jamais eu d'avis aussi tranché, ayant pigé que la vie n'était ni noire ni blanche et que les gens en proie à une dépendance ne l'étaient pas par choix, mais pour arriver à supporter leurs problèmes, sans réaliser que cela empirait les choses et ne les arrangeait certainement pas. Après tout, nous avons chacun nos faiblesses, non ? Certains sont juste moins forts que d'autres pour les surmonter.

Avec un soupir de découragement, je songe à toutes les épreuves que nous avons déjà traversées, alors qu'il y a si peu de temps que nous sommes ensemble. Bien sûr, mon immaturité et mon inexpérience y ont grandement contribué, puisque j'ai tendance à juger hâtivement les situations, sans réellement tenir compte de tous les tenants et les aboutissants.

De plus, je passe ma vie à imaginer le pire à propos de mon mec, ce qui est carrément préoccupant. Ai-je une si mauvaise opinion de lui pour vouloir penser qu'il est systématiquement capable de me faire du mal ? Si tel est le cas, qu'est-ce que je fiche avec lui ? À le considérer comme un type peu fréquentable qui accumule les conneries, je sais que je nous fais du tort à tous les deux. Mais comment parvenir à surmonter cela ? J'aime Nahel et je suis sûre qu'il m'aime également. Alors, pourquoi est-ce si difficile de lui faire confiance, tout simplement ?

Je n'ai pas de réponses à ces questions et c'est bien le problème. J'ai conscience de sa réputation, du moins ce que mon frère en a dit, mais cela n'explique pas tout. C'est comme si j'avais le pressentiment que notre histoire finira mal, comme si je m'y attendais avec défaitisme. Or, si je ne crois pas en nous, je ne vois pas qui le pourrait à ma place.

Plus inquiétant encore, ce sont mes réactions de ce matin. Jamais je n'aurais imaginé être capable de partir en vrille de la sorte. Bon sang, je ne me reconnais plus. J'ai toujours été d'un tempérament calme et réservé. Mais depuis que je fréquente ce garçon, j'ai le sentiment qu'une nouvelle Madie émerge et je ne suis pas certaine d'aimer cette femme. Elle est impulsive, irrationnelle, et totalement incontrôlable. Pire, elle peut se révéler capable d'une violence extrême, aussi bien verbalement que physiquement. Et là, je me fais peur. Sans déconner, c'est vrai. En repensant à mes réactions de ce matin, à la façon dont j'ai clashé Fred et Nahel, je flippe. Je ne veux pas devenir comme ça et il faudra que je fasse un sacré travail sur moi-même pour comprendre ce qui m'arrive.

Alors, bien sûr, je suis paumée, profondément choquée par mon altercation avec mes parents et par ce que j'ai découvert chez son ami. Mais est-ce un motif suffisant pour me laisser aller à de tels excès ? Rien n'est moins sûr et il n'est pas question que je poursuive sur cette voie. OK, j'ai choisi un mec sulfureux, dont le comportement est loin d'être exemplaire, mais ce n'est pas une raison pour l'imiter. Je dois absolument faire preuve de sérénité, la prochaine fois que nous nous opposerons et surtout, surtout, arrêter de chialer à tout bout de champ. Bon sang, c'est pénible à la fin ! En un mot comme en six, il va falloir que je grandisse, tout simplement.

Cela étant, je pense sincèrement que ce n'est pas une mince affaire et rien ne sera pas évident. Mais je dois rester positive et m'obliger à plus de distance avec les situations émotionnellement difficiles auxquelles je suis confrontée, ces derniers temps. Après tout, avec mes parents, j'ai fait preuve de maturité et de détermination. C'est donc également de cette manière que je dois gérer ma relation avec Nahel, si je ne veux pas finir sous Prozac.

Après avoir vérifié qu'il dormait toujours, je décide de prendre l'air et de passer à la boulangerie pour acheter du pain et des croissants. Mon ventre se manifeste de plus en plus bruyamment, car je n'ai rien mangé depuis hier soir. Je suis sûre que je serai de bien meilleure composition, une fois mon estomac rempli.

Au moment où je sors, une pluie drue et glacée s'abat sur ma tête. C'est bien ma veine ! En courant, je traverse la rue et me dirige vers la boulangerie où j'ai mes habitudes. Tout y est délicieux.

Impulsivement, je décide d'acheter également des gâteaux –histoire de fêter dignement nos retrouvailles–, en plus de la baguette et des viennoiseries. Je sais que c'est loin d'être équilibré, mais ce n'est pas comme si je me gavais de cochonneries tous les jours.

Trempée comme une soupe, protégeant mes provisions sous mon ciré marin rouge, je reprends la direction de l'appartement. J'ai bien essayé d'attendre que les trombes d'eau cessent, mais au bout de dix minutes, j'ai compris que je risquais de poireauter jusqu'à la nuit.

C'est donc à bout de souffle que j'arrive devant la porte de mon studio. J'ai à peine le temps d'y insérer la clé, que celle-ci s'ouvre à toute volée. Waouh ! Que se passe-t-il encore ?

— T'étais où ? aboie Nahel, rouge de colère.

Mais enfin, qu'est-ce qui lui prend ? Il n'est pas tout seul dans sa tête, ma parole ! Ce n'est pas pour dire du mal, mais il me semble que je ne suis pas la seule à devoir gérer mes sautes d'humeur. Parce que pour ce qui est du mauvais caractère, il en tient une couche et une belle !

— Je peux entrer chez moi ? demandé-je, avec une patience que j'ignorais posséder.

Très franchement, son attitude me hérisse le poil et je n'ai qu'une envie, c'est de lui rentrer dans le lard. Mais je sais que si j'agis ainsi, les choses s'envenimeront, pour tourner en une engueulade épique. Et pour finir, je vais pleurer, une fois de plus, enfermée dans la salle de bain, en me maudissant de l'avoir rencontré. Si je dois faire preuve de self-control, comme je me le suis promis, autant commencer tout de suite.

Avec une grimace de contrariété, il se place sur le côté pour me laisser passer, avant de claquer la porte, me faisant sursauter. Cet aspect lunatique de sa personnalité me pèse de plus en plus, je dois le reconnaître. Si je veux bien tenter de m'améliorer, je refuse d'être la seule à faire tous les efforts.

Comme un mantra, je me répète inlassablement *« reste calme, reste calme, Madie »*, tandis que je retire mes converses totalement trempées.

Je suis tellement mouillée que je tremble de froid et que mes dents claquent, malgré le chauffage de l'appartement. Je crois que même ma culotte est humide et, pour une fois, ce n'est pas lié à une quelconque excitation d'ordre sexuel.

Raide comme la justice, je me dirige sans un regard pour lui vers la table, où nous partageons nos repas, et ouvre le zip de mon ciré qui laisse de petites flaques sur le sol. Je ne prends pas la peine de saisir un torchon pour les essuyer, je sais qu'en bon maniaque de la propreté, Nahel doit déjà avoir une serpillère à la main. En attendant, je suis en train de frissonner et mes dents s'entrechoquent de plus en plus.

Alors, sans perdre une seconde, je pose mes achats sur la petite table et les sors des sachets dans lesquels ils étaient enveloppés. Puis, je jette un œil à mon petit ami, pour m'apercevoir que ses pommettes ont rosi de gêne. Bien fait pour lui ! Ça lui apprendra à m'agresser comme l'abruti impulsif qu'il est, par moments.

Avant qu'il ait eu le temps d'en placer une, je lève la main pour le couper dans son élan et murmure sur un ton dangereusement calme qui indique très clairement qu'il ne faut pas me chercher.

— Je ne veux rien entendre. J'ai besoin d'une douche pour éviter de me choper une pneumonie. On s'expliquera après. Je te laisse ranger.

À mon grand étonnement, il se tait et recule pour me permettre de rejoindre la salle de bain, non sans avoir attrapé mon ciré pour l'emporter sur le balcon. Aussitôt, je file, uniquement préoccupée par le besoin de me réchauffer…

Un quart d'heure plus tard, je suis de retour, vêtue d'un legging et d'un large tee-shirt, ainsi que de chaussettes que j'ai piquées dans l'un de ses sacs. Ceux-ci n'ont pas bougé de l'entrée, depuis que je les y ai placés.

Nahel marche de long en large dans la pièce principale, en fourrageant avec nervosité dans ses cheveux. Dès qu'il sent ma présence, il se fige pour se tourner vers moi. Avec un petit sourire dépité, il murmure.

— Je suis désolé, Mad. J'ai cru que tu étais partie et j'ai commencé à paniquer.

— Au cas où tu ne serais pas au courant, c'est mon appartement ici. Il faut que tu apprennes à gérer ton stress sans m'agresser, parce que je te jure que c'est pénible.

— Je sais. Mais en même temps, aujourd'hui, je suis passé par toutes les émotions. Je croyais sincèrement t'avoir perdue et je suppose que j'ai encore du mal à réaliser que tu as envoyé chier ta famille pour moi.

Je me rebiffe aussitôt. J'ai agi ainsi pour nous, c'est clair. Mais il faut qu'il comprenne que je l'ai surtout fait pour moi.

— Nahel, ce qui s'est passé hier serait arrivé avec ou sans toi. J'avais besoin de gagner mon autonomie, c'est une évidence aujourd'hui. Tu as été le détonateur d'une confrontation qui était inévitable. Je suppose que cela se serait produit à la fin de mes études, ou en tout cas moins tôt.

Je le vois se rembrunir et se fendre d'une moue renfrognée.

— Je pensais que c'était pour moi que tu les avais bravés.

— Pourquoi tu prends la mouche, hein ? Cela fait à peine quelques semaines que nous nous connaissons, je proteste, les sourcils froncés.

— Tu as dit que tu m'aimais !

— Et c'est vrai, je te jure que c'est vrai. Mais j'ai également besoin d'exister en tant que personne. Je ne vois pas ce qu'il y a de mal à cela. Et puis, il me semble que tu n'es pas tellement en position de m'engueuler ! En tout cas, pas tant que tu ne m'auras pas expliqué comment tu t'es retrouvé dans un lit avec une nana, tout juste quelques heures après avoir quitté mon appartement !

— C'est un malentendu, Madie. Je n'ai rien fait de mal avec cette fille. Tu sais qu'il n'y a que toi !

Il est sincère, je n'ai aucun doute sur la question, mais cela n'autorise pas tout.

— Nahel, tu ne peux pas continuer à te déchirer la tête dès que ça ne va pas comme tu veux. Fred m'a dit que tu avais pris de la drogue et que tu avais bu. Est-ce que c'est habituel pour toi ?

Je vois ses pommettes rosir un peu plus sous l'effet de la gêne et je comprends aussitôt que c'est un sujet qu'il n'a pas l'air de souhaiter aborder, et certainement pas avec moi. Pourquoi ? A-t-il des choses à cacher ? Les paroles de Joseph me reviennent en mémoire. Se pourrait-il que Nahel soit un junkie, revendeur de drogue qui plus est ? Non, c'est impossible ! Je ne peux pas y croire. Mon instinct ne m'aurait pas trompée, alors qu'il s'est toujours montré fiable.

— Hier soir, ce n'était pas la première fois, finit-il par admettre, après un long silence.

Je sursaute à cette révélation, mais je reste silencieuse. À vrai dire, je suis profondément choquée, mais pas vraiment surprise. Bizarre, n'est-ce pas ? C'est comme si dans le fond, je le savais déjà. Le souci, dans cette histoire, c'est que je ne l'accepte pas pour autant, parce que je ne comprends pas son envie de se détruire ainsi.

— Ça reste toutefois très occasionnel, se hâte-t-il d'ajouter.

— Et l'alcool ?

— Il m'arrive de boire, c'est clair. J'ai souvent du mal à m'arrêter. Mais c'est seulement en soirée ou quand, comme hier, j'ai besoin de m'anesthésier la tête. Tu ne dois pas t'en inquiéter, murmure-t-il, tout en s'approchant et en effleurant mon bras pour me rassurer.

— J'espère, Nahel. Je l'espère sincèrement. Parce que je refuse de me brouiller avec ma famille pour quelqu'un qui n'en vaut pas la peine. Si je devais m'apercevoir que tu es drogué ou alcoolique, ce serait terminé entre nous.

— Eh bien, tu es très radicale ! Où est passée ta sacro-sainte charité chrétienne ? Si tu peux aussi facilement mettre une croix sur nous, cela signifie que ton amour ne pèse pas très lourd !

Son air moqueur m'énerve immédiatement. Je n'aime ni sa grimace ironique, ni le ton qu'il emploie, et il me semble important de clarifier les choses sans attendre.

— Comprends-moi bien. Si tu devais être en situation de dépendance à la boisson ou à des substances illicites, cela ne constituerait pas le problème majeur. Comme toute addiction, ça se soigne et je serais la première à vouloir t'aider. Sincèrement, c'est vrai, ajouté-je, face à son expression sceptique. Par contre, ce que je ne pourrais pas supporter, c'est que tu m'aies menti, que tu n'aies pas eu assez confiance en moi pour me dire la vérité. D'autant que je t'ai donné, à l'instant, l'occasion de me parler en toute franchise.

Cette fois, je le vois tiquer, mais il se reprend très rapidement.

— Dans la mesure où je n'ai aucune révélation fracassante à te faire, nous pouvons passer à autre chose, déclare-t-il avec assurance.

Il semble effectivement très sûr de lui, mais une minuscule partie de moi doute quand même de sa sincérité. Je ne sais pas si c'est son regard vaguement fuyant ou le léger tremblement de ses lèvres, mais il y a quelque chose dans son attitude, dans sa posture, qui me laisse penser qu'il ne me dit pas tout. Seulement, je ne peux l'obliger à rien, n'est-ce pas ? Je lui ai tendu la perche, s'il ne l'a pas saisie, c'est qu'il n'a de toute évidence aucune raison de le faire. Alors pourquoi est-ce que je demeure sur le qui-vive ? Pourquoi est-ce que j'ai la certitude qu'il ment, au moins par omission ?

Le monde de la nuit, dans lequel il évolue, est celui de tous les excès et je ne crois pas qu'il est du genre à résister à la tentation. Toutefois, je n'imagine pas qu'il soit capable de m'enfumer en pleine face. Il ne l'a jamais fait jusqu'à présent, pourquoi commencerait-il maintenant ?

Je me raccroche à cette pensée, alors qu'il avance encore vers moi et me caresse la joue. Je refuse de douter de lui. Les soupçons ne peuvent pas faire partie de notre relation, sinon nous irons droit dans le mur. Je dois lui faire confiance, c'est vital. Pour moi, il a changé beaucoup de choses dans sa façon d'être. Il ne m'a jamais trompée et a accepté l'idée du couple, alors que c'était un polygame notoire. Et ce n'est qu'un des aspects de son désir de s'améliorer. Mais Rome ne s'étant pas construite en un jour, je dois faire preuve de patience.

Nahel tente de me prendre dans ses bras et je le laisse faire. D'ailleurs, je pense que j'en ai au moins autant besoin que lui. Mais, si je croyais qu'il se sentait obligé de me rassurer, il devient très vite évident que c'est avant tout pour lui qu'il s'agrippe à moi.

— Ne me quitte plus jamais, chuchote-t-il d'une voix étranglée dans mon cou. Je ne pourrais pas le supporter. Tu es tout pour moi et je ne veux plus jamais revivre une telle épreuve. J'ai besoin de toi comme de l'air que je respire.

Accroché à moi comme un naufragé à sa bouée, mon petit ami me serre fort contre lui à tel point que j'ai de la peine à reprendre mon souffle. Ce que je vais vous dire est sans doute très égoïste, mais réaliser qu'il est à ce point dépendant de ma petite personne est un véritable baume pour mon cœur qui ne semble pas savoir gérer la violence des émotions que je ressens, depuis que je l'ai rencontré.

J'étais tellement sûre que tout était terminé entre nous, si déterminée à le rayer de ma vie, parce que je le pensais infidèle, que j'ai beaucoup de mal à prendre conscience qu'il n'en est rien. Pourtant, même si je sais pertinemment qu'il n'a pas couché avec la blonde ni aucune autre, notre relation était déséquilibrée jusqu'à présent. J'étais perpétuellement en demande de lui, ce qui était devenu un élément d'anxiété permanent, à proprement parler épuisant.

Alors, tout mesquin que cela puisse paraître, réaliser que je suis en position de force, qu'il a autant besoin de moi que moi de lui, eh bien, c'est un soulagement que je ne peux pas vous décrire. À partir de maintenant, nous pouvons repartir sur des bases plus saines, nous avons une vraie chance de progresser.

Cependant, au bout de quelques minutes, l'angoisse qui a l'air de le tenailler ne disparaît pas pour autant.

— Je t'aime tant, ne cesse-t-il de répéter, comme une litanie.

Si j'adore entendre ces mots, je pense qu'il faut qu'il se calme quand même, et je me demande sincèrement comment je vais pouvoir le rassurer et le sortir de ce qui ressemble fort à une véritable crise de panique. Si je le laisse dans cet état, nous serons encore ici demain matin ! Puis, soudain, je sais. L'évidence me frappe comme une brise glacée en plein hiver.

Lorsque je tente de m'écarter, il a toutes les peines du monde à me relâcher. Je suis obligée de lui faire remarquer doucement qu'il est en train de m'étouffer, pour qu'il daigne enfin desserrer son étreinte. Son regard me confirme ce que je sais déjà. Il est totalement terrifié à l'idée de me perdre. Je suppose que je le suis de la même manière, mais il me semble qu'à cet instant, je suis beaucoup plus forte que lui.

Sans me donner le temps de réfléchir plus avant, et surtout de changer d'avis, je lui prends la main pour l'entraîner vers le lit. Celui que nous avons partagé tant de nuits, sans jamais y faire l'amour. Celui où nous venons de dormir, pour nous remettre de ces derniers évènements, plus chaotiques les uns que les autres. Celui où je m'apprête à devenir une femme à part entière. Sa femme.

Nahel n'a pas l'air de percuter, car il demeure totalement immobile, incapable d'émerger de cet état de stress qui l'a gagné, depuis qu'il s'est accroché à moi.

Avec un petit soupir amusé, je décide de me déshabiller, retirant chaque bout de tissu de mon corps. Il finira bien par comprendre, non ? Quelques secondes plus tard, je me tiens nue comme un ver devant lui, et il ne réagit toujours pas. Pour un mec intelligent, je trouve qu'il a le comprenoire drôlement fermé, aujourd'hui.

Le visage illuminé par un sourire d'encouragement, je commence à m'attaquer à ses vêtements. Je remonte son tee-shirt et le passe par-dessus sa tête. Puis, tout en parsemant son torse de baisers doux et aussi légers que des plumes, j'ouvre sa ceinture. Alors seulement, il réagit en posant l'une de ses mains sur les miennes.

— Qu'est-ce que tu fais ? demande-t-il d'une voix rauque.

— Ça se voit, non ? Je te déshabille.

— Pour quoi faire ?

Alors ça, c'est la meilleure ! Pour prendre le thé avec la reine d'Angleterre, ai-je envie de répondre, mais il me semble que le moment est mal choisi pour faire de l'ironie.

— Parce que pour faire l'amour, il me paraît plus indiqué de ne pas porter de vêtements.

À son regard brillant, je constate qu'il a enfin saisi où je veux en venir. Eh bien, ce n'est pas trop tôt ! Ses prunelles se font soudain plus sauvages, plus intenses, et l'œillade qu'il me lance est clairement celle d'un prédateur face à sa proie. Ladite proie est tout à fait consentante et plutôt impatiente, dois-je préciser !

Afin de ne pas perdre de temps, je m'agenouille devant lui pour le débarrasser de son pantalon que j'empoigne en même temps que son shorty. Mon chéri se laisse faire, avec un zèle qui pourrait être comique, si la situation prêtait à rire.

— Madie, tu es sûre de toi ? Tu sais, on peut encore attendre. Ce ne serait pas grave et…

— Nahel, je n'ai aucun doute sur mon amour pour toi. Rien n'a changé depuis hier soir.

Je lève les yeux vers lui, toujours installée à genoux, avant de poser un léger baiser sur son membre en semi-érection. Aussitôt, celui-ci se redresse au garde-à-vous, ce qui déclenche un éclat de rire que je ne peux réprimer.

— Lui au moins semble d'accord avec moi, murmuré-je, mutine. Il a l'air super content de me revoir !

Un grognement rauque me répond, avant que deux grandes mains ne m'empoignent pour me balancer sur le lit. Avec un cri, il se jette sur moi, ce qui me fait hurler et pouffer en même temps. Pourtant, dès le moment où ses doigts se posent sur moi, mon rire meurt sur mes lèvres, pour finir en un gémissement de plaisir.

J’aime tant l’embrasser, le toucher. Je n’avais pas réalisé, jusqu’à cet instant précis, que cela m’avait tant manqué, quand bien même nos derniers ébats ne remontent qu’à hier soir.

Je présume que ce sentiment est lié au fait que, durant plusieurs heures, j’ai cru que cela n’arriverait plus jamais. Alors, tout me semble plus intense, les sensations sont réellement exacerbées, comme multipliées par cent. Et ce que je ressens est juste hallucinant.

Dès que ses paumes me frôlent, ma peau se hérisse et ma respiration s’accélère, à tel point que j’ai l’impression d’étouffer. Ce qui est étrange, c’est que j’ai la certitude absolue qu’il éprouve exactement la même chose que moi. Vous voulez savoir pourquoi ? Son souffle est erratique, ses gestes sont moins assurés que d’habitude et ses doigts tremblent légèrement.

Je ne devrais pas en être consciente, mais de manière tout à fait naturelle, je suis à l’affût de la moindre de ses émotions. Et là, c’est un torrent d’énergie pure. La pièce semble inondée de passion, tandis que son visage se perd dans mon cou pour en lécher chaque parcelle de peau, et que ses mains remontent le long de mes cuisses pour redescendre en une caresse d’une douceur incroyable. Contre ma hanche, je sens sa verge, si raide, dont la taille m’impressionne, mais qui demeure toujours si mystérieuse pour moi.

Lorsque sa bouche, après un baiser torride durant lequel sa langue a mimé l'acte sexuel, bifurque vers mes seins, je me tends d'instinct vers lui. Ses lèvres happent l'un de mes tétons pour le sucer avidement, avant de le titiller du bout de la langue et de souffler dessus. Après s'être longuement amusé avec mes mamelons, qui sont maintenant aussi durs que du granit, il continue à prendre la direction du sud, s'arrêtant quelques instants pour taquiner mon nombril, me faisant pousser un gémissement de bonheur qui se transforme en cri au moment où ses dents effleurent la toison de mon mont de Vénus.

Sa langue si habile se met à jouer tranquillement avec mon clitoris gonflé, tandis qu'il s'installe entre mes cuisses, grandes ouvertes.

— Nahel… je proteste, en posant la main sur sa tête pour l'empêcher de poursuivre.

— Quoi ? s'enquiert-il, tout contre le duvet qui recouvre mon pubis.

— Pourquoi fais-tu ça ? soufflé-je, d'une voix que je ne reconnais pas comme la mienne.

— Comment ça, pourquoi ? Pour te donner du plaisir. Je pensais que ça tombait sous le sens, se moque-t-il, le visage relevé pour croiser mon regard.

— Oui, mais ce n'est pas ainsi que ça doit se passer.

Il m'est difficile de lui expliquer avec des mots que je veux qu'il me pénètre, afin que la partie pénible du programme soit rapidement derrière nous. Je crains la douleur, j'appréhende de ne pas ressentir de plaisir à cet acte. Sans doute, est-ce dû au fait que je ne sais pas vraiment à quoi m'attendre. Alors, plus vite on en finira et plus vite mes angoisses auront disparu.

Toutefois, un accès de timidité m'empêche de lui révéler le fond de ma pensée à voix haute. À son regard, je réalise qu'il a saisi mon problème, car aussitôt il me sourit avec tendresse, avant de murmurer tranquillement.

— Mad, il faut que je te prépare pour que ce soit plus facile.

Mes sourcils se froncent en raison de l'incompréhension que ses paroles provoquent. Mais de quoi parle-t-il ? Quelle préparation ? Bon sang, vivement que je m'affranchisse, parce que ma propre ignorance me pèse à un point que vous n'imaginez même pas.

— Si tu as un orgasme, là, ce sera tout mouillé, fait-il en introduisant deux doigts en moi pour caresser l'intérieur de mon corps.

Réalisant que je ne percute toujours pas, il ajoute en appuyant sur ses phalanges pour que j'aie bien conscience de leur présence en moi.

— Plus tu seras trempée et mieux ça glissera. Donc, normalement, ça devrait être moins douloureux. Enfin, je l'espère…

Pour ne pas me laisser la possibilité d'angoisser, son visage plonge à nouveau entre mes jambes, afin de finir ce qu'il vient de commencer. Toutefois, ses doigts, au lieu de se retirer, se mettent à bouger, tandis qu'il continue à torturer mon clitoris de sa langue.

Soudain, ses phalanges quittent mon corps et sa bouche s'ouvre en grand pour se coller sur ma vulve, qui ne demandait pas mieux, afin de l'aspirer. Cette caresse, tout à fait délicieuse, provoque une pure décharge d'adrénaline au creux de mon ventre, avant d'exploser en mille morceaux. Waouh, c'était à la fois très rapide et formidablement intense.

La respiration haletante, je tente de reprendre mes esprits, ce qui n'est pas simple après le plaisir que je viens de ressentir. Pendant ce temps, Nahel remonte le long de mon corps pour se positionner entre mes cuisses.

D'une main, il dirige son membre vers mon sexe toujours brûlant de cette caresse buccale que j'ai appris à apprécier plus que tout autre. Puis, lentement, il s'introduit, millimètre par millimètre, avant de se figer brusquement.

Dire que mon amant est tendu relève de l'euphémisme. Il est aussi raide que la justice, tellement immobile que j'en viens à me demander s'il respire encore. Après de longues secondes dans cette position, je finis par m'inquiéter.

— Nahel ?

— Hum ?

Sa voix n'est qu'un souffle et je ne comprends toujours pas ce qui lui arrive. Par contre, je réalise qu'il y a un problème.

— Qu'est-ce que…

— Mad, je réfléchis.

Hein ? Il se fout de moi ? Comme si c'était le moment de réfléchir ! Et d'abord, à quoi a-t-il besoin de penser, alors qu'il lui faut juste pousser pour forcer le passage ?

Finalement, il se redresse et c'est seulement à cet instant que je prends conscience de son extrême pâleur.

— Mais que…

— Je n'y arrive pas, admet-il d'une voix tremblante. Y a pas moyen, je ne peux pas continuer. J'ai tellement peur de te faire mal que je ne sais plus comment m'y prendre.

Je devine, à ses yeux fermés, à quel point la situation est compliquée pour lui. Il veut impérativement privilégier mon confort, même si c'est au détriment du sien, et cherche par tous les moyens à rendre les choses plus faciles pour moi.

Le truc, c'est que j'ai parfaitement compris qu'il s'agit d'un mauvais moment à passer. Donc, s'il ne se décide pas maintenant et qu'on arrête, la question se posera à nouveau demain, après-demain, et les jours suivants. À ce rythme, je serai encore vierge à cinquante ans !

8

Nahel

Je crois qu'en cet instant, tous les muscles de mon corps sont crispés. C'est exactement ça, il n'y en a pas un seul qui soit au repos. Je serre tellement les dents que je me demande comment j'ai fait pour ne pas m'en casser deux ou trois. Ce que je vis est juste terrifiant. Plus clairement, je suis une vraie boule de nerfs, mais je m'oblige à l'immobilité la plus totale.

Le tourbillon émotionnel, dans lequel j'évolue depuis hier soir, est en train de menacer de me rendre définitivement dingue. Et j'en suis complètement désemparé. Comment expliquer cette angoisse incontrôlable, alors que je n'attends que cela depuis des semaines ?

Le fait est que je n'arrive pas à me départir de la peur panique qui m'envahit à l'idée de la perdre. Madie est devenue le centre de mon univers, aussi étonnant que cela puisse paraître, et l'addiction que j'ai développée pour elle est plus forte que n'importe quelle drogue. Dans ces conditions, vous comprendrez que la seule éventualité de lui faire du mal me rend malade. Je refuse tout net. C'est si fortement ancré en moi, que je suis incapable de la pénétrer plus avant. Je me ferais l'effet d'être un violeur.

Et voilà comment le play-boy à trois balles que je suis, celui qui s'est tapé plus de deux cents nanas, se retrouve tétanisé au moment de passer à l'acte avec celle qu'il aime. Franchement, même le jour où je me suis fait dépuceler, ce n'était pas aussi difficile.

— Nahel ?

L'interrogation de mon ange blond, loin de me rassurer, me fiche un peu plus la pression. Oh putain, jamais je n'aurais imaginé que les choses se dérouleraient de cette manière. Un gros minable, c'est exactement ce que je suis. Parce que quand on est un frimeur dans mon genre, qui se targue de bien connaître les femmes, du moins leur corps, et qu'on est incapable de satisfaire le grand amour de sa vie, on est juste un connard arrogant qui fait dans son froc à la première occasion. Voilà qui donne à réfléchir à mon ego, souvent surdimensionné.

— Nahel, je t'en supplie, ne me laisse pas comme ça. Fais quelque chose, s'il te plaît, gémit Madie, toujours coincée sous moi.

Alors, je me retire, fermement décidé à ne rien tenter de plus, aujourd'hui. La vérité, c'est que je me dégonfle comme une merde. Dans ces conditions, qu'allons-nous devenir ? Parce que rien ne dit que ce ne sera pas pire, quand nous essaierons à nouveau. Dans mon esprit, ma dérobade est un foutu échec, un de plus dans ma vie, un de plus dans notre relation déjà trop chaotique. Mais cette fois, j'ai le sombre pressentiment qu'il nous sera difficile de nous en relever. Et ce qui devait être l'un des moments les plus importants pour Mad, se révèle être un véritable désastre. Tout ça, parce que je suis un trouillard de première.

Tandis que je m'écarte, le visage fermé pour ne pas lui permettre de deviner ma honte, je croise son regard. Et là, c'est le choc. Je vous jure que si je pouvais disparaître à l'instant, rien ne me ferait plus plaisir. Ses yeux sont tristes et j'y lis une réelle détresse. Elle est silencieuse, mais je sais qu'elle se sent profondément blessée.

Moi qui pensais lui avoir rendu service en m'arrêtant, je comprends, qu'en réalité, Mad vit cela comme un rejet. Elle doit sans doute être en train de se demander pourquoi je peux coucher avec la première venue et pas avec elle. Je suppose que si j'étais à sa place, moi aussi je réagirais mal et, vu sous cet angle, il m'est impossible de la laisser en plan.

J'aurais mieux fait de me bourrer la gueule ou de bouffer une ou deux pilules bleues, parce que j'aurais assurément bien moins d'états d'âme que maintenant, rare moment où je suis plus lucide que je ne l'ai jamais été. *Allez, merde* ! ordonné-je à mon cerveau. *Trouve une solution, fais quelque chose !*

Puis, alors que je suis au bord de la crise de nerfs, une idée me vient. Ça paraît plutôt hasardeux, mais je pense que cette théorie mérite d'être creusée. Et puis, ce n'est pas comme si j'avais d'autres suggestions en réserve.

— On va essayer différemment, murmuré-je pour la rassurer.

Je frôle ses lèvres tremblantes des miennes, puis je me glisse derrière elle, après l'avoir positionnée sur le flanc. Relevant sa cuisse, je la place sur les miennes de manière à avoir un meilleur accès à sa vulve. Mon bras gauche passe sous sa nuque pour la coller plus près de mon corps et ma paume entoure d'instinct son sein que je malaxe doucement.

Aussitôt, je la sens se détendre, ce qui a le mérite de me décrisper quelque peu. Ma queue est, quant à elle, toujours au garde-à-vous, comme chaque fois que je suis en présence de ce petit bout de femme.

Tout en butinant sa clavicule et cette zone si sensible située sous son oreille, ma main droite se niche sur son pubis. D'abord, je positionne à nouveau ma bite à l'entrée de son corps. Puis, après avoir enduit mes doigts de salive sous le regard choqué de ma blonde, je les dirige vers le petit bourgeon de chair que je masse avec assez de force pour qu'elle vienne vite et assez de douceur pour ne pas lui faire mal.

Les yeux fermés, le nez collé à sa nuque, j'attends le moment où elle commencera à se trémousser, sous l'effet du plaisir que lui procure ma main. Une chance pour moi, Mad est particulièrement réceptive à mes caresses et son clito encore hyper sensible.

Très rapidement, il durcit et gonfle, alors qu'elle pousse un gémissement tout contre mon avant-bras. Son bassin, comme doté d'une volonté propre, se met à bouger. À l'affût de chacune de ses réactions, de l'accélération de sa respiration, je suis prêt. Quand je la perçois enfin sur le point de succomber, je sais que le moment est venu. Mon gland tout naturellement tente de progresser en elle, tandis que ma queue commence à pulser sous l'effet d'un regain d'excitation. J'aime la faire jouir, j'aime la voir jouir, c'est quelque chose qui ne changera jamais.

À l'instant où elle perd pied, quand je sens les contractions de son sexe autour du mien et, malgré ma peur, je pousse d'un coup sec, tout en continuant à masser son clito avec une application redoublée.

Madie mord mon bras, tant sous l'effet de la surprise que de la douleur, mais étrangement son orgasme ne s'arrête pas. Je crois pouvoir dire qu'à cette seconde précise, je me fais l'effet d'être un véritable Dieu de la baise. Oui, parce que même si elle a eu mal, cela n'a pas pour autant dissipé totalement le plaisir qu'elle ressentait. Pour le coup, je ne peux empêcher un immense sourire d'éclairer mon visage, en comprenant que je suis enfoncé en elle jusqu'à la garde. Le plus dur est fait.

C'est alors que ma bite se rappelle à mon bon souvenir, réalisant sans doute où elle se trouve. Les yeux fermés, je prends conscience de toutes les sensations qui m'envahissent à présent, tandis que la panique est en train de disparaître comme par magie. Et là, clairement, c'est un voyage en terre inconnue. Mais quel voyage !

Mon gourdin est entouré par un étau si serré que je me demande comment j'ai fait pour passer. C'est doux, c'est chaud, c'est moite, et c'est tellement intense que je pourrais pleurer de bonheur. Pourtant, très vite, ça ne me suffit plus.

— Mad, il faut que je bouge, murmuré-je, au supplice. Est-ce que tu crois que ça ira pour toi ?

— Oui, je n'ai presque plus mal, souffle-t-elle, tout contre la peau de mon avant-bras.

J'ai de sérieux doutes quant à la sincérité de cette déclaration, mais l'état dans lequel je me trouve ne me laisse aucune autre possibilité que de poursuivre.

Avec prudence, je me retire, millimètre par millimètre, jusqu'à ressortir entièrement. Les dents serrées par l'effort que je dois fournir pour me contrôler, je replonge avec la même lenteur en elle. C'est un véritable supplice, parce que si je m'écoutais, je la chevaucherais avec force et sans la moindre douceur, tellement je suis excité.

Néanmoins, et pour la première fois de ma vie, ma partenaire passe avant moi. Cela va d'ailleurs bien au-delà, puisque je ne compte pas. *Mais, putain, qu'est-ce que c'est bon*, songé-je au moment de revenir en elle. À mesure que mes muscles se décrispent, mes reins s'enflamment, provoquant un incroyable brasier en moi.

Et pourtant, je m'oblige à me mouvoir très doucement, sans la moindre brusquerie. Ce n'est que lorsque Madie se met à bouger tout contre moi, allant au-devant de mes coups de boutoir que je lâche prise et commence à accélérer la cadence.

Aussitôt, le feu qui brûlait en moi, mais restait logé dans mon bassin, gagne l'ensemble de mon corps, en un crescendo hallucinant. Je ne suis plus que sensations et, bon sang, c'est tellement meilleur que n'importe quelle came !

Je sais qu'elle ne pourra pas grimper aux rideaux de cette manière. Il n'y a que dans les romans pour gonzesses que les nanas jouissent au moment où elles sont déflorées. N'importe quelle fille, passée par là, vous expliquera à quel point il est illusoire d'imaginer que l'orgasme vaginal est possible dès la première fois.

Contrairement à ce que je redoutais, Madie semble apprécier ce que nous faisons. J'en veux pour preuve qu'elle ne subit pas mes assauts, mais va au-devant, ce qui est inespéré dans ce cas précis.

Puis, alors que je m'enfonce en elle une fois de plus, une jouissance extraordinairement intense et violente me cueille par surprise. Et c'est juste… waouh ! Putain de bordel de merde, c'est un pied d'enfer comme je n'en ai jamais connu de toute ma vie. Nous n'avons rien fait de spécialement cochon et, pourtant, j'ai l'impression que mon corps est littéralement aspiré par le sien pour se vider en elle.

Les battements de mon cœur sont effrénés, à tel point que je me demande si je ne suis pas en train de faire une crise de tachycardie. Les sensations sont si extrêmes, que j'en ai le souffle coupé et que mon cerveau semble totalement déconnecté. Voilà un orgasme que je qualifierais d'apocalyptique, le meilleur de toute ma chienne de vie.

Lorsque je parviens enfin à respirer de nouveau, je m'aperçois que tout mon corps est enroulé autour de Madie, que je presse frénétiquement contre moi.

— Si tu ne desserres par ton étreinte, je vais être couverte de bleus, murmure-t-elle doucement, en riant.

Malgré cela, je ne m'exécute pas immédiatement. J'ai besoin de ce contact, besoin de m'assurer que tout ce qui vient de se passer est bien réel et non une hallucination due à une prise massive d'ecstasy.

— Je t'aime, déclaré-je d'une voix essoufflée, mais avec toute la conviction dont je suis capable. Oh oui, putain, qu'est-ce que je t'aime ! Je ne veux plus jamais personne d'autre que toi dans mon lit et dans ma vie.

Je n'ai pas dit ça pour lui faire plaisir ou la tranquilliser, mais parce que je le pense vraiment. Le cadeau qu'elle vient de me faire est inestimable à mes yeux et j'ai bien l'intention de faire en sorte qu'elle ne regrette jamais de m'avoir accordé sa confiance.

Désormais, rien ne sera plus important que cette femme pour moi, pas même la came. Et je ne peux que vous encourager à mettre une grande croix rouge sur le calendrier, parce que c'est bien la première fois depuis que je me drogue, c'est-à-dire un sacré bail, que je vois les choses de cette manière.

9

Madie

Voilà, c'est fait. Je ne suis officiellement plus vierge. Et vous savez quoi ? Je ne regrette rien. Pas un instant. J'ai l'intime conviction qu'avec tout autre, les choses ne se seraient jamais déroulées aussi facilement. Parce qu'elles se sont bien passées, même si ce n'était évident, ni pour lui ni pour moi.

Dire que j'étais nerveuse est un euphémisme, j'étais complètement stressée. Toutefois, ses caresses m'ont très vite fait oublier cette tension si désagréable. Sauf que quand je me suis détendue, c'est lui qui a commencé à angoisser, à gamberger. J'ai sérieusement cru, pendant une minute ou deux, qu'il arrêterait tout et je crois qu'il m'aurait été très difficile de me relever cet échec. C'est vrai, ça, pourquoi toutes les pétasses ne lui poseraient-elles pas le plus petit problème, et moi si ? Je l'aurais fort mal vécu, c'est clair.

Mais il est allé au-delà de sa peur et, finalement, cette expérience s'est révélée une des plus intenses de toute ma vie. J'en ai aimé chaque instant, j'en chérirai le moindre souvenir. Je sais que Nahel est loin d'être l'homme idéal, avec ses sautes d'humeur et cette violence latente que je sens en lui bien trop souvent. Mais il est parfait pour moi et l'amour qu'il me porte me donne l'impression d'être une femme, une vraie, et une personne exceptionnelle, ce qui ne m'était jamais arrivé auparavant.

La seule ombre à ce tableau idyllique est cette propension qu'il a à boire et à consommer d'autres trucs pas très nets. Mais je veux croire que je peux l'aider à surmonter ça. Je suis certaine qu'il n'en a pas réellement besoin. Le tout, c'est qu'il le comprenne également et de préférence par lui-même. Je suppose que l'influence que je peux exercer sur lui me permettra de l'épauler, comme doit le faire toute compagne digne de ce nom.

Ce n'est pas parce que je ne suis pas mariée avec lui que je ne me considère pas comme sa femme, dans tous les sens du terme. Dans le fond, même si nous vivons simplement ensemble, c'est tout comme, non ? Ça l'est plus encore après ses dernières paroles. Il ne veut plus personne d'autre dans sa vie. Super, ça tombe bien, moi non plus !

Avec un sourire, je pivote sur moi-même, afin de lui faire face. Allongé sur le dos, Nahel observe le plafond avec un air hébété qui me donne envie de rire. Puis, doucement, il tourne un visage heureux, voire lumineux, vers moi. Jamais il n'a été aussi beau qu'en cet instant. Non, jamais… et j'en suis la cause, au moins en partie.

Mon cœur se gonfle d'un amour tellement fort, que je pourrais hurler sur tous les toits à quel point je l'aime.

— Ça va ? demande-t-il soudain, en fronçant les sourcils.

— Parfaitement, fais-je, tout sourire.

— Tu n'as pas mal ?

— Ça tire un peu. Mais dans l'ensemble, je dirais que c'est parfaitement supportable. Ne t'inquiète pas.

— Tu en as de bonnes ! s'exclame-t-il avec emphase. Ne pas m'inquiéter ? Putain, je n'ai jamais eu aussi peur de toute ma vie, pas même quand…

Il s'interrompt, la mâchoire crispée. J'ai l'impression qu'il ne s'agit pas d'un souvenir agréable, mais je ne le pousse pas à se confier. Il le fera, s'il en a envie. Si j'admets être curieuse, comme tout le monde au fond, je ne suis pas indiscrète et tirer les vers du nez de quelqu'un, ce n'est définitivement pas mon truc.

Alors, silencieuse, je me contente de le dévorer du regard. Machinalement, il baisse les yeux et je le vois rougir de gêne.

— Mad, chuchote-t-il, se tournant vers moi.

— Mmm ?

— Il faut qu'on aille dans la salle de bain.

— Je suis si bien, attends encore un peu, protesté-je, tellement détendue que je pourrais m'endormir.

— Non, je dois m'occuper de toi.

Je fronce les sourcils, sans comprendre à quoi il fait allusion.

— J'ai du sang plein la bite, ajoute-t-il, éclairant enfin ma lanterne. On est en train d'en foutre sur les draps.

L'instant d'après, il se lève et se penche vers moi pour me prendre dans ses bras et me porter jusqu'à la salle de bain.

— Je peux marcher, tu sais, je ne suis pas en sucre !

— Ouais, admet-il, soudain plus détendu. Mais où serait le plaisir ?

Puis, sans me demander mon avis, Nahel se saisit d'un gant de toilette qu'il humidifie et sur lequel il verse un peu de savon, avant de m'écarter les jambes et de me laver comme si j'étais une enfant. Je devrais être mal à l'aise, mais ce n'est pas le cas. En même temps, il a vu tellement pire !

— Tu devrais sans doute mettre une protection ou un truc de ce genre.

— Tu crois que ça durera longtemps ? je m'enquiers, prise d'une panique soudaine.

— Je ne suis pas spécialiste, mon chou. Mais je suppose qu'il y en a pour vingt-quatre heures environ. Tu veux que j'appelle mon frère pour lui demander ?

— Jamais de la vie ! je m'exclame, horrifiée.

— Comme tu le sens. Je te laisse, je vais changer les draps.

Je souris avec malice. Ah, monsieur le maniaque de la propreté est de retour ! Nul doute qu'avant demain matin, ils seront lavés, séchés, et pliés avec soin. Jamais je n'ai vu un homme autant à cheval sur l'hygiène. À se demander s'il ne s'agit pas d'un TOC.

— Tu ne serais pas en train de te foutre de ma poire ? questionne-t-il, me prenant au dépourvu.

— C'est-à-dire qu'il est peu commun de rencontrer une fée du logis tatouée, je réplique, en laissant libre cours à mon hilarité.

Il grommelle, mais je vois bien qu'il n'est pas réellement fâché.

— Tu préfèrerais que je reste toute la journée avachi devant la télé, en train de passer mon temps à me gratter les couilles ? lance-t-il, avant de quitter la pièce.

Non, certainement pas ! songé-je avec effroi. Et pourtant, c'est ainsi que se comporte le mari de ma frangine, alors mon DJ n'est peut-être pas si loin de la réalité.

Lorsque je retourne dans le séjour, les draps ont été remplacés et il attend que je sorte de la salle de bain pour se ruer sur la machine à laver. C'est dingue quand même !

Ça me fait toujours un drôle d'effet de le voir plier mes petites culottes avec ses grandes mains de mec. Et pourtant, force est de constater qu'elles ne l'ont jamais été aussi bien. De fait, tous mes placards sont rangés au carré, mon studio est rutilant et mon linge est propre. Rien n'est sale, rien ne traîne.

Je me demande souvent comment il se débrouille pour que tout soit si impeccable. Je ne suis pas à proprement parler une souillon, mais enfin, je suis jeune et étudiante, donc le ménage n'est pas ma préoccupation principale. Une fois par semaine, c'est largement suffisant à mon sens. Or, Nahel fait chaque jour ce que je fais habituellement le samedi. Même les vitres ne comportent pas la moindre trace.

Sur la petite table ronde, une tasse de café fumant m'attend, tout comme les croissants que j'ai achetés et un verre de jus d'orange, près duquel il a déposé un cachet que je suppose être du paracétamol. Pourtant, je ne suis restée que quelques minutes dans la salle de bain. Comment a-t-il eu le temps de faire tout ça ? *That's the question !*

— Assieds-toi, mon ange, murmure-t-il, de retour près de moi.

Je grimace en prenant place sur la chaise. Ce n'est pas réellement douloureux, mais ça tire quand même pas mal. Moins de dix secondes plus tard, un coussin est déposé sous mon postérieur. Je lui souris avec reconnaissance, car c'est beaucoup plus facile comme ça.

— Quand est-ce que tu crois qu'on pourra recommencer ? je m'enquiers, tout en saisissant une brioche, car j'ai soudain très faim.

Il me dévisage, interloqué, un pain au chocolat à quelques centimètres de sa bouche.

— Quoi ? Tu veux déjà remettre ça ? Mais ce n'était pas drôle du tout pour toi ! Je pensais que tu préfèrerais attendre un peu, non ?
— C'était super, je murmure, rougissante. Tu étais génial et j'en ai adoré chaque instant. Alors oui, j'aimerais beaucoup recommencer, le plus vite possible de préférence.

Nahel éclate de rire, visiblement heureux de la tournure que prend cette conversation.
— Oh bon sang, quel soulagement ! J'avais tellement peur de t'avoir écœurée !
— Même pas en rêve, j'enchéris en l'imitant.
— Tu n'as aucun regret, alors ? questionne-t-il encore, soudain redevenu sérieux.

Je sens qu'il a besoin d'être rassuré, et je suis sincèrement touchée qu'il se préoccupe autant de ce que je pense et de la manière dont j'ai vécu cette expérience.

Avec douceur, je saisis sa main libre et la serre dans la mienne.
— Non, Nahel, je n'ai absolument aucun remords. Cette première fois était parfaite et, toi, tu es parfait. En tout cas, pour moi. Je regrette simplement de ne pas t'avoir suivi, hier soir. Mais je ne pouvais pas les laisser en plan sans m'expliquer avec eux.
— Que s'est-il passé après mon départ ?

Parce qu'il a le droit de savoir, puisqu'il partage désormais ma vie, je déballe tout, dans le moindre détail.

Par moments, je le vois secouer la tête, sans doute choqué par leurs réactions. À d'autres, il se mord furieusement la lèvre pour ne pas parler, ne pas râler après eux.

Puis, à son tour, il m'explique les évènements de la nuit dernière, après son départ. Il me raconte comment il a erré plusieurs heures sans but, incapable d'autre chose que de pleurer. Je n'aurais jamais imaginé qu'il serait possible pour lui de se livrer autant, mais j'aime à penser qu'il ne s'ouvre ainsi qu'avec moi. À la fin de son récit, un silence gêné s'installe.

— Il va falloir que je trouve un boulot, je murmure comme pour moi-même, parce que je sais que dès demain matin la réalité se rappellera à mon bon souvenir.

— Je peux t'aider financièrement, tu sais.

— Ce n'est pas le problème, Nahel. Mes parents cessent de payer le loyer et je ne peux pas vivre sans cet apport. Ils me versaient également une petite pension et ma bourse comblait le reste, jusqu'à présent. Mais ça aussi, c'est terminé.

Face à son incompréhension, je révèle alors.

— Je veux arrêter la fac, ce qui signifie que ma bourse sera suspendue.

— Quoi ? Mais pourquoi ? s'exclame-t-il, les yeux grands ouverts par l'étonnement.

— Parce que l'université et tout ça, ce n'est pas pour moi. Je perds mon temps. Et puis, si j'ai un emploi, je ne vois pas comment je pourrai assurer. Je rame déjà tellement !

— Mais que vas-tu faire dans ces conditions ?
— Je crois que j'aimerais bien devenir infirmière. Tu sais, aider mon prochain, avoir le sentiment d'avoir été utile à la fin de la journée.

Nahel reste silencieux, un instant, avant de concéder avec un sourire encourageant.
— Je trouve que c'est une profession qui te correspondrait complètement. Oui, je pense que tu pourrais parfaitement t'accomplir en aidant les autres. C'est dans ta nature de vouloir prendre soin d'autrui.

Je rougis, touchée par ses paroles. J'aime l'image qu'il a de moi. C'est à la fois flatteur et gratifiant. Bref, je suis plus heureuse et sereine à cette minute, que je ne l'ai été depuis des lustres.

Hier encore, je ne savais pas ce que j'attendais de la vie. Je ne parvenais pas à me projeter dans le futur et cela avait un effet assez angoissant sur moi. Or là, maintenant, tout est clair dans mon esprit. Je présume que ma discussion avec la voisine de Nahel a été déterminante, même si je n'en ai pas pris conscience tout de suite.
— Pour le job, ne t'inquiète pas. J'ai un pote qui bosse dans le complexe-cinéma, de l'autre côté de la rive. Je suis sûr qu'il pourra te trouver un emploi. Après tout, il l'a fait pour So et ne l'a jamais regretté.
— Sophie travaille là-bas ?

Cette nouvelle ne me réjouit pas spécialement. En fait, je n'ai rien contre elle en particulier, mais je me sens plus proche de Steph. Et puis, j'ai conscience que si elle ne me déteste pas franchement, elle ne m'apprécie pas non plus. J'en veux pour preuve la manière dont elle m'a parlé au supermarché. D'accord, je ne l'avais pas volé, mais était-elle obligée de se montrer si brutale dans ses paroles ?

— Donc, tu n'as aucun regret vis-à-vis de ta famille ? m'interroge à nouveau Nahel, avec un soupçon d'inquiétude dans la voix.

Je lui souris, sereine et parfaitement comblée.

— Non, aucun. Je devais le faire. Pour toi et surtout pour moi. Je sais que tu as du mal à comprendre ma façon de penser. Aussi je préfère te prévenir que j'irai toujours à la messe une fois par semaine, que je continuerai à bénir le pain et à prier.

— Ne change jamais, déclare mon amant, rayonnant.

— Oh si, il le faut. Je dois absolument apprendre à te faire confiance, même si les apparences sont trompeuses. Il n'est pas question qu'une scène comme celle de ce matin se reproduise, nous ne nous en remettrions pas. Je tenais une nouvelle fois à m'excuser de ma réaction, lorsque tu es venu t'expliquer. Je me suis montrée odieuse, méchante et violente. Mon propre comportement me fait honte et je te supplie de ne pas m'en vouloir. Au moins, j'ai expérimenté le dicton qui dit que le désespoir peut mener aux pires extrémités. Pour autant, je refuse de revivre de tels évènements. Si j'avais pris la peine de t'écouter, j'aurais tout de suite compris que tu étais sincère et que tu ne m'avais pas trompée. J'aurais également réalisé que je devais me fier à toi et cesser de redouter le jour où tu te réveilleras pour te rendre compte que je n'ai aucun intérêt et que tu as perdu ton temps avec moi.

Il fait mine de protester, mais je lève la main et il garde le silence.

— Nahel, je ne veux plus jamais me retrouver dans la peau de la garce qui t'a hurlé dessus, ce matin. Je sais que tu vas me trouver toutes sortes d'excuses, comme le chagrin ou la fatigue. Mais moi, je ne m'en trouve pas. Je n'avais aucun droit de te parler comme je l'ai fait et certainement pas de balancer sur toi tous les objets qui me tombaient sous la main. Mes paroles t'ont cruellement blessé et je m'en veux beaucoup.

— Tout va bien, Mad.

— Si je décide de te faire confiance, de ne pas tirer une tronche de six pieds de long chaque fois que tu vas mixer ou que tu discutes avec une fille, est-ce qu'en contrepartie tu accepterais de te calmer en ce qui concerne l'alcool et le reste ? Je ne veux pas savoir de quoi il s'agit. J'aimerais juste que tu essaies de vivre plus sainement. Comprends-moi bien, je ne te dicterai jamais ta conduite, mais je refuse de passer mon temps à m'inquiéter pour toi. Tu crois que c'est possible ?

Il me sourit avec tendresse et embrasse ma main qu'il tient toujours dans la sienne.

— Oui, je pense que c'est dans mes cordes.

— Alors, je suis sûre que nous pourrons progresser ensemble.

Nous discutons encore de choses et d'autres, durant le reste de notre petit-déjeuner qui fait office de dîner. Ce n'est pas très *diet*, mais bon, pour une fois, hein !

En début de soirée, Nahel s'installe sur le lit pour regarder le foot à la télé, tout en pianotant sur son iPhone, tandis que je rédige un curriculum vitae et une lettre de motivation. Même s'il est absorbé par le match, il ne se passe pas dix minutes sans qu'il s'approche de moi pour me parler, m'embrasser ou caresser simplement mes cheveux. De toute évidence, pour une raison que je ne parviens toujours pas à m'expliquer, mon petit ami a besoin d'un contact physique pour se persuader que je suis bien avec lui.

Et quand je dis que je ne pige pas ce qui lui arrive, je suis vraiment sincère. Enfin, je viens de le laisser me déflorer, je ne vois pas de meilleure preuve de mon amour que celle-là. Que lui faut-il de plus ?

Lorsque ma tâche est achevée, que mon courrier est dans une enveloppe, je me dirige vers la salle de bain. Avec appréhension, je me déshabille pour constater, soulagée, que les saignements ont cessé. Ce n'était pas grand-chose en fin de compte ! Par rapport à ce que j'ai déjà vécu, je considère que c'est de la gnognotte. La gêne et les tiraillements se sont également atténués, mais n'ont pas encore totalement disparu.

Après une douche rapide, je retourne vers le lit pour me lover contre le torse si rassurant de mon amant. Tout en continuant à fixer l'écran plat accroché au mur, il me serre contre lui, se contentant de passer les doigts dans ma tignasse que je n'ai pas pris la peine de natter. Et c'est ainsi, emplie de ce bonheur tout neuf, que je m'endors dans ses bras.

10

Nahel

En entrant dans le cinéma, accompagné de Fred, mes yeux scrutent rapidement la salle pour tenter de repérer les cheveux blonds de Madie.

Je l'aperçois, en train de ranger les seaux de popcorn, tout en discutant avec un mec. Quand elle lui sourit, je suis à deux doigts d'aller péter la gueule à ce petit con, qui doit s'imaginer qu'il peut la coller dans son pieu. Mais Mad est à moi et à moi seul. Et s'il ne le sait pas encore, je jure qu'avant la fin de la soirée il l'aura découvert avec pertes et fracas, surtout pour sa poire. Parce que si je ne suis pas enclin à partager en temps normal, avec elle, je me transforme en homme des cavernes dès qu'un mec la mate.

Comment vous expliquer les choses, sans que vous me preniez pour un dingue au mieux, ou un gros débile au pire ? Je suis encore sous le choc des sensations que j'ai ressenties hier. Quand je faisais référence à une addiction, je ne croyais pas si bien dire. Mon cerveau ne réagit que par elle, mon cœur est empli d'elle et, pour finir, ma queue est devenue totalement accro à sa jolie petite chatte toute blonde. Qui plus est, depuis qu'elle l'a vue de si près, elle ne s'en remet toujours pas. Résultat, je bande comme un âne, rien qu'en pensant à elle. Et depuis hier soir, environ dix minutes après avoir éjaculé comme jamais au cours de ma vie, j'avais déjà envie de recommencer.

Seulement, comme c'était sa première fois, je n'ai pas osé la toucher de peur de la blesser physiquement et de la dégoûter du cul. Or, s'il y a une chose qui n'est pas envisageable, c'est bien celle-là. Maintenant qu'on baise, pardon qu'on fait l'amour ensemble, je peux enfin me figurer tout ce que je vais lui faire, tout ce que je désire lui apprendre. J'adorerais qu'elle se branle devant moi, j'aimerais lui raconter les pires insanités en la prenant, je voudrais lui démontrer que certaines positions sont bien plus satisfaisantes que d'autres. Bref, j'ai envie de me la faire de toutes les manières possibles et imaginables.

Avec mon pote, nous nous installons à une table haute, perchés sur des tabourets, de manière à ce que je puisse garder un œil sur elle.

Depuis ce matin, tout s'est déroulé très vite, comme dans un tourbillon. Je n'ai pas dit toute la vérité à Madie, au sujet du type que je connais et qui bosse ici. En fait, il ne s'agit pas d'un ami, mais d'un client. Et j'ai dû lui promettre sept jours de fumette gratuite pour qu'il accepte de lui faire passer un entretien. Il semblerait qu'une employée ait été virée la semaine dernière, si bien qu'un poste était libre. Seulement, un étudiant était pressenti pour être embauché et devait même passer pour signer son contrat. Heureusement que j'ai téléphoné tôt, parce que sinon il aurait été trop tard. Et comme il n'y avait aucune autre possibilité, j'ai compris qu'il fallait que je fasse le forcing.

Donc, vers dix heures, j'ai accompagné Mad à son rendez-vous. J'ai d'abord discuté, ou plutôt négocié avec le mec, puis il l'a reçue. Ma blondinette était nerveuse, mais il semblerait qu'elle ait assuré, puisqu'à la fin de l'entrevue, il a appelé le gars pour annuler son recrutement. Par contre, comme ce n'est pas un salaud, il a réussi à lui faire intégrer un autre complexe, situé en banlieue. Le type avait une bagnole, donc cela ne posait pas de problème, ce qui n'est pas le cas de Madie.

Après le repas pris avec les potes, durant lequel So lui a expliqué en quoi consistait le poste, elle a dû y retourner pour déposer les documents demandés et signer son contrat. À seize heures, elle commençait. Elle ne travaille que vingt heures par semaine, principalement le week-end, ce qui me convient, puisque je mixe. Après avoir rapidement fait ses calculs, ce job lui permettra à la fois de payer son loyer et de vivre. De toute façon, je partagerai les frais avec elle, de manière à ce que les charges ne pèsent pas sur ses seules épaules.

J'ai vaguement proposé que nous nous installions dans mon appart, mais elle a poliment refusé et j'approuve. De fait, mon logement est sous la surveillance discrète des flics, ce qui la mettrait, elle, directement dans leur ligne de mire et, ça, pas question.

Il y a un autre point sur lequel je n'ai pas été honnête avec elle, mais je ne pouvais décemment pas lui en parler. En réalité, je n'ai pas du tout l'intention de stopper le business. Ceci dit, nous avons convenu que nous arrêterions tout au début de l'été, à la fin de l'année universitaire. Les risques sont trop gros et il n'est pas question de nous faire choper. De plus, je dois déménager à Londres, si tout se passe comme prévu, donc… Fred a postulé dans la même école que moi. Pour les autres, je ne sais pas ce qu'ils deviendront et, dans le fond, je m'en tape un peu.

Par contre, j'ai décidé de faire des efforts quant à ma consommation. Pour Madie. En vérité, je n'arrête rien du tout, ne vous méprenez pas. Mais je crois que je vais juste me calmer et cesser de me déchirer la tête jusqu'à être inconscient. J'ai eu tellement la trouille, hier, si vous saviez… Cela m'a permis de piger que mes conneries pouvaient parfaitement se retourner contre moi.

Or, s'il y a une chose que je ne peux pas supporter, c'est l'idée même de la perdre. Ouais, elle mérite que je mette un bémol. Alors, depuis ce matin, je n'ai fumé que trois pétards. Bien sûr, ça me manque, mais si elle devait comprendre l'étendue de mon addiction, nul doute qu'elle me quitterait. Pas parce que je suis dépendant, mais parce que je lui aurais dissimulé la vérité. Dans la mesure où mentir est devenu une seconde nature pour moi, je vais continuer, mais intelligemment et sans jamais me faire gauler par les flics. Ce qui induit plus de prudence.

— T'es vraiment raide-dingue d'elle, n'est-ce pas, mon pote ? demande Fred, ce qui me tire de mes pensées.

Je pince les lèvres, prends le temps de réfléchir un instant, avant de répliquer.

— Tu n'imagines pas à quel point. C'est encore pire que ce que tu crois, j'admets d'une voix grave.

— Mais qu'est-ce qu'elle a de si spécial ?

— Tu ne pourrais pas comprendre, d'ailleurs je ne comprends pas moi-même. Tout ce que je peux te dire, c'est que Mad est plus obsédante pour moi que n'importe quoi d'autre au monde.

Il ouvre de grands yeux étonnés, avant de me poser la question qui tue.

— Plus que l'ecstasy ?

— Oui, mon pote. Plus que l'ecstasy.

Fred émet un sifflement, puis murmure comme pour lui-même.

— Eh bé, t'es pas dans la merde, *brother* !

Je ne réponds pas. D'ailleurs, qu'y aurait-il à répliquer, puisqu'il a parfaitement raison ? Dans quelques mois, je dois quitter la France. Que se passera-t-il à ce moment-là ?

Le rire de Mad met un point final à ces interrogations. Le connard avec qui elle papote est en train de mater son cul et elle ne s'en aperçoit même pas ! Il faut que j'entre en action, avant qu'il n'ait devant lui une mare de bave.

Avec nonchalance, je m'approche. En me voyant arriver, mon ange rosit de plaisir et me fait un sourire tellement beau que ça me bouleverse. Quand il est question d'elle, je perds de toute façon tout sens commun. Il serait peut-être temps que je me calme, même si je n'en ai aucune envie.

11

Madie

Tandis que nous pénétrons dans mon studio, ou plutôt notre studio devrais-je dire, je ne peux m'empêcher de sourire, heureuse et épanouie.

Grâce à Nahel, je n'ai même pas eu besoin de chercher un emploi, il m'en a trouvé un dans la journée. Demain matin, je me rendrai à l'université pour annuler mon inscription et je ferai un saut au centre d'orientation, afin de voir avec eux, comment je peux préparer le concours d'entrée à l'école d'infirmière de la meilleure manière.

Mon amoureux, qui a une fois de plus fait jouer ses relations, me permet également de passer deux jours, en fin de semaine, en stage d'observation avec Noémie, sa voisine. Je me réjouis d'avance de cette opportunité qui, je l'espère, me confortera dans ma décision.

En attendant, je suis venue à bout de mon premier jour de boulot sans le moindre problème. Clairement, mon expérience dans le commerce m'y a aidée. Et j'aime bien travailler là-bas. Franchement, l'ambiance est bonne et les tâches ne sont pas très difficiles. Je suis soit à la caisse, soit aux friandises, et plus rarement au ménage. C'est parfait.

Avec bonheur, je me glisse sous la douche, ravie de la nouvelle tournure de ma vie. J'ai enfin pris les choses en main et tout se passe au mieux, donc pourquoi m'inquiéter ?

Nahel m'attend dans la pièce principale, quelques documents entre les doigts.

— C'est quoi ? je demande, simplement vêtue d'un pantalon de yoga et d'un de ses tee-shirts.

Très fier de lui, il s'installe à la table en me priant de le rejoindre d'un geste de la main.

— Ce sont des brochures sur les prépas au concours d'infirmière. Il y en a une dans un lycée public pas loin, mais elle a débuté en septembre et il est trop tard pour t'y inscrire. La seconde est dans un établissement privé, mais c'est pareil.

Je me laisse tomber sur la chaise avec découragement. Mince, c'est trop bête ! Je vais perdre une année, si je dois attendre la rentrée prochaine pour intégrer un de ces cours. D'autant que je ne suis même pas assurée d'y être admise. Que faire dans ces conditions ? Et pourquoi mon chéri a-t-il l'air tellement content ?

— Il reste la troisième, qui débute en janvier.

Aussitôt je me redresse avec un immense sourire. Génial ! Cette fois, la chance est de mon côté.

— Voilà le dossier d'inscription, annonce-t-il, me tendant une enveloppe beige.
— Tu y es allé ?
— Ouaip ! Je me suis rendu au centre d'orientation dans l'après-midi et, ensuite, j'ai fait directement un saut à l'école.
— Je t'ai déjà dit que tu étais un mec extraordinaire ?
— Non, mais surtout ne t'en prive pas ! s'exclame-t-il avec ce petit rire ironique que j'adore.

Toute guillerette, je commence à lire les documents, mais ma joie s'efface bien vite. Au bord des larmes, je les repose sur la table.
— Il y a un problème ? s'enquiert aussitôt Nahel.
— Oui, et pas des moindres.
— Lequel ?
— Les frais de scolarité de cette formation s'élèvent à cinq mille euros.
— Et ?
— Je n'ai pas les moyens de payer un tel prix. J'ai des économies sur mon livret d'épargne, mais pas toute la somme. De toute façon, il est inenvisageable que je me défasse de ce que j'ai mis de côté. Imagine qu'il arrive une tuile, je me retrouverais dans la merde. Et pas question de mendier chez mes parents. Après ce qui s'est passé, ils seraient trop contents que je ne m'en sorte pas. Ce que tu as fait pour moi aujourd'hui est super, mais c'est inutile. Je vais essayer de trouver une autre solution,

j'ajoute après un instant de réflexion. Le plus simple serait de préparer le concours à la bibliothèque.
— Ce qui signifie que tu n'aurais que peu de chances par rapport à ceux qui suivent ces cours. Il est indiqué sur la brochure que quatre-vingt-dix pourcents de leurs élèves réussissent à intégrer un IFSI[1].
— Le souci n'est pas là !
— Il est où alors ?
— As-tu écouté ce que je viens de te dire ? Je n'ai pas les moyens de mes ambitions !
— Je réglerai les cinq mille euros, décrète-t-il soudain.
— Il n'en est pas question ! D'abord, comment peux-tu disposer d'une telle somme ?
— Je l'ai, c'est tout. Et je paierai cette formation pour toi.
— Non !

Je sens que Nahel est en train de perdre son calme, mais il ne m'impressionne pas. Je sais qu'il est pétri de bonnes intentions, mais cela ne change rien à l'affaire. Je refuse qu'il dépense autant pour moi.
— Si, je le ferai et je ne te demande même pas ton avis. Réfléchis un instant, Mad… Tu n'es pas en position de rester six mois à glander en attendant un concours que tu ne pourras pas réussir, car tu y seras mal préparée. Et puis, si tu y tiens vraiment, considère que je t'avance l'argent et que tu pourras me rembourser la somme qui te conviendra dans le délai que tu souhaiteras, jusqu'à ce

---

[1] *Institut de Formation aux Soins Infirmiers*

que ta dette soit éclusée. Mais je t'interdis de dire non, ajoute-t-il d'un ton dur. Si moi, je n'ai pas le droit de t'aider, alors qui le peut ? Tu sais, ma greluche, c'est facile de déclarer à sa compagne qu'on est fou d'elle, mais il faut aussi le lui prouver. Et c'est ma façon à moi de le faire. Si tu refuses, cela signifie que, toi, tu ne m'aimes pas.

— Je ne vois pas le rapport, tenté-je de protester. C'est quoi ce chantage aux sentiments ?

Mais il me fusille du regard, si bien que je n'ai pas d'autre solution que de me taire.

— Je veux que tu t'accomplisses dans tes études et dans ta carrière professionnelle. C'est vital, sinon tu seras toujours frustrée. Le fric n'est pas un problème. Mon père m'en envoie tous les mois et plus que tu ne l'imagines. Je suis payé pour mixer et, encore une fois, je palpe pas mal. S'il te plaît, accepte.

Son petit discours me fait douter, alors qu'il y a moins d'une minute j'aurais refusé catégoriquement. Mais il a touché un point sensible, en mentionnant le fait qu'il désire que je sois heureuse dans ma vie tout simplement, sans qu'il soit question de notre couple.

— Si la situation était inversée, que tu avais de l'argent, et que je souhaitais à tout prix intégrer une école de DJ, sans pour autant en avoir les moyens. Comment réagirais-tu ?

Je fronce les sourcils, même si je connais déjà la réponse. Évidemment que je m'arrangerais pour qu'il réalise son rêve, cela ne fait aucun doute. Je sais qu'il en a conscience, il l'a vu dans mes yeux, car il sourit, soudain très sûr de lui.

— Mad, si tu m'aimes, si tu veux que notre avenir soit cool, il faut que tu acceptes mon aide.

— D'accord, je concède finalement.

— D'accord ?

— Oui, d'accord.

Rassuré par ma coopération, il se lève et file prendre sa douche. En attendant, je me dirige vers le lit, les documents à la main pour en lire tous les détails. Les cours ont lieu trois jours par semaine avec deux autres jours de stage dans un hôpital. C'est super comme façon de procéder, je trouve. C'est concret et cela permet de se plonger tout de suite dans le milieu.

Nahel me rejoint peu après. Il m'enlève la brochure pour la poser sur le bureau, tandis que je m'allonge tranquillement. En réalité, je ne suis pas si détendue que ça, parce que depuis que nous sommes rentrés, je me suis demandé à plusieurs reprises si nous allions faire l'amour. Je le redoute autant que je l'attends, ce qui est assez paradoxal, vous en conviendrez.

L'air très content de lui, il désigne les feuillets du bout des doigts.

— J'aurais vraiment pensé que ce serait plus difficile de te faire accepter. Je croyais qu'il faudrait que je t'enferme dans le placard pendant vingt-quatre heures ou que je menace de te punir en t'obligeant à l'abstinence. Plus de sexe pour les six prochains mois.

J'éclate d'un rire sonore, en l'entendant prononcer ces dernières paroles.

— Mais si j'en suis privée, toi aussi, je proteste entre deux hoquets.

Soudain, je me fige. Il me semble que je suis incroyablement prétentieuse de penser une telle chose. Après tout, qu'est-ce qui l'empêcherait d'aller voir ailleurs ? Ce n'est pas comme s'il était fidèle par nature. Il est d'ailleurs tout le contraire. Du coup, je n'ai plus du tout envie de m'esclaffer, tandis qu'il m'observe, debout à côté du lit.

— J'aperçois d'ici les rouages de ton cerveau déjanté se mettre en route, fait-il remarquer en s'installant sur le lit, m'obligeant à me pousser vers le mur pour lui faire de la place.

Allongé sur le ventre près de moi, le poids de son grand corps soutenu par ses coudes, Nahel réfléchit un instant, avant de murmurer avec une sincérité qui me retourne le cœur et le reste aussi.

— Mad, jusqu'à présent, je n'ai jamais été un mec fidèle, c'est vrai. Mais jusqu'à présent, je n'ai jamais été fou d'une fille non plus. Ceci explique sans doute cela. Par contre, il faut que tu comprennes la chose suivante. Être amoureux est un terme qui ne me semble pas assez fort pour exprimer ce que je ressens pour toi. Nos petits préliminaires étaient à eux seuls plus excitants que n'importe quelle partouze. Je sais que tu as été heurtée par ce que tu as vu, hier matin, chez Fred et je ne prétendrai pas que je n'y ai jamais participé.

Je baisse les yeux, à la fois blessée et mortifiée. Blessée, car l'idée qu'il puisse prendre part à de tels actes me rend malade. C'est vrai, où est l'intérêt de passer d'un trou à un autre, sans sentiments, sans tendresse ? Je trouve ça juste choquant et répugnant. Mortifiée, je le suis également, parce que depuis hier matin je me suis posé cette question, sans avoir eu le courage de le lui demander directement. Maintenant au moins, je sais…

— Depuis que nous sommes ensemble, poursuit-il, parfaitement conscient de mon malaise, ce n'est plus jamais arrivé. Tu es la seule.

— Un jour, je t'ai entendu expliquer à Fred que tu ne voulais pas être avec moi, parce que tu étais certain de mal me traiter, de me tromper ou de me mentir. Tu t'en rappelles ?

Nahel fronce les sourcils, un moment, avant de se remémorer la conversation qu'il a eue avec son ami, alors que je me trouvais de l'autre côté de la porte, le soir où je l'ai surpris avec ces deux filles dans la boîte de nuit.

— Et je le pensais. D'ailleurs, je n'ai qu'une crainte, c'est de te peiner, de dépasser les bornes et de te pousser à me quitter. Mais ce que j'ai dit à mon pote, c'était avant que nous ne soyons ensemble. Tu sais, avec les nanas, je baisais, mais je refusais de m'attacher. Avec toi, c'est tellement différent ! Quand on est collés l'un à l'autre, nus, j'ai l'impression que ma peau est électrifiée. Et jouir par ta main, ta bouche ou ton corps, c'est juste une expérience incroyable. J'ai la sensation d'éclater en morceaux, que mon cerveau se déconnecte, et que j'oublie tout de la réalité. Mad, ça, aucune partouze au monde ne peut me le faire ressentir. Et j'en suis devenu tellement accro que je n'imagine pas un seul instant revenir en arrière.

Je souris, les larmes aux yeux, en caressant sa joue. Son petit discours sur les bienfaits de l'amour avec les sentiments agit comme un baume sur mon esprit si plein de doutes.

Approchant son visage du mien, il souffle d'une voix rauque.

— Je t'aime, Madie. Si un jour je devais te perdre, ce serait la fin de tout pour moi.

— Tu ne me perdras jamais, Nahel. Je serai toujours avec toi.

Il m'enlace et me serre contre lui, avec une force qui me donne l'impression qu'il va me briser tous les os un à un. Toutefois, je comprends immédiatement qu'il a besoin de ce contact pour se tranquilliser, alors j'évite de protester pour lui demander de desserrer son étreinte.

Même si nous avons couché ensemble hier, je sais qu'il n'est pas encore totalement rassuré. J'ai également conscience que les récents évènements nous ont profondément marqués tous les deux. De manière différente, mais au final, le résultat est le même, puisque nous sommes terrorisés à l'idée de perdre l'autre. Je parviens à contrôler ma peur, en me raisonnant, en m'obligeant à voir les choses posément. Mais Nahel, lui, est trop à fleur de peau, trop impulsif, pour réagir de la même manière.

Ses lèvres effleurent les miennes et, aussitôt, je sens mon corps s'enflammer. Pourquoi ai-je la certitude qu'il n'y a que lui pour me mettre dans cet état, avec une telle facilité et aussi rapidement ? Le lien qui nous unit est magique, mais également fragile. À nous d'en prendre soin et de faire en sorte que cette alchimie perdure et s'épanouisse.

Déjà, sa langue cherche la mienne et je réponds à son baiser avec une passion qui m'étonne moi-même, parce que j'ignorais être capable de tant de fougue. Cette ardeur et cet emportement ne se goupillent pas réellement avec mon caractère réservé, et j'en suis la première effrayée. Il me semble que rien de bon ne peut advenir, quand on se livre avec autant d'abandon à un homme. Inconsciemment, on donne à l'autre le pouvoir de vous détruire. Pourtant, dès qu'il s'agit de Nahel, je ne contrôle strictement rien du tout. C'est bien le problème.

Comme une tornade, toutes mes fringues volent en l'air pour atterrir sur le sol. Le pire, c'est que je l'aide en remontant mes bras ou en soulevant mes hanches pour lui permettre de retirer plus facilement mon pantalon et ma culotte.

Alors que j'aimerais prendre le temps de le déshabiller, de le caresser, il ne m'en laisse pas l'opportunité. Se relevant d'un bond, il se dévêt avec une hâte qui pourrait paraître amusante, si je n'étais pas à ce point sous l'emprise de son regard de braise. Franchement, un seul coup d'œil à ce mec, dont les prunelles brûlantes de désir, les joues rosies par l'excitation, les cheveux délicieusement décoiffés par mes doigts, et les lèvres sensuelles entrouvertes me promettent le paradis sur terre, et c'est la combustion spontanée.

Sérieusement, mon sexe est en feu comme rarement auparavant. C'est si intense que c'en est douloureux. Mes craintes et appréhensions se sont évanouies au profit d'une transe qui entrave ma respiration, à tel point que je me demande si je ne vais pas finir par faire une crise d'asthme.

Lorsqu'il me rejoint et que son corps brûlant s'allonge sur le mien, j'écarte automatiquement les cuisses pour sentir son pénis dur et dressé se coller à ma vulve, déjà très humide. Et il ne m'a pas encore caressée. Incroyable !

— Putain, Mad, j'ai tellement envie de toi que je pourrais éjaculer rien qu'en te regardant. Tu es si belle, si incroyablement douce… Je veux te baiser, te lécher, sucer tes jolis petits seins, avant de fourrer ma langue dans ta chatte. Je veux tout te donner et j'attends tout de toi en retour.

Ces mots, crus et grossiers, ne font qu'ajouter à mon excitation. Si on m'avait expliqué qu'un jour je serais sensible à des paroles cochonnes, j'aurais ri aux larmes, tellement j'aurais trouvé ça ridicule. Mais là, pas question de faire de l'humour. C'est décadent, délicieusement sale, mais si bon que j'en frémis.

— Tu parles trop, Nahel, je parviens à chuchoter dans un souffle.

Il grogne, avant de se décider à mettre ses mots à exécution. Ses lèvres glissent sur ma poitrine, laissant des traînées de salive sur ma gorge et mes épaules. Puis, mes tétons sont livrés à sa bouche. Il les taquine du bout de la langue, les gobe comme s'il s'agissait de friandises, pour les mordre doucement d'abord, puis plus durement. C'est étrange, parce que ça fait mal, mais cette douleur semble décupler mon plaisir. Il y a vraiment des aspects de la sexualité que je ne maîtrise pas le moins du monde, alors que mon amant paraît, lui, connaître ce genre de pratique par cœur.

Toutes les pensées qui assaillent mon cerveau s'effacent lorsque sa bouche sillonne sur mon ventre pour s'arrêter au niveau de mon pubis. Ah, mon Dieu, j'adore quand il me fait ça. Je vous jure que c'est un pied absolu. Cette théorie se vérifie dès l'instant où sa langue taquine mon clitoris, avant de s'enfoncer en moi. Un cri, le mien, résonne dans la pièce, tandis que nous haletons de plus en plus fort, tous les deux.

Pourtant, au lieu de poursuivre jusqu'au bout, Nahel se redresse et s'allonge sur moi.

— Je ne sais pas si tu pourras jouir juste comme ça, et j'espère vraiment que tu n'auras pas mal, cette fois. Mais peu importe la manière, je te jure que tu vas prendre ton pied, souffle-t-il au moment de s'enfoncer en moi d'un mouvement à la fois fluide et déterminé.

Dès qu'il est fiché jusqu'à la garde, il se redresse et m'observe. Mon sourire serein le rassure pleinement et il se décide alors à bouger.

Il n'y a plus aucune douleur, plus la moindre gêne. Par contre, je ne sais pas si j'aime ça. C'est bizarre... En fait, j'en ai besoin, même si j'ai également l'impression que ce n'est pas ainsi que je pourrai jouir. Pourtant, dès qu'il se met en mouvement, des sensations inconnues naissent en moi.

Nahel se redresse et accélère un peu le rythme, tout en relevant l'une de mes cuisses pour m'intimer de la placer au niveau de sa hanche. Je m'exécute aussitôt, nouant mes jambes autour de sa taille. Et c'est là que je sens clairement le truc se passer.

Cet endroit mystérieux, que je ne connaissais pas et dont je vous ai déjà parlé, est maintenant dans la ligne de mire de son pénis qui le cogne chaque fois que mon amant entre en moi. Je ne saurais vous dire ce qui m'arrive, mais en tout cas, c'est loin d'être désagréable.

Mon corps, comme doté d'une volonté propre, se met instantanément en mouvement, venant au-devant du sien, dans un élan que je ne maîtrise pas. Ça appuie, ça frotte, et au final ça fait un bien fou. De toute façon, dans mon esprit, sans attouchements sur mon clitoris, il m'est impossible de parvenir à quoi que ce soit. N'est-ce d'ailleurs pas ce que Nahel a sous-entendu tout à l'heure ? Mais ce n'est pas grave, j'aime ce qu'il me fait, infiniment.

Le balancement de mes hanches déclenche la passion de mon amant, qui se met à bouger de façon plus rapide, plus profonde aussi.

Puis, soudain, il se redresse et se retire. La seconde suivante, son visage est fourré entre mes cuisses. Oh mon Dieu, c'est si bon ! Hallucinant ! Saisie de frissons incoercibles, je pousse ma vulve contre sa bouche tandis que sa langue trifouille avec frénésie le moindre repli de mon sexe. Mon clitoris est si dur que j'ai le sentiment qu'il va exploser. Pendant ce temps, ses doigts pincent rudement mes tétons. Seigneur, je n'arrive plus à respirer, tellement je suis emportée par une passion extraordinaire.

Au moment où je m'apprête à jouir, il se redresse et reprend sa place, allongé sur mon corps. Ses lèvres, encore imprégnées de mon plaisir se collent aux miennes, tandis qu'il repositionne son pénis à l'entrée de mon vagin et me pénètre à nouveau avec une exaltation qui me coupe le souffle. Et là, clairement, tout change.

Je vous jure que je n'y comprends strictement rien, mais si à cet instant précis on me demandait quel est mon nom, je serais incapable de répondre. Mon corps semble rugir sous ses coups de boutoir et une boule de feu naît entre mes jambes, entretenue en cela par ce sexe si imposant qui entre et sort du mien avec bien plus de facilité qu'hier. Et c'est bon, si diaboliquement bon.

Totalement exaltée par ce que je ressens, par cette houle qui s'apprête à me dévaster, je me mets à gémir, à crier son prénom, comme prise de folie.

— Oh putain, oui, Madie ! Continue comme ça, c'est dingue ! grogne-t-il, le visage dans mes cheveux.

Les sensations montent crescendo et gagnent en ampleur l'ensemble de mon corps. Chaque fois qu'il se retire, je pourrais hurler de frustration, mais quand il revient en moi, je suis juste au paradis.

Je sens Nahel crispé par la difficulté qu'il a de se retenir, mais il poursuit ses mouvements, toujours plus vite, encore plus fort. Et puis, soudain, c'est l'explosion. Tout mon corps se tend, des spasmes me traversent de part en part avec tant de force que je pourrais pleurer de soulagement. Et ça dure longtemps, très longtemps. L'orgasme par ses doigts ou sa langue, c'est déjà quelque chose. Mais ça… c'est carrément indescriptible. Je pourrais mourir maintenant, que cela ne me poserait pas le moindre problème.

Après une dernière poussée, Nahel se libère enfin, dans un cri guttural. Au creux de mon ventre, je sens les giclées de sperme se déverser à un rythme effréné, pendant d'interminables secondes.

— Waouh ! s'exclame-t-il, le visage niché dans mon cou. Et dire que c'était juste la position du missionnaire. Qu'est-ce que ce sera quand on se mettra à faire des trucs vraiment cochons !

Je souris à ses paroles, détendue et merveilleusement bien. L'expérience que je viens de vivre est tout simplement incroyable, si intense et enivrante. Jamais je n'aurais pu imaginer que l'amour physique était à ce point extraordinaire. Cette découverte m'emplit d'une sérénité que je n'ai jamais ressentie et je n'ai qu'une envie : recommencer le plus vite possible.

Nahel se retire et se sert de son tee-shirt, qui traîne au pied du lit, pour m'essuyer et faire de même avec son sexe. Sans la moindre gêne, je l'observe. Après l'avoir balancé au sol, il s'allonge près de moi et me prend dans ses bras.

— Bordel, je savais que ce serait quelque chose de baiser avec toi, mais certainement pas un truc aussi extrême ! Je n'en reviens pas. C'est de loin, la meilleure expérience de toute ma vie.

À ces mots, je ne peux empêcher mon corps de se raidir quelque peu. Il me semble que le moment est mal choisi pour me rappeler qu'il a eu un paquet d'aventures avant moi. Sous le coup d'une soudaine contrariété, je rétorque avec une pointe d'acidité.

— Désolée, mais contrairement à toi, je n'ai aucun point de comparaison.

Son étreinte se resserre, lorsqu'il réalise sa méprise.

— Ne te fâche pas, ma petite greluche. Je n'ai pas dit ça pour te blesser, mais pour te faire comprendre à quel point c'était génial. Tu es la meilleure !

Je me détends aussitôt, et sans même en avoir conscience, je suis gagnée par une torpeur qui ne me laisse pas d'autre choix que de fermer les yeux. C'est avec un sourire bienheureux aux lèvres que je m'endors.

12

Nahel

— Il va falloir songer à reprendre le business, lance Fred, alors que nous venons juste de nous installer à la table du restaurant universitaire.

— Je suis d'accord. Les clients s'impatientent et si on ne se décide pas rapidement, ils iront s'approvisionner ailleurs. Maintenant que la bande à Amoros est hors circuit, enchérit Vince, c'est le moment ou jamais de se faire des couilles en or.

Je demeure hésitant environ dix secondes, avant d'acquiescer. Je vois d'ici ce que vous pensez, que je suis un enfoiré, que si Madie le découvrait, elle en serait malade et tout ça. Mais je ne conçois pas les choses de cette manière. Pour moi, les affaires et la vie privée n'ont rien à faire ensemble. Et je suis bien payé pour savoir que quand on mélange les deux, on s'expose à un putain de bordel. Après tout, si je n'avais pas sauté cette salope de Rosie, elle ne m'aurait jamais donné aux flics. Mais toute cette histoire m'a servi de leçon et je suis bien décidé à ne plus réitérer les mêmes erreurs.

— Très bien, murmuré-je, si doucement qu'ils sont obligés de se pencher pour m'entendre. On fonce. Mais attention, fin juin, c'est terminé. Faites vos économies, prévoyez l'après, parce qu'à partir de l'été, il ne faudra plus compter sur moi. Mon dossier a été accepté à Londres et je dois passer un entretien au printemps. C'est également le cas pour Fred. Je refuse de renoncer à cette école. C'est trop important pour moi.

— Et Madie, dans tout ça ? s'enquiert Val, les yeux plissés.

Mais qu'est-ce qu'il a toujours à la ramener avec ma nana, lui ? Putain, faut qu'il arrête, s'il ne veut pas que je lui retourne la tronche façon crêpe, dans les prochains temps.

— Ce n'est pas ton problème, occupe-toi de tes fesses et fous-moi la paix ! je réponds avec agacement.

— Pas la peine de prendre la mouche. Je dis ça, je dis rien…

— Ouais, ben alors ferme ta gueule, mec !

Nous sommes interrompus par deux nanas qui approchent de la table, un grand sourire aux lèvres. Je les connais, puisqu'une des deux, Anna la blonde, a été mon plan cul régulier pendant quelque temps, jusqu'à ce que je me lasse.

— Salut, les gars, lance sa copine Éva, en nous faisant la bise.

Elles sont cool, franchement. Légères, mais gentilles. Anna se poste près de moi et glisse ses bras autour de mon cou pour m'enlacer. Instantanément, j'ai un petit mouvement de recul, mais je me reprends immédiatement. Je n'ai aucune envie de passer pour un soumis devant ma bande, donc pas question de la repousser. Et puis, ce n'est pas comme si Madie était là. Elle n'est censée nous rejoindre que plus tard, puisqu'elle devait ramener son dossier à l'institut de formation, ce matin.

En repensant à ma blondinette, je ne peux m'empêcher de sourire. Putain, quelle nuit ! C'était totalement délirant. Je vous jure que je n'ai jamais rien ressenti d'aussi violent avant. Pour un peu, ça me foutrait même les pétoches ! En attendant, me perdre en elle, l'entendre gémir au moment de l'extase et la sentir se contracter autour de ma bite a été une expérience incroyable. Un pied d'enfer ! Rien que d'y penser et je bande à nouveau.

Profitant de ces quelques secondes d'inattention, Anna s'installe sur mes genoux et je ne la vire pas, malgré le regard mauvais de Val. Éva, elle, s'est perchée sur la cuisse de Fred, qui n'en demandait pas tant. La moue contrariée de Sophie me laisse quelque peu perplexe. Mais après tout, je ne suis pas exactement au courant de ce qui se passe entre elle et mon pote. Et puis, ce sont leurs oignons, pas les miens.

— Quand est-ce qu'on se revoit pour une nuit de folie, beau brun ? murmure Anna à mon oreille. Tu sais…

ecstasy, pétards, vodka, et ta queue dans ma bouche. Je ne connais rien de meilleur !

Hélas, elle n'a pas parlé assez doucement pour n'être entendue que de moi, si bien que toute la tablée profite de ses paroles salaces. Aussitôt, nous éclatons de rire.

— Quand tu veux, beauté, je réplique sur le ton de la plaisanterie.

Même si je n'ai pas l'intention de remettre le couvert avec cette nana, les autres n'ont pas besoin de connaître ma vie intime. Après tout, j'ai une réputation à défendre.

— Chez toi ou chez moi ?

— À voir…

— Je rêve de te sucer si fort que tu auras des ampoules sur la bite ! s'exclame-t-elle, en pouffant de plus belle.

Je ne sais pas à quel moment je prends conscience que quelque chose cloche. Si Vince, Fred et moi, rions et continuons sur ce ton, Val et So se sont figés, et regardent derrière mon épaule.

Soudain, la voix douce de Madie résonne, emplie d'une colère qu'elle semble avoir bien du mal à maîtriser.

— C'est ça, fous-lui des ampoules sur la queue et quand tu le suceras, n'oublie pas de tirer ses couilles, il adore ça !

La grossièreté dont elle fait preuve est si inhabituelle, que je manque de tomber de ma chaise.

— Ah oui ? Toi aussi tu as remarqué ? demande Anna, qui n'a pas compris ce qui se passe.

Quand je pivote vers Mad, j'ai l'impression d'être transpercé par l'œillade assassine qu'elle me lance. Jusqu'à tout à l'heure, je surveillais la porte de la cafet. Mais là, durant les dernières minutes, je n'ai pas trop fait gaffe, car Anna me bouchait la vue. De plus, alors que je m'attendais à la repérer facilement en raison de sa chevelure, je découvre que ma blonde a revêtu un de mes bonnets sur la tête. Voilà pourquoi je n'ai pas vu qu'elle venait d'entrer.

Putain, c'est la merde. Je lance un bref regard à Val qui semble dire *« bon courage, mon pote »*, puis je me tourne à nouveau vers Madie.

Mais elle est déjà en train de rebrousser chemin en quatrième vitesse.

— MAD ! je gueule dans toute la salle.

Seul un majeur pointé bien en l'air me répond, avant qu'elle ne disparaisse de ma vue.

— Tu sais quoi, Nahel ? T'es trop naze ! râle So, en me fusillant de ses yeux sombres. Il faut toujours que tu bousilles tout ce qui arrive de bien dans ta vie, sinistre connard. Toi et ton grand pote Fred, vous faites vraiment la paire !

Puis, sans prévenir, elle se lève brusquement et se barre à son tour.

— Bon sang, mais qu'est-ce qu'elles ont toutes les deux ? Elles sont folles ou quoi ? C'était juste une blague potache, rien de plus, grogné-je entre mes dents. C'est à se demander si elles ne vont pas avoir leurs trucs !

— Si j'avais fait ce genre de plaisanterie à propos de Mad, en voulant savoir quand je pourrais me faire sucer par elle, quelle aurait été ta réaction, mec ? s'enquiert Val avec bon sens.

Je le mate, l'air mauvais, même si j'ai conscience qu'il a parfaitement raison. S'il m'avait sorti une connerie pareille, je l'aurais envoyé à l'hôpital.

Je crois que c'est à cet instant précis que je prends la pleine mesure de ce qui vient de se passer. Pour une fois, je ne réagis pas en bon égoïste que je suis, mais je me mets quelques secondes à la place de Madie.

Et soudain, cette panique que j'avais déjà éprouvée l'autre jour, me submerge tel un tsunami. Je suis totalement tétanisé, blanc comme un linge, et de la sueur coule le long de mon dos, rien qu'à l'idée de la perdre.

Alors, d'un bond, je me lève, retenant au passage Anna qui a failli se casser la figure. Sans un mot, je quitte le réfectoire et descends les escaliers quatre à quatre, comme si j'avais le feu au cul.

Arrivé sur le parvis, situé juste devant le bâtiment, je l'aperçois qui discute avec So. Il faudra que je remercie cette dernière d'avoir arrêté sa fuite et de la consoler comme elle le fait.

Toutefois, quelle n'est pas ma stupeur, lorsque je parviens à leur niveau, de constater que ce n'est pas mon bel ange blond qui chiale, mais Sophie. Et Mad est en train de la réconforter en lui frottant le dos.

Elle relève la tête et ce que je lis dans son regard me cloue sur place. J'y perçois une froide détermination et un mépris qui me glacent. OK, je ne l'ai pas volé, mais il me semble que les choses étaient bien plus faciles à gérer quand elle pleurait et que je me retrouvais à la consoler. Au lieu de ça, j'ai face à moi une femme qui me toise, comme si j'étais la dernière des merdes sur laquelle il ne faut surtout pas marcher, et mon ego n'aime pas franchement.

— Mad, je suis désolé. C'était simplement des vannes balancées par une bande d'abrutis. N'y prête pas attention, il n'y a aucune raison.

— Regarde-moi bien, tu me vois rire, ducon ? lance-t-elle, visiblement furieuse.

— Arrête, c'était juste une blague, je te dis ! râlé-je, irrité par son agressivité que j'estime totalement injustifiée.

— Et la nana sur tes genoux, c'était une blague aussi ? La prochaine fois qu'on sera à la cafet, je m'installerai sur ceux de Val et je tortillerai bien du cul comme elle. On verra si ça te donne envie de te marrer, connard !

— Oh putain ! Tu ne vas quand même pas faire un plat pour ça ! C'est complètement stupide !

— Je suis probablement plus débile que tu ne le crois.

Elle réfléchit un instant, avant de déclarer.

— Ou non, je vais me montrer particulièrement compréhensive. Je sens que ça te plaira.

Pourquoi ai-je le pressentiment que ce qu'elle s'apprête à me balancer, ne va justement pas me convenir du tout ?

— À partir de maintenant, tu prends qui tu veux sur tes genoux, tu te fais sucer par la Terre entière si ça te chante, et tu peux même baiser toutes les pouffiasses qui se trémoussent en gloussant comme des dindes devant toi. En ce qui me concerne, je n'en ai plus rien à faire. Je t'ai prévenu, Nahel, je t'ai dit que la fidélité était une option non négociable pour moi. Et je n'ai pas la fibre compréhensive. Alors, tu peux bien agir comme il te plaira, je m'en cogne.

À ces mots, prononcés avec une rare dureté, mon sang se glace. Clairement, elle est en train de me lourder. Le grand amour de ma vie est sur le point de me renvoyer dans mes pénates, comme un malpropre.

Si le stress à l'idée de la perdre m'avait déjà bien atteint, il culmine, en cet instant précis, à des sommets jamais vus, pas même en début de semaine. Mon souffle est coupé, ma gorge brûle et mes tempes bourdonnent. Je réalise que je suis en pleine crise de panique et que je vais finir par tomber dans les pommes si je n'arrange pas les choses.

Prenant So par les épaules, elle s'éloigne déjà. Alors, je me précipite derrière elle et la saisis par le bras pour l'obliger à me faire face.

Et, en bon désespéré que je suis, je lance la première connerie qui me vient à l'esprit.

— Épouse-moi !

Face à leurs mines sidérées, je m'étonne moi-même d'avoir pu prononcer de tels mots. Mais maintenant que c'est dit, je sais que c'est exactement ce que je veux. Je dois enchaîner Madie par les liens les plus sacrés pour elle, de manière à ce qu'elle ne puisse plus jamais me quitter.

— Va te faire voir, pauvre marteau ! s'exclame-t-elle, avant de me tourner le dos et de s'éloigner en compagnie de Sophie.

13

Madie

Ce mec est complètement ravagé du bulbe rachidien, c'est moi qui vous le dis ! Comment a-t-il osé me balancer un truc pareil ? De quel droit s'est-il moqué de moi ainsi ? Il ne peut pas ignorer que le mariage est une valeur sacrée à mes yeux, je ne m'en suis jamais cachée. Je trouve sa proposition à la fois méchante et terriblement humiliante. Imaginez la tête qu'il aurait faite si je l'avais pris au mot, si j'avais accepté. Il aurait eu l'air con, tout seul dans son pantalon !

Contrairement à mon habitude, je ne suis pas retournée chez moi pour pleurer sur mon sort. Non, tout ça, c'est fini ! Nahel a fait de moi une femme, une vraie, dans tous les sens du terme, pas seulement du point de vue sexuel. Et si je suis sincère, je trouve que c'est très bien ainsi.

Je n'ai pas l'intention de le quitter, rassurez-vous, mais si je veux qu'il me respecte un tant soit peu, alors je n'ai pas d'autre choix que de lui rentrer dans le lard. Ce n'est pas ce à quoi j'aspire, parce que mon caractère me pousserait plutôt à fuir l'affrontement, mais en même temps, il me semble que c'est un mal nécessaire.

Assise en face de Sophie, dans un petit salon de thé que nous avons dégotté et où personne n'aura l'idée de nous chercher, je l'observe discrètement. Ses traits sont tirés et je me demande ce qui peut la chagriner ainsi. Elle paraît toujours si forte, si sûre d'elle, que je suis la première étonnée par ce revirement. Mais je suppose que nous avons tous nos moments de doutes et nos faiblesses.

En toute honnêteté, cette jolie jeune femme brune installée en face de moi est sans doute celle que j'apprécie le moins dans la bande. Instinctivement, j'aurais tendance à me rapprocher de Stéphanie, même s'il y a quelque chose dans l'attitude de celle-ci qui me gêne. Après y avoir réfléchi longuement, je pense que c'est parce qu'elle a déjà couché avec Nahel.

Quand So est arrivée derrière moi, peu après mon départ de la cafet, je n'ai pas compris ce qui se passait. Elle était bien la dernière personne que je voulais voir, mais je n'imaginais pas non plus l'envoyer bouler, alors qu'elle venait de toute évidence de prendre ma défense.

Puis, sans que je percute, elle a éclaté en sanglots, s'accrochant à ma veste comme un naufragé à une bouée. Désarçonnée, je n'ai pas su comment réagir, et je pense avec le recul qu'il n'y avait justement rien à faire de particulier. J'ai simplement sorti mon paquet de mouchoirs et je lui en ai tendu un. Puis, je lui ai frotté le dos en signe de réconfort.

Elle a été aussi sidérée par les dernières paroles de Nahel que moi, et ce n'est pas peu dire. Je crois que je ne m'en suis toujours pas remise, alors que l'épisode désagréable avec la blonde de la cafétéria semble déjà derrière moi. Mais ça… oh comme je lui en veux ! Il n'imagine même pas à quel point.

— Tu as envie de parler ? demandé-je d'une voix douce, après que la serveuse nous ait amené nos cafés.

— Je ne sais pas. J'ai conscience que nous ne sommes pas les meilleures copines du monde, donc…

— Peut-être, mais si tu désires te confier, je ne te jugerai pas, tu peux en être certaine. Et je suis une tombe. Révéler les secrets des autres, ce n'est définitivement pas mon truc.

Elle hésite toujours. Alors, pour la mettre totalement à l'aise, je décide d'aborder le sujet délicat qui doit être à l'origine de notre relation tendue.

— Sophie, j'aimerais te remercier.

— De quoi ? s'enquiert-elle, en ouvrant de grands yeux étonnés dans ma direction.

— Le jour où tu m'as engueulée dans le supermarché, eh bien…

— J'en suis désolée, murmure-t-elle, rouge de gêne.

— Surtout, ne t'excuse pas. Tu m'as rendu un fier service, en réalité. J'avais besoin d'entendre quelqu'un me balancer mes quatre vérités, parce que j'ai conscience que mon comportement était complètement irrationnel. Tout comme la brutalité avec laquelle tu m'as jeté ça en pleine face était indispensable, histoire de me remettre les idées en place.

Surprise, voire choquée par mes mots, Sophie me fixe sans savoir quoi répondre, durant quelques instants. Puis, finalement, elle se lance.

— Tu vois, je suis une nana cash. Je dis ce que je pense, sans toujours faire preuve de diplomatie dans mes paroles. La censure, ce n'est pas mon truc.

— Et c'est une bonne chose, approuvé-je avec un sourire.

— Waouh ! Je n'ai jamais pigé pourquoi Nahel tenait tant à t'intégrer à notre bande. Déjà, le premier jour, il a fait des pieds et des mains pour que tu viennes à notre table, allant jusqu'à demander à cette pétasse de Stella de nous rejoindre, alors qu'il ne peut pas la blairer. On avait tous percuté que c'était uniquement à cause de toi, mais on ignorait pour quelle raison il avait agi ainsi. Je t'ai toujours trouvée gentille, puisque tu t'arrangeais pour nous nourrir, mais tu dois aussi avouer que tu es un peu spéciale.

— Avec mes bondieuseries ?

Je ris en prononçant ces mots, pour bien lui faire comprendre que je ne lui tiens aucune rigueur de ses propos.

— Oui, mais pas seulement. J'avais l'impression que tu surjouais, que ta naïveté était feinte pour mieux mettre le grappin sur lui.

Cette fois, j'ouvre de grands yeux, sincèrement peinée qu'elle ait pu supposer une chose pareille.

— Je sais aujourd'hui que c'était faux et que je me suis trompée sur toute la ligne. Tu n'as rien fait de spécial pour qu'il s'intéresse à toi. C'est arrivé comme ça et personne n'a rien calculé.

— Je n'en reviens pas que tu aies cru que je voulais vous berner, soufflé-je pour moi-même.

— Quelle importance, puisque ce n'est pas vrai ?

— Ça en a pour moi ! Je n'imaginais pas renvoyer une image aussi négative.

— Mais ce n'est pas le cas. C'est juste… tu sais, j'avais peur, je suppose.

— De quoi ?

— Que tu en aies après Fred.

— Tout comme tu aurais pu t'intéresser à Nahel.

— C'est probablement ce qui se serait passé, si je n'avais pas déjà été amoureuse de Fred en arrivant à Strasbourg.

Dire que je suis étonnée est un euphémisme. Je suis scotchée, ça, c'est le bon terme. Sans doute est-ce dû au fait que je n'avais rien vu dans l'attitude de l'un ou de l'autre. Mais comment est-ce possible ?

— La mère de Fred a été un temps la compagne de mon père, révèle So, comme pour répondre à mes questions.

La première fois que je l'ai rencontré, j'étais âgée de quinze ans et j'ai eu un coup de foudre immédiat. J'ai tout tenté, mais il ne me remarquait jamais. Il n'avait que deux ans de plus, je ne voyais donc aucune raison pour qu'il ne s'intéresse pas à moi, alors qu'il semblait niquer la Terre entière !

— Vos parents sont toujours ensemble ? Parce que si vous êtes demi-frère et demi-sœur, c'est un peu louche. Ou bien ?

— Pourquoi ? Nous n'avons aucun lien du sang. Et non, ils ne sont plus en couple. En fait, telle mère, tel fils. Elle est aussi volage que lui et mon père en a eu ras le bol d'être cocu. Remarque, elle ne le ménageait pas et sautait sur tout ce qui bougeait. Alors, il est parti avec sa secrétaire.

— Et ta maman ? questionné-je, comprenant un peu mieux la situation.

— Elle est morte, quand j'avais six ans. Elle a été renversée par un chauffard. C'était elle le grand amour de papa et il ne s'est jamais remis de son décès. Avec le temps, il est devenu distant vis-à-vis de moi. En fait, le problème, c'est qu'il a une nouvelle compagne qui ne me supporte pas. Elle n'a pas d'enfants et ne veut surtout pas s'encombrer de ceux des autres. Résultat : si nos relations étaient déjà laborieuses avant, elles sont maintenant totalement inexistantes, hormis le chèque qu'il m'envoie chaque mois.

— Mince, je suis vraiment désolée pour toi. Je ne peux pas prétendre que je comprends ce que tu ressens, ce n'est pas le cas, puisque j'ai mes deux parents. Mais je compatis…
— Merci, tu es gentille. C'est de l'histoire ancienne et j'ai fini par m'y habituer.
— Fred est-il au courant de tes sentiments ? Je veux dire, est-ce qu'il sait ce que tu éprouves pour lui ? S'est-il déjà passé quelque chose entre vous ?
— Tu es folle ! Jamais il ne m'a regardée. Le truc, c'est que je pense que je fais partie des meubles maintenant. Il y a trois ans, le père de Fred lui a offert un appartement à Strasbourg, parce qu'il souhaitait y poursuivre ses études.
— Il lui a payé un logement, comme ça ?

Je suis choquée à l'idée qu'on puisse avoir les moyens d'un pareil cadeau.
— Fred est le fils d'une neurochirurgienne très réputée et d'un acteur mondialement célèbre.
— Ah bon ? Je l'ignorais. Personne ne me l'a révélé.
— Il n'en parle jamais. Tu sais, sa famille a presque autant d'argent que celle de Nahel. C'est sans doute pour cette raison qu'ils se sont trouvés. Bref, il était à la fac à Paris, et avait décidé de terminer son cursus à Strasbourg, puisque Nahel y allait également. Du coup, comme je venais d'avoir mon bac, je me suis aussi inscrite ici. Il était d'accord pour que je prenne une chambre dans son appartement et que nous devenions colocataires. Je

croyais qu'il ne voulait pas de moi à cause de sa mère et de mon père, tu comprends ? Mais une fois sur place, ça a très vite dégénéré. Je passais mes nuits à pleurer en l'entendant baiser tout ce qui bougeait. Puis, nos parents se sont séparés. J'ai supposé qu'il faudrait que je parte, mais il a refusé en arguant que ce n'était pas parce que nos vieux avaient déconné qu'on ne pouvait pas ne pas veiller l'un sur l'autre. Là, je me suis dit que c'était super, que ce lien frère/sœur qui pipait un peu l'histoire était éliminé, et qu'enfin il finirait par me regarder. Merde, Madie ! Je ne suis quand même pas si vilaine que ça !

— Non, bien sûr que non. Tu es une très belle jeune femme, Sophie.

Et je suis absolument sincère. Avec ses longs cheveux sombres, sa peau mate et ses yeux d'onyx, elle est vraiment super jolie.

— Mais ce n'est jamais arrivé. Je me suis tellement accrochée à ce rêve que j'acceptais tout. Et puis, un soir, je suis rentrée tard du cinéma où j'avais dû rester exceptionnellement pour la fermeture. C'était il y a environ six mois. Quand j'ai pénétré dans l'appartement, le salon était devenu un véritable baisodrome. Je te jure, c'était une partouze d'au moins trente ou quarante personnes.

— J'ai pu le constater de visu, je sais de quoi tu parles.

— Non, Mad, toi tu les as trouvés alors qu'ils pionçaient, tandis que moi je les ai tous vus en pleine action. Et Fred était au milieu de cette bande, en train de se taper une fille avec un de ses potes.

— Nahel ?

Je déglutis avec difficulté, dans l'attente de sa réponse.

— Crois-moi, mon chou, tu n'as pas envie de le savoir. Il n'y en a aucun des deux pour rattraper l'autre.

Je comprends à demi-mot qu'il s'agissait bien de mon petit ami. Oh bon sang, mais jusqu'où va sa perversité ? J'en ai marre de découvrir des épisodes toujours plus glauques à son sujet !

— Qu'as-tu fait alors ? Si tu es un tant soit peu comme moi, tu auras fort mal réagi. Je ne peux même pas t'expliquer à quel point j'ai été choquée par ce spectacle décadent.

— Écoute, je suis différente de toi. Je ne suis plus vierge depuis un moment, et j'ai eu plusieurs petits amis. Par contre, là où je te rejoins, c'est que je ne suis pas prête à user n'importe comment de mon corps, et certainement pas à me faire sauter par tous les trous. Le pire, c'est qu'il s'agissait de mecs que cette nana ne connaissait même pas. Il y a des limites que je refuse de franchir. Tout comme je ne couche jamais le premier soir. Donc, pour en revenir à cette nuit-là, j'ai décidé que c'était trop pour moi et que je ne pourrais pas en supporter davantage. Le lendemain, j'ai demandé à Vince, qui traînait toujours à la maison, s'il acceptait d'échanger son studio d'étudiant contre ma chambre.

— Il a été d'accord ?
— Tu parles ! Plutôt deux fois qu'une. Il m'a même aidée à déménager. Je n'en ai pas parlé à Fred tout de suite. Mais deux jours plus tard, au moment de quitter définitivement l'appartement, il a bien fallu m'y résoudre. Je croyais qu'il s'en ficherait. Quelle n'a donc pas été ma surprise quand je l'ai vu s'énerver comme un malade ! Je ne comprenais pas sa réaction, car il aurait dû se réjouir d'être débarrassé de moi. Mais il a hurlé et est devenu comme fou.
— Tu es restée alors ?
— Non. Quelque chose était définitivement cassé et il n'était pas question de revenir en arrière. Il a fait la gueule pendant trois semaines, puis il a fini par accepter. De toute façon, je ne lui ai pas vraiment laissé le choix. Depuis, plus rien n'est comme avant, mais au moins je dors tranquille.
— Waouh ! C'est vraiment dommage que les choses se soient terminées ainsi.
— Je suis d'accord avec toi. Mais tu ne peux pas forcer un homme à t'aimer, n'est-ce pas ? J'en ai pris mon parti et je fais ma vie. Mais en même temps, il y a certains jours, comme aujourd'hui, où il suffit d'un rien pour que je craque. C'est encore difficile pour moi, admet-elle, les yeux emplis de larmes.
— Je comprends, So. Je ne voudrais pas être à ta place, même s'il me semble que la mienne n'est guère plus

enviable. Au moins, je sais que Nahel m'aime. Enfin, c'est ce que je croyais jusqu'à aujourd'hui. Pour être tout à fait sincère, je déteste l'idée de me transformer à son contact. Comment t'expliquer ? Je suis souvent en colère contre lui et ça me rend folle, parce que quand je suis dans cet état d'esprit, je deviens odieuse et grossière.

— J'ai pu observer ton comportement quand tu es furax. C'est quelque chose !

— Qu'as-tu décidé pour l'avenir, maintenant que tu es libre ?

— Justement, je voulais en parler avec toi. Nahel m'a expliqué pour l'institut de formation et je me demande si je ne devrais pas suivre ton exemple. Vois-tu, la sociologie, c'est bien gentil, mais il n'y a quasiment aucun débouché et je risque de moisir encore longtemps en fac, si je ne décide pas de changer de voie.

— Tu veux devenir infirmière ?

Ma surprise doit être perceptible, car So se met à rire doucement.

— Tu sais, mon père est kiné et ma mère était infirmière scolaire. J'ai le vague souvenir qu'elle était passionnée par son job. J'y ai souvent songé, mais j'étais tellement accrochée à Fred, que ce n'était pas ma priorité. Ce qui est une belle connerie, si tu veux mon avis…

Aussitôt, je souris, ravie.

— Ce serait formidable que nous suivions ces cours et préparions le concours ensemble. Nous pourrions nous entraider.

Je sais ce que vous allez penser, que je suis faux derche, parce que je n'ai pas de réelle affinité avec Sophie. Mais il me semble qu'il y a un avant et un après aujourd'hui, aussi bien pour elle que pour moi. Elle s'est confiée en toute sincérité et j'ai découvert une jeune femme intelligente qui cache sa sensibilité sous une carapace. Ce n'est peut-être pas ma meilleure copine, d'ailleurs je n'en ai aucune, mais elle vaut la peine qu'on creuse un peu pour connaître sa véritable personnalité. Dans la mesure où je ne suis pas du genre à m'arrêter à une première impression, je décide de persévérer. J'ai la certitude que c'est quelqu'un de bien qui mérite qu'on s'intéresse réellement à elle.

— Il y a juste un petit problème, fais-je remarquer, afin qu'elle ne soit pas déçue comme j'ai pu l'être.

— Lequel ? Tu ne m'en crois pas capable ?

— Là n'est pas le souci, So. La formation coûte cinq mille euros. Je préfère te prévenir.

À ces mots, son visage se fige.

— Merde ! Mais comment t'es-tu débrouillée pour payer ?

— C'est Nahel qui m'a prêté l'argent et il a dû insister pour que j'accepte. Je ne sais pas s'il a bien fait, parce qu'avec ce qui s'est passé aujourd'hui, je sens que je vais ruer dans les brancards.

— Voilà, c'est foutu, chuchote-t-elle au bord des larmes. Je n'en ai pas les moyens. Mon père a déjà fait la gueule quand j'ai déménagé !

— Pourquoi ?

— Eh bien, chez Fred, l'hébergement était gratuit. Tandis que le studio de Vince, il faut bien que j'en paie le loyer.

— Et ton job au cinéma ?

— Il me permet de manger et de m'habiller. Comme je te l'ai dit, la copine de mon paternel est une vraie connasse. Même me donner un euro lui fait mal au cul. Non, je ne vois aucune solution, c'est foutu !

Nous demeurons toutes les deux silencieuses, un long moment. Puis, soudain, une idée me vient. Ce n'est pas la trouvaille du siècle, mais il me semble que je peux au moins l'évoquer. Et puis, ce n'est pas comme si nous avions tout un tas de possibilités.

— Demande l'argent à Fred, déclaré-je avec fermeté.

— Quoi ? Tu es folle ! Jamais de la vie.

— Tu m'as expliqué toi-même qu'il était riche. Mince, So, après tout ce que tu as enduré, considère qu'il s'agit là d'un dédommagement ou d'un prêt. Et au moins, s'il accepte, tu sauras qu'il tient à toi. S'il refuse, tu seras fixée une bonne fois pour toutes.

— Comment ça ?

— Écoute, d'après ce que tu m'as raconté, tu ne lui as jamais révélé ouvertement ce que tu ressentais pour lui. C'est peut-être le moment de le faire, histoire de n'avoir aucun regret si tu passes à autre chose. Après, je dis ça, mais je n'en sais rien.
— Tu as parlé à Nahel, toi ?
— Oui, parce qu'il me paraissait important qu'il soit au courant de mes sentiments. Et tu ne le croiras sans doute pas, mais il n'est pas parti en courant.
— Sérieux ?
— Si j'étais toi, je l'appellerais pour lui demander de me prêter cinq mille euros, remboursables dans quatre ans, à l'issue de tes études. S'il refuse et t'envoie bouler, ce sera plié, mais au moins tu sauras à quoi t'en tenir. S'il accepte, tu devrais saisir l'occasion de lui révéler ce que tu éprouves, en toute franchise.

Je la sens complètement perdue, durant quelques minutes. Finalement, elle relève la tête et, dans son regard sombre, je lis une détermination toute nouvelle. À la bonne heure !

J'ignore ce que vaut ce conseil, parce qu'après tout je n'ai guère d'expérience. Par contre, j'ai compris, malgré tout, qu'elle en avait bavé des ronds de chapeau avec ce crétin et qu'il était temps pour cet abruti de passer à la caisse. Ne croyez pas que je suis soudain devenue vénale, mais So s'est installée à Strasbourg pour lui, elle ferait n'importe quoi pour lui plaire, et ce gros con n'est pas capable de l'apprécier à sa juste valeur. Alors qu'il l'aide !

— Viens avec moi, j'ai besoin de toi pour avoir le courage de lui téléphoner. Et puis, j'ai l'impression étrange que tu es mon ange gardien, Madie. Qu'avec toi, il ne peut rien m'arriver de fâcheux.

Sans un mot, après avoir payé nos consommations, nous nous rendons d'un pas rapide vers son studio. À l'intérieur, je constate avec plaisir que tout est impeccablement rangé et d'une propreté étincelante. C'est à se demander si Nahel n'est pas venu faire le ménage ici !

Nous nous installons toutes les deux sur une chaise près de son bureau. Il faut admettre que son logement est bien plus petit et moins confortable que le mien.

Après avoir profondément inspiré, elle compose le numéro de Fred et met le téléphone sur haut-parleur. Il décroche à la deuxième sonnerie.

— Sophie ? Qu'est-ce qui se passe ? demande-t-il tout de suite, visiblement inquiet. Je suis venu chez toi tout à l'heure, mais tu n'y étais pas. T'es où ?

— Je suis avec Madie, répond-elle, après s'être raclé la gorge.

— Tu te sens bien ?

De toute évidence, il est dans la rue et s'est arrêté de marcher. Je peux entendre le bruit des voitures derrière lui. Au moins, il n'est pas en train de s'envoyer la nana qui se trouvait sur ses genoux à la cafet.

— Ça va. Écoute, Fred, j'aimerais que tu me rendes un service.

— Tout ce que tu voudras.

— J'ai besoin d'un prêt de cinq mille euros, indique-t-elle après un bref silence.

Parce que je suis assise près d'elle, je peux la voir rougir furieusement au moment où elle prononce ces mots. Ma main se pose aussitôt sur la sienne, afin de l'encourager à poursuivre.

— Pour quoi faire ? Tu as des problèmes ?

— Non, ce n'est pas ça. J'aimerais m'inscrire à la même formation que Madie.

Il semble soulagé par sa réponse.

— Pas de souci. Si tu veux, je passe tout de suite et je te fais un chèque.

So ouvre de grands yeux étonnés et je lève mon pouce en signe de victoire. Finalement, ce mec n'est pas si insensible, sous ses airs d'obsédé sexuel.

— Euh, pas la peine. Je dois aller chercher un dossier d'inscription, donc ça peut attendre.

— Très bien, comme tu le sens, rétorque-t-il, apparemment déçu par sa réponse. Demain, je te ramènerai le chèque à midi. Tu sais, ajoute-t-il après un instant de réflexion, je suis content que tu te sois adressée à moi.

Cette fois, ma nouvelle copine est sur le point de tomber de la chaise, tellement elle est sidérée.

— À demain alors, souffle-t-il, comme s'il avait du mal à parler.

— Oui, c'est ça, à demain.

Après une ultime hésitation, alors que je fais des gestes pour l'intimer à lui révéler la vérité, elle poursuit.

— Ah, et tant que j'y suis, une dernière petite chose. Je suis raide dingue de toi depuis que je te connais. J'étais persuadée que tu t'en étais rendu compte, mais dans le doute, je préfère te le dire. Comme ça, au moins, je suis sûre que tu es au courant.

Puis, sans lui laisser la possibilité de répondre, elle raccroche. L'instant d'après, son mobile résonne.

— Je fais quoi maintenant ? questionne-t-elle, toute tremblante.

Je lève les paumes en signe de découragement. Sérieusement, c'est à moi qu'elle demande ça ? Je n'ai aucune expérience en la matière et ce n'est pas mon rôle de tout décider pour elle.

Finalement, à la dernière sonnerie, elle s'oblige enfin à répondre.

— Oui ?

— Ne bouge pas, j'arrive. Il faut qu'on s'explique tous les deux !

Là, je vois la panique la gagner de manière tout à fait incroyable. Elle raccroche aussitôt et se tourne vers moi.

— Je ne peux pas l'affronter maintenant. Je ne suis pas prête. On fait quoi ?

Comme je la comprends ! N'ai-je pas été dans le même cas, après l'épisode du club ? L'obliger à se confronter à lui n'est pas une bonne idée. En tout cas, pas aujourd'hui, car So a besoin de rassembler ses esprits et de se préparer à cette rencontre.

— On se barre ? suggéré-je, déjà debout.

Prises d'un fou rire nerveux, nous récupérons rapidement quelques affaires, avant de nous précipiter vers la sortie. D'après ce que j'ai cru comprendre, Fred a les clés du studio, il ne servirait donc à rien de refuser de lui ouvrir en faisant comme si nous n'étions pas là.

Avec des cris et des larmes qui roulent sur nos joues à force de nous esclaffer, nous filons en courant, sans savoir où nous allons.

Lorsque j'ai quitté le restaurant universitaire, vers midi, je n'aurais jamais imaginé que la journée prendrait une telle tournure. Mais en toute sincérité, cela me fait un bien fou de penser à autre chose qu'à l'attitude stupide de mon imbécile de mec.

Emplie de sérénité, je réalise, ou du moins je me remémore, à quel point il est agréable de rendre les gens heureux autour de soi, de s'extraire de ses propres problèmes pour aider une personne dans le besoin. Ça, c'est un principe inculqué par mes parents et qui demeure profondément ancré en moi. Il est grand temps que je me remette les fondamentaux en tête.

Une heure plus tard, nous sommes toutes les deux installées dans une chambre de l'hôtel Mercure. Quitte à se planquer, a décrété Sophie, autant le faire dans un endroit luxueux. Nous nous sommes partagé le prix de la nuit et tant pis pour le fric dépensé. Je crois que nous avons toutes les deux besoin de souffler. Comme aucune de nous ne travaille aujourd'hui, c'est encore mieux.

Lorsque j'allume mon portable, je constate qu'il y a une dizaine d'appels en absence de mon petit ami, mais aucun message. Afin d'éviter que Nahel ne se fasse un sang d'encre et passe le reste de l'après-midi à me chercher dans tout Strasbourg, je décide de lui envoyer un texto.

« Je suis avec Sophie, au cas où tu t'inquièterais. Je ne rentrerai pas ce soir, nous avons décidé de passer une soirée entre filles. À demain. Et dis bonjour de ma part aux deux pouffiasses qui te faisaient tellement rire tout à l'heure ».

Cette dernière phrase est purement gratuite et franchement mesquine, mais j'en avais besoin. Vraiment besoin.

14

Nahel

En arrivant à la cafet, je suis dans un état de stress indescriptible. Après le SMS de Madie, hier après-midi, j'ai pété une durite et je suis parti en vrille. Comme Fred n'était pas en meilleure forme que moi, nous avons fini par échouer chez lui. Nous avons bu comme des trous et il ne s'agissait pas de binouze, mais la vodka, ce qui déchire autrement plus. Il faut croire que ce n'était pas suffisant, parce que nous avons arrosé le tout d'un cocktail de cigarettes de l'espace et de cachets d'ecstasy.

Depuis que Mad et moi, nous nous sommes retrouvés, j'avais arrêté d'en prendre. En réalité, comme je n'ai pas mixé au club, je n'en ai pas eu l'occasion. Par contre, le shit, je ne peux toujours pas m'en passer. Seulement, je fais les choses discrètement et j'évite de fumer chez elle, ou alors seulement quand elle dort.

Le truc, c'est que quand nous sommes ensemble, je n'y pense pas. Toutefois, dès qu'elle n'est pas près de moi, l'envie revient avec une force que je ne contrôle pas. Comme je l'ai dit et répété, cette addiction est tellement profondément ancrée en moi, que je ne sais pas comment la combattre. Et si je suis tout à fait honnête, je n'en ai aucune intention. J'ai arrêté de me défoncer la tronche et de baiser à droite et à gauche, il me semble que c'est déjà un grand pas en avant. Il faudra que mon ange blond s'en accommode, parce que je ne suis pas capable de plus. En tout cas, pour le moment…

Mon pote était complètement perturbé et j'ignorais pour quel motif. J'avais bien assez à faire avec mes propres problèmes. Comment Madie a-t-elle osé me renvoyer ma demande à la gueule de cette manière ? Vous devez sans doute me prendre pour un fou furieux de lui avoir proposé le mariage et vous êtes probablement dans le vrai.

J'ai conscience d'agir ainsi pour de mauvaises raisons. Mais c'est plus fort que moi. Je ne peux plus vivre avec la peur panique qu'elle me quitte un jour ou l'autre. Ce qui est dingue, c'est qu'au fond de moi, je sais que ça arrivera. Sans doute, est-ce pour cela que je suis tellement sur les nerfs à chaque engueulade.

Ce n'est pas que je n'ai pas confiance en elle ou en ses sentiments, bien au contraire. Toutefois, je la devine extraordinairement forte et si incroyablement chevillée à ses principes à la con, qu'elle finira par comprendre à quel point je peux me révéler toxique. Quand ce sera le cas, elle n'aura pas d'autre choix.

Alors, dans mon cerveau embrumé par des années de fumette, la seule solution qui m'apparaît est le mariage. Parce que si nous sommes légalement unis, elle ne pourra pas me laisser. Je la connais bien et je sais que pour elle l'engagement sera total. Je suppose que quand elle sera ma femme, au sens noble du terme, alors seulement je pourrai dormir sur mes deux oreilles.

Je n'ai aucune envie d'envisager l'avenir, de me projeter dans cinq ou dix ans. Par contre, ce dont je suis certain, dans les semaines et les mois à venir, c'est que je ne m'imagine pas sans elle. Ce serait le début de la fin.

Donc, si on y réfléchit un peu, chacun de nous y trouvera son compte. Je lui donnerai ce qu'elle veut, c'est-à-dire une officialisation de notre relation, et j'y gagnerai la tranquillité d'esprit qui me fait tant défaut en ce moment. Parce que Mad est la seule capable de me sauver de mes démons, je l'ai enfin accepté.

Par contre, je n'avais pas imaginé que Fred était amoureux de So depuis des années. Je savais que leurs parents avaient été ensemble, mais pour moi il n'y avait que des liens fraternels entre eux. Quelle n'a donc pas été ma surprise quand, complètement bourré, il m'a raconté son histoire en chialant comme un gosse. Décidément, ces derniers temps, nous nous transformons tous en fontaines ! Un comble, alors que nous n'aimons rien tant que de passer pour des bad-boys.

Bref, pour en revenir à celui que je considère comme un frère, j'ai appris qu'il était tombé amoureux d'elle dès leur première rencontre. Seulement, à l'époque, elle n'avait que quinze ans et, lui, dix-sept. Il a donc décidé d'attendre. Au fil du temps, à mesure qu'ils se côtoyaient, elle est devenue une véritable obsession pour lui.

Quand elle a eu dix-huit ans, il a supposé en toute logique qu'ils pourraient sortir ensemble. C'est alors que le père de So, qui devait avoir compris les sentiments de son beau-fils, est allé le trouver pour le menacer de lui péter la gueule s'il approchait sa fille.

J'ai rencontré Fred en deuxième année de licence. À l'époque, sa mère était furax, parce qu'il avait choisi de vivre à Paris, plutôt que de poursuivre ses études à Strasbourg, comme prévu initialement. Son paternel lui avait d'ailleurs acheté un appartement dans cette optique. Ce dernier est un acteur irlandais mondialement connu.

Toutefois, mon pote a toujours été jalousement préservé des paparazzis par sa famille. C'est sans doute l'unique chose positive que sa daronne ait faite pour son fils. Son métier de neurochirurgienne est toute sa vie et le peu de temps qu'il lui reste est consacré aux mecs, qu'elle prend et qu'elle jette à volonté. Elle m'a même dragué un jour où j'étais chez eux, et je jure que je n'ai jamais été aussi mal à l'aise de toute ma vie. Fred en était malade, le pauvre !

Bref, quand So lui a demandé si elle pouvait loger dans son appartement, parce qu'elle voulait étudier la sociologie et surtout fuir son omnipotent de père, modèle de rigidité et d'autoritarisme, il a aussitôt accepté. Il entamait alors sa troisième année de licence.

C'est à peu près à cette époque que nous avons eu des ennuis avec les flics à Paris, qui nous pourrissaient bien. Lounis, fatigué de mes conneries, m'a conseillé très vivement –traduisez qu'il me l'a ordonné– de prendre le large, parce qu'il ne pouvait plus assumer mes dérapages et que son couple battait de l'aile pour cette raison.

Or, il était fou de Carole et refusait de risquer de la perdre, ce que j'ai parfaitement compris. Donc, nous avons décidé d'émigrer en Alsace. Officiellement, parce que le master que nous désirions intégrer n'était enseigné que dans cette université. Officieusement, parce qu'il mourait d'envie de rejoindre Sophie et que moi je voulais esquiver les ennuis avec mon paternel.

Élie, mon père, m'a quand même offert un logement spacieux, quand il a eu vent de mes projets. Pour en revenir à mon pote et à sa *demi-sœur*, ils sont devenus colocs, puis Sophie a décidé de partir. Il lui a fait la gueule, mais a fini par accepter la situation.

Le truc, c'est que je la comprends. Fred passait son temps à partouzer, tronchant tout ce qui avait des nichons, et à se droguer ou à boire. Qu'elle en ait eu marre n'est finalement que normal. À sa place, je me serais tiré bien avant.

Vous devez sans doute vous demander ce qui l'a rendu complètement dingue, hier ? Il semblerait que So lui ait avoué être folle de lui depuis le premier jour. Dans ces conditions, comment le blâmer ? Toutes ces années perdues, à faire tout et n'importe quoi, à s'envoyer autant de pétasses qui se ressemblaient, juste parce qu'il ne pouvait pas avoir la femme qu'il désirait réellement… Et il apprend maintenant, alors qu'il n'espérait plus, que celle-là partage ses sentiments depuis le début.

Aujourd'hui, nous venons de nous installer à la table, où Val, Vince et Steph nous attendent déjà. Outre le fait que nous sommes affligés d'une gueule de bois mémorable, le fait que ni Mad ni So ne soient là, pose un sérieux problème.

Cette nuit, je n'ai pas voulu rentrer chez elle. Me retrouver tout seul dans son lit, très peu pour moi. De toute façon, je n'étais pas en état. Mais même complètement torché, cela ne m'a pas empêché de passer tous les instants où je n'étais pas dans le coma à me demander où Madie pouvait bien se trouver. Le fait qu'elle soit avec Sophie m'a quelque peu rassuré. Malgré tout, je lui en veux de m'avoir planté comme elle l'a fait. Moi qui croyais qu'elle serait folle de joie, je me suis bien gouré.

À mes côtés, Fred est super nerveux, ce qui semble aggraver sa migraine. Franchement, il a une tronche à faire peur. Si la mienne y ressemble un tant soit peu, alors on est beaux à voir !

Même si les autres discutent avec insouciance, nous avons tous deux beaucoup de mal à nous mêler à la conversation. Ce soir, pendant que Madie et So seront au boulot, nous avons prévu une réunion au sujet du business, afin de déterminer comment nous devrons procéder dans les prochains temps. Une grosse commande arrivera dans deux jours et le but est de fourguer un max de matos, le plus rapidement possible, et en toute discrétion. Du coup, j'ai compris qu'il allait falloir que nous nous montrions plus imaginatifs que jamais.

Le fait que So n'y soit pas mêlée est une bonne chose. Je sais bien qu'elle nous donne un coup de main pour récupérer la thune ou transférer les textos, mais on sent qu'elle le fait à contrecœur. Elle fume peu, boit encore moins, et ne partage pas réellement notre mode de vie.

Steph, c'est pas pareil. Elle adore le fric, le risque, et elle m'aime, moi. Elle a beau s'en défendre, je sais qu'elle reste dans la bande uniquement parce qu'elle espère que nous nous remettrons ensemble. Le truc, c'est qu'elle est maintenant collée dans la case amie et il m'est impossible de la considérer différemment, quand bien même nous avons baisé à plusieurs reprises.

De toutes les nanas que j'ai fréquentées, c'est sans doute la plus maline, parce que quand elle a senti le vent tourner et compris que j'allais la lourder, comme toutes les autres, elle a décidé qu'il était préférable pour nous de devenir potes. Au début, j'ai trouvé ça cool.

Mais au fil des mois, et de remarques au détour de certaines conversations, j'ai réalisé qu'elle avait toujours de l'espoir. Du coup, je me sens assez mal à l'aise en sa présence, surtout depuis que je suis avec Mad. D'autant que je ne pige pas pourquoi Steph copine avec ma blonde. Bref, il y a un truc pas net qui me met sur la défensive.

Au bout d'un quart d'heure, nous voyons enfin débarquer So et Mad. Elles ont l'air de s'être vachement rapprochées toutes les deux ! En tout cas, c'est comme ça que je sens les choses. Loin d'être furieuses ou tristes, elles rient ensemble, tandis qu'elles prennent place dans la file d'attente pour passer au self.

Près de moi, Fred s'est raidi et ses yeux ne peuvent pas quitter sa brune une seule seconde. C'est vrai que c'est une jolie fille avec ses longs cheveux noirs, sa peau mate et ses prunelles sombres. Pourtant, je ne l'ai jamais calculée.

Je pense que c'est lié au fait qu'elle soit la frangine de mon pote. Enfin, c'est ce que je croyais, puisque de toute évidence, il n'y a rien de plus faux. De plus, elle n'a jamais montré que je pouvais l'intéresser et c'est aussi bien ainsi. Tout près d'elle, Madie paraît détendue et ne jette pas une fois un regard dans ma direction.

Peu après, elles arrivent, chargées de leurs plateaux, et s'installent. En petit futé que je suis, j'ai fait en sorte que les seules places libres soient situées à côté de moi et de Fred. Très naturellement, elles s'asseyent exactement là où je le voulais. Madie me claque rapidement une bise sur la joue et murmure.

— Tiens, je t'ai pris à manger et des couverts.

Machinalement, je commence à picorer une entrée. Fred et So semblent hypnotisés l'un par l'autre. Puis, alors que personne ne s'y attend, soudain, mon ami la chope par la nuque pour l'embrasser. Et je ne vous parle pas d'une pelle de falot. Non, non… Sa bouche est grande ouverte et il est littéralement en train de gober sa voisine. Écœuré, Vince râle.

— Oh, les obsédés ! Eh mec, c'est ta frangine quand même ! T'as pas honte ? Y a des chambres pour ça ! Putain, franchement, qu'est-ce qu'ils ont à se galocher devant tout le monde ? C'est devenu la nouvelle mode, l'exhibitionnisme ?

À mes côtés, ma petite amie sourit d'un air très satisfait. Il me semble que c'est un peu facile, non ?

— T'étais où ? grogné-je, en la fusillant du regard.

— J'avais besoin de m'aérer la tête, répond-elle tranquillement. Avec So, nous avons fait une folie. Nous avons pris une chambre dans un super hôtel et avons passé une soirée entre filles, à débiter plein d'horreurs sur toi et ton grand pote.

Je ne peux pas m'empêcher de sourire. Si ce n'est que ça, il n'y a rien de dramatique à la situation.

— T'es plus fâchée ? je m'enquiers encore.

— Je crois que non.

À son regard quelque peu fuyant, je sens qu'elle ment. Cela ne lui ressemble pas de raconter des salades et je redeviens aussitôt plus méfiant.

— Nous en reparlerons à la maison, si ça ne te dérange pas, ajoute-t-elle, avant d'entamer le plat de résistance.

Soudain, je renifle, avant d'ouvrir de grands yeux scandalisés.

— Tu pues la clope, Mad, fais-je remarquer, contrarié.

— Et alors ?

— Tu fumes maintenant ?

— J'ai essayé, hier, et j'ai trouvé ça plaisant.

— C'est mauvais pour ta santé ! je rouspète aussitôt.

— Venant de ta part, c'est à mourir de rire !

Je m'apprête à incendier Sophie, mais elle et Fred sont déjà debout et prêts à s'en aller. Pas la peine de provoquer une engueulade devant tout le monde. J'aurais bien l'occasion de lui secouer les puces. Parce qu'il n'est pas question que Mad s'engage sur cette voie. Je refuse qu'elle boive et encore moins qu'elle fume.

Le bruit caractéristique d'un texto interrompt le cours de mes pensées. Aussitôt, mon ange extrait son téléphone et pâlit en découvrant l'expéditeur de ce message.

— C'est qui ? demandé-je, avec un détachement feint.

— Mon frère. Il m'avertit qu'il vient de m'envoyer la liste des chansons pour le récital de Noël, par mail.

Les sourcils froncés, j'attends qu'elle m'explique de quoi il retourne.

— Chaque année, le vingt-six décembre, la chorale dont je fais partie donne un concert de musique profane à l'église.

— Musique profane ? interroge Steph, qui n'a pas perdu une miette de la conversation. C'est quoi cette connerie ?

Putain, ce n'est pas pour dire, mais elle sait ce que signifie le mot discrétion ? Avec ses oreilles qui traînent partout, elle devient chiante, là !

— Il s'agit d'un tour de chants qui ne sont pas liturgiques.

— Ouais, mais profane, ça a une connotation super péjorative, n'est-ce pas ?

Je suis assez d'accord, même si je connais la réponse à cette question.

— C'est un terme ancien et c'est comme ça qu'on évoque les récitals non religieux donnés dans des lieux saints.

Puis, me tournant vers Mad, qui en est maintenant au dessert, puisque j'ai mangé des deux tiers de son assiette, je l'interroge plus avant.

— Tu vas y aller ? Je croyais que tu étais en froid avec eux.

Pour être honnête, je déteste purement et simplement cette idée. Premièrement, ces bigots tenteront de lui rincer le cerveau à coup de mises en garde contre moi. Deuxièmement, cela contrarie tous les plans que j'avais échafaudés pour nous.

— Bien sûr que je passe les fêtes à Rochesson. C'est ma famille et je les aime. Ça ne change pas.

Voyant que Steph et Val sont hautement intéressés par cette discussion, qui est sur le point de tourner à l'affrontement comme d'habitude, je la laisse finir, avant de me lever. Il vaut mieux que nous retournions à son appartement, parce que la moutarde est en train de me monter directement dans les nasaux et je me suis assez donné en spectacle, ces derniers temps. Attrapant ma petite amie par le bras, je l'oblige à se redresser et lui murmure à l'oreille.

— À la maison, tout de suite !

Madie ne proteste pas et me laisse récupérer son plateau, pendant qu'elle salue les autres. À peine sortis de la pièce, je lui saisis la main et l'entraîne au pas de course en direction du studio. À mesure que nous approchons de notre destination, je sens la fureur me gagner avec une force qui me fait trembler. Putain, je suis en colère et elle ne va pas tarder à comprendre sa douleur. Si elle a envie de faire sa greluche, c'est son droit. Mais, clairement, je peux être plus con qu'elle !

Lorsque nous arrivons enfin, je claque la porte avec rage. Mad ne semble pas impressionnée, même si je lis dans son regard qu'elle n'en mène pas large.

— C'est quoi ton problème ? attaque-t-elle, dès qu'elle a retiré sa veste et posé son sac.

Debout, face à moi, les mains sur les hanches, les jambes légèrement écartées, des mèches folles volant tout autour de son visage, elle ne m'a jamais paru aussi belle. Merde, voilà que je me mets à bander comme un taureau. C'est vraiment pas le moment !

— Premièrement, éclaté-je en montrant mon pouce, tu me fais une scène de jalousie à la con, alors que je suis avec des copines, en tout bien tout honneur !

Là, elle est saisie d'un rire ironique qui me hérisse carrément le poil. Ma colère atteint des sommets jamais vus, mais je m'en cogne.

— Deuxièmement, quand je te demande en mariage, tu me renvoies ma proposition à la gueule, comme s'il s'agissait de la pire des insultes ! Putain, j'étais tout à fait sérieux ! Peux-tu imaginer ma réaction au moment où tu m'as envoyé me faire foutre ? hurlé-je, totalement déchaîné, maintenant.

Elle tente de protester, mais je lève la main d'un geste brusque, parce que dans l'état qui est le mien, je

n'admettrai aucune interruption. Elle semble le comprendre, puisqu'elle se tait et baisse la tête.
— Puis, tu disparais dans la nature, sans que je sache où tu te trouves. Mad, putain de bordel de merde, j'étais malade d'inquiétude !
— Mais je t'ai envoyé un texto, intervient-elle à voix basse.
— Et ça doit tout racheter, hein ? Tu me fais l'insigne honneur d'un minable SMS et je suis supposé m'en contenter ? Dis, je suis qui pour toi ? Le pauvre connard qui t'a déniaisée ou le mec que tu aimes et que tu respectes ?

Cette fois, elle ne moufte pas et rougit furieusement. Elle fait bien de ne pas la ramener, c'est mieux pour son matricule !
— Ce midi, tu débarques comme une fleur, comme si de rien n'était, et tu m'expliques que tu vas passer les prochaines vacances chez tes vieux, dans ton bled du trou du cul du monde ! Je dois réagir de quelle manière, moi, juste fermer ma gueule, ou dire oui et amen ? Oh, mais atterris, ma petite, t'es en train de me prendre pour un con !
— Je ne suis pas d'accord ! s'écrie-t-elle, presque aussi énervée que moi. OK, j'ai probablement un peu exagéré avec le texto, mais j'étais en colère, tu comprends ça ? J'arrive et je te trouve assis avec une pétasse sur les genoux qui explique devant tout le monde qu'elle rêve de

te sucer à nouveau. Et toi, tu ne protestes même pas ! Je ne sais pas, mais tu aurais pu sortir un truc du genre *« désolé, mais je ne suis plus libre »* ! Au lieu de ça, tu rigoles comme un abruti avec ta bande de potes encore plus crétins que toi. Je n'aurais pas dû me montrer aussi grossière, c'est vrai. Mais si la situation avait été inversée, je parierais ma chemise que celui qui m'aurait prise sur ses genoux serait obligé de refaire sa dentition intégralement, à l'heure qu'il est. Quant à ta proposition de mariage, parlons-en ! Tu me jettes ces mots, comme ça à la figure, alors que cinq minutes auparavant tes mains étaient posées sur la taille d'une autre ! Comment j'aurais pu imaginer que tu étais sérieux ? Franchement, Nahel, on est ensemble depuis quoi… deux ou trois semaines, et nous nous connaissons depuis à peine trois mois. Tu ne peux pas vouloir m'épouser, c'est impossible !

— Si, c'est possible. Je refuse de me passer de toi, Madie, et je sais que c'est important à tes yeux. Je ne suis pas du genre à tergiverser pendant des heures. Quand je décide un truc, je me lance. Et toi ?

— Quoi moi ?

Elle se raidit imperceptiblement, mais pas assez discrètement pour que je ne puisse pas m'en rendre compte.

— De quoi as-tu peur ?

— De rien, voyons…

Mouais, je ne suis pas franchement convaincu, mais je ne m'étends pas. Parce qu'il y a un autre problème qui se pose et pas des moindres.

— Comment se fait-il que tu retournes là-bas à Noël ? Et surtout, pourquoi ne me l'as-tu pas dit ?

— Mais, Nahel, ce n'est pas parce que je ne suis pas d'accord avec leur vision de la vie que j'ai cessé de les aimer ! Ma famille est au moins aussi importante que toi. Je n'ai rien décidé dans ton dos, je ne modifie tout simplement pas ce qui est prévu de longue date. Tu n'as rien à voir là-dedans.

— Mais j'avais des projets pour nous deux !

— Ah bon ? Lesquels ? Et pourquoi ne m'en as-tu pas parlé ?

— C'était censé être une surprise, merde ! Et l'idée même de la surprise, c'est de garder le secret. Au point où on en est, je peux aussi bien te mettre au courant. J'avais prévu de t'emmener avec moi.

— Où ça ?

— Aux États-Unis. Mon père a un chalet à Aspen, dans le Colorado. Je voulais te présenter mes parents. Voilà, tu sais tout.

Je vois à ses joues rosies qu'elle est confuse.

— C'est sympa, vraiment. Mais c'est impossible. Je n'ai pas de passeport et je ne peux pas les laisser tomber. Cela leur ferait de la peine.

— Ouais, j'ai compris. Je passerai toujours après ta putain de famille, pas besoin de me faire un dessin. Le chagrin que je peux éprouver, moi, tu t'en bats les steaks !
— Je t'interdis de parler d'eux comme ça ! Est-ce que je qualifie la nana qui était sur tes genoux de salope de blonde ?
— Et pourtant, c'est exactement ce qu'elle est.

Les yeux brillants de larmes, Mad s'adosse au comptoir qui sépare la cuisine de la pièce à vivre. Ses bras sont croisés sur sa poitrine, comme si elle se mettait en mode défense. Et ça me gonfle, putain, mais qu'est-ce que ça me gonfle !

J'ai un passé et il est lourd, autant en terme de séduction que pour le reste. Je ne peux pas l'occulter juste pour lui faire plaisir, ce serait trop facile. De plus, elle savait que j'avais eu tout un tas d'aventures avant elle, il était donc inévitable que nous finissions par tomber sur l'une d'entre elles, un jour ou l'autre. C'est d'ailleurs étonnant que cela ne soit jamais arrivé avant.

Je ne la comprends pas. Elle devrait uniquement se préoccuper du fait que j'ai changé, et cesser de s'appesantir sur celui que j'étais avant de la rencontrer. J'ai fait des efforts pour elle, de gros efforts, et j'en fais encore ! Alors, merde, ne veut-elle pas prendre ça en considération ?

J'inspire profondément pour tenter de me calmer, parce que si je ne m'y oblige pas, je vais partir en vrille en deux temps trois mouvements et je ne pense pas que ma petite amie ait envie de voir ça.

— Mad, ce que je faisais avec ces nanas et ce qui se passe avec toi est totalement différent. Avec elles, je baisais, je tirais un coup. Avec toi, je fais l'amour.

Elle semble réfléchir un instant, avant de répondre.

— Au final, le résultat est le même. Ton pénis dans leur…

— Ah, je t'interromps tout de suite, ça n'a rien à voir !

Bon sang de bonsoir, un jour ou l'autre, cette gonzesse aura raison de ma patience. Qu'est-ce qu'elle m'énerve, mais qu'est-ce qu'elle m'énerve !

— Alors, explique-moi en quoi c'est différent.

Elle persiste, alors que je ne rêve que d'une chose, stopper définitivement cette conversation qui ne mène à rien.

— C'était du sexe pour du sexe, tu comprends ? Il n'y a aucune douceur, aucune tendresse, rien de ce qui se passe entre nous quand on couche ensemble. J'embrasse très peu, je suis brutal et grossier !

— Et elles ont envie de ça ? interroge Mad, en ouvrant de grands yeux étonnés.

— Il faut croire.

— Et toi, tu apprécies ce genre de pratique ?

Je fronce les sourcils. Est-ce que ça me plaisait ? Ouais, inutile de le nier. J'aime l'amour rosse, j'adore sauter une nana et la dominer, me servir d'elle sans me préoccuper d'autre chose que de mon propre plaisir.

Alors, effectivement, le baiseur compulsif que j'étais s'éclatait à traiter une femme comme un objet, aussi sordide que cela puisse paraître aujourd'hui.
— Je ne vais pas mentir. Si je n'avais pas apprécié, je ne l'aurais pas pratiqué si souvent. Mais c'était avant que nous couchions ensemble. Avec toi, ça n'a rien à voir.
— Tu te retiens de ne pas agir ainsi avec moi ?
— Quelques fois. Mais ce que j'éprouve dans tes bras mérite largement que je mette une croix sur certains de mes penchants. J'y ai gagné du sexe de qualité, plutôt que la quantité. Tu piges ?

J'ai beaucoup de mal à accepter d'avoir ce genre de conversation avec Madie. Je suppose que même vous, vous devez être choqués. Parce qu'on parle bien de Madeleine Grangier, dont le père est diacre, et qui court à la messe dès qu'elle le peut.
— Montre-moi.
— Quoi ? Non, non, non. Pas question ! T'es folle ou quoi ?
— S'il te plaît, montre-moi. Il me semble que c'est le seul moyen pour moi de te cerner mieux.
— Est-ce que tu as conscience de ce que tu es en train de me demander ? Ce n'est pas possible !
— Pourquoi ? insiste-t-elle.
— C'est ça que tu veux ? Que je te saute comme si je n'en avais rien à foutre de toi ? Que je te prenne comme une chienne ?

Elle est choquée par mes paroles et j'en suis soulagé, parce que c'était exactement le but recherché.
— Madie, tenté-je de la raisonner, tu n'as eu en tout et pour tout que deux vraies relations sexuelles. Crois-moi, quand je te dis que tu ne serais jamais capable de supporter un truc aussi violent.
— C'est à moi d'en décider.

Bordel, mais qu'est-ce qu'elle est bornée ! Brusquement, je vois rouge. Comment peut-elle me faire ça ? J'ai l'impression de ne plus être devant la même personne. C'est pas vrai ! Depuis que je la connais, je n'ai eu de cesse de la préserver, de la protéger de tout le monde et surtout de la merde dans laquelle j'évolue tous les jours. Et ce genre d'accouplement sordide en fait clairement partie intégrante. Putain, mais qu'est-ce qu'elle veut ? Pourquoi faut-il qu'elle repousse les limites que j'ai fixées pour nous ?
— Comment cette engueulade a-t-elle pu virer en une discussion sur le sexe glauque, tu peux me le dire ? Madie, indique-moi une seule bonne raison de me comporter ainsi avec toi, alors que c'est la dernière chose dont j'ai envie !
— Je veux tout de toi, y compris cette part sombre que tu t'obstines à me cacher, alors que toutes les autres filles la connaissent ! s'écrie-t-elle, dans élan qui me semble désespéré.

Comment peut-elle désirer ça de moi ? Elle a le meilleur de ce que je suis capable de donner et elle exige le pire. Décidément, les femmes sont des créatures que je ne comprendrai jamais ! L'esprit obscurci par la colère, je m'avance vers elle, en sifflant rageusement entre mes dents.

— C'est ce que tu souhaites ? Très bien. C'est si gentiment demandé ! Mais tu ne viendras pas te plaindre après…

Puis, sans le moindre geste de tendresse, je la saisis par le bras pour la plaquer contre le mur. Ah, elle veut de la baise pure et dure, eh bien, je vais lui en donner !

— À genoux ! exigé-je d'une voix froide.

Madie a l'air un peu à l'ouest, néanmoins elle finit par s'exécuter en tremblant, même si je m'en fous royalement. La voir ainsi soumise à mon unique volonté fait rugir le sang dans mes tempes. Ma queue est aussi raide qu'un gourdin et c'est avec empressement que je déboutonne mon futal pour en extraire mon pénis et le lui coller devant le visage.

— Tes mains dans le dos et ouvre la bouche. Allez ! J'ai pas que ça à foutre ! Bouffe !

Rien ne me permet de deviner quel est son état d'esprit et, autant l'avouer, c'est la dernière de mes préoccupations, en cet instant précis.

D'un geste rageur, je la saisis par la tresse pour maintenir sa tête. Dès qu'elle entrouvre sa bouche, j'y fourre ma bite. Putain, je suis en mode dominateur et j'aime ça ! Sans la moindre délicatesse, je l'enfonce le plus profond que je peux, provoquant par moments des convulsions de sa gorge. Durant de longues minutes, je baise ses lèvres avec délectation.

Puis, alors que mes reins sont en train de prendre feu, je me retire pour la relever. Ses mains sont toujours dans son dos et je les tire vers moi.

Tout déterminé que je suis à lui donner une bonne leçon, mon regard fuit le sien. Sans doute pour ne pas y lire de la déception ou de la peur. Je l'attrape aux coudes, afin de la pousser contre le mur. Ensuite seulement, je me baisse pour enlever son jean et ses baskets. Alors qu'en temps normal, j'embrasserais son sexe avec passion, là, je me contente de cracher dessus, rudement, pour le lubrifier.

Toutefois, quand j'étale ma salive entre ses lèvres intimes, quelle n'est pas ma surprise de constater qu'elle est déjà fortement humide. Ben merde, c'est quoi ce truc ? Je crois que j'en suis encore plus contrarié, si tant est que cela soit possible. Du coup, je la bouscule un peu pour la tourner face à la cloison.

Sans tergiverser, je la pénètre avec rudesse avant de me mettre à la besogner et à la pilonner avec une force dictée par la rage. Bon sang, cette fois, c'est sûr, elle m'a définitivement poussé à bout de nerfs.

Saisissant ses seins, en passant mes mains sous son tee-shirt et son soutif, je les malaxe farouchement, avant de pincer fort ses tétons. Durant tout ce temps, je continue à aller et venir en elle, toujours plus vite, toujours plus fort, sans la moindre tendresse.

— Ça te plaît, salope ? C'est ça que t'aimes ? Ma bite qui ravage ta chatte ? Putain, tu sais que t'es bonne ? Ouais, t'es super bonne, ma petite cochonne !

Et là, à ma grande surprise, son sexe se contracte autour du mien en des spasmes dont la force me laisse perplexe, mais qui provoquent mon éjaculation. Dans un rugissement, je me vide en elle, les dents plantées dans sa nuque. C'est sûr que demain elle aura une sacrée marque à cet endroit.

Tandis que je reprends mon souffle, deux choses m'interpellent immédiatement. Premièrement, Mad n'a pas prononcé un seul mot pendant tout le temps qu'a duré ce moment de baise, je ne peux pas le nommer autrement. Deuxièmement, elle est en train de pleurer doucement, sans faire le moindre bruit. Tout son corps est saisi de tremblements incoercibles, qu'elle est incapable de contrôler.

C'est alors que le rideau rouge qui semblait obscurcir mon cerveau se déchire et que ma conscience reprend sa place au galop. Putain, mais qu'est-ce que j'ai fait ? Ce n'est pas possible ! Je n'ai pas pu me comporter ainsi avec elle, quand bien même elle me l'a demandé ! Mais à quoi est-ce que je pensais ? Je suis un débile mental profond ! J'y crois pas ! Oh le con, putain, mais je suis une vraie buse ! Un animal en rut, bestial et brutal. Je me fais honte, c'est horrible.

C'est sûr, maintenant, elle va me lourder comme une merde et elle aura cent fois raison.

— Je suis désolé, Mad, soufflé-je d'une voix rendue rauque par ma gorge brûlante.

Elle ne répond pas, mais je sens qu'elle se raidit encore plus, comme pour se renfermer sur elle-même. C'est pas bon, je dirais même que ça pue salement.

— Jamais je n'aurais dû te faire subir une telle épreuve. Je t'en supplie, pardonne-moi.

Lorsqu'elle me fait face, je suis à deux doigts de chialer comme un môme en voyant ses traits tirés, ses yeux humides de larmes.

— Tu n'as pas à t'excuser, tout est de ma faute, murmure-t-elle entre deux hoquets. Nahel, tu n'es responsable de rien. Je voulais que tu agisses ainsi, j'avais besoin de savoir.

Là, je suis complètement perdu. Mais qu'est-elle en train d'essayer de me dire ?

— Le problème, ce n'est pas ce que tu as fait, poursuit-elle, mais plutôt ma réaction à ta rudesse, à toute cette violence que je sentais en toi.

— Développe, Mad, parce que je suis largué.

— Je considère que ce genre d'acte, le sexe pour le sexe, est dégradant, surtout pour la femme. J'étais certaine de détester ça. Seulement, j'ai aimé ce que tu m'as fait. Je suppose qu'on peut donc penser sans trop se tromper que je suis une créature dépravée.

Sur ces dernières paroles, elle s'enfuit et s'enferme dans la salle de bain. Quand l'eau se met à couler, je n'ai toujours pas bougé. Ses mots résonnent dans mon cerveau, inlassablement. Je n'en reviens pas.

Finalement, je me rhabille et nous prépare une tasse de café. J'aurais bien besoin d'une bonne douche, mais cela attendra.

Madie me rejoint un peu plus tard. Elle s'est changée de la tête aux pieds. Rouge de confusion, elle s'installe en face de moi, le visage baissé, de toute évidence emplie de honte.

Ne sachant comment aborder la question, je saisis sa main et la serre dans la mienne.

— Je suis une mauvaise fille, souffle-t-elle, sans pour autant croiser mon regard.

— Bien sûr que non ! m'exclamé-je, effaré par l'image qu'elle a d'elle-même.

Crétins de bigots, songé-je avec agacement. À force de lui fourrer leurs conneries dans le crâne, ils l'ont conditionnée de manière à ce qu'elle pense le pire d'elle, dès lors qu'elle sortirait des sentiers battus.

— Mad, est-ce que tu crois que tu pourrais agir ainsi avec n'importe quel autre mec ?
— T'es fou ! Jamais de la vie !
— Alors, il n'y a rien de dépravé ou de pervers en toi.
— Tu crois ?
— Bien sûr, j'acquiesce en me levant et en m'agenouillant face à elle, pour saisir son menton.
— Mais quand même…
— Chérie, tu découvres ta propre sexualité. Il est normal que tu veuilles tester. Sans doute que nous ferons un jour des choses qui te déplairont et d'autres que tu apprécieras. Rien n'est figé. Tu dois être à l'écoute de ton corps et non d'une bande de fêlés qui n'a même pas le droit de s'envoyer en l'air !

Un petit rire confus me répond, tandis qu'elle se décide enfin à me regarder.

— Je t'aime, ma greluche. Mais rends-moi service, la prochaine fois, évite de me mettre en rage quand tu auras envie qu'on fasse des trucs spéciaux, ensemble. Et je te le répète, aucune de mes expériences passées ne peut être comparée à ce que je vis avec toi. Tu dois me croire. Je regrette pour ces deux nanas, je ne voulais pas te heurter. Je comprends avec le recul que la situation prêtait salement à confusion et que tu as pu en être blessée. Pour le reste, nous allons nous reposer un peu et en reparler une autre fois. Je suis cassé et je n'ai pas envie de me disputer, une fois de plus, avec toi.

— Tu crois que c'est normal de se prendre autant le chou ?
— Je pense juste qu'on essaie de s'apprivoiser et comme nous sommes tous les deux de sacrées têtes dures, il y a forcément des étincelles. C'est la vie. Viens, allons faire une petite sieste, puis je te déposerai à ton boulot.

Et, enlacés, nous nous dirigeons vers le lit.

15

Madie

Au moment où je sors du bureau de l'assistante sociale, avec qui j'avais rendez-vous, j'aperçois Sophie et Val qui m'attendent. Même si ce n'est pas habituel, je ne m'appesantis pas sur la situation. Ils sont tellement imprévisibles, tous autant qu'ils sont !

En réalité, je suis encore préoccupée par les paroles de la femme avec qui je viens de discuter, pendant plusieurs heures. Ma bourse est suspendue, dans la mesure où j'arrête la fac, ce qui me fait franchement chier. En même temps, je comprends parfaitement, puisque l'État ne va pas me subventionner à ne rien faire. La bonne nouvelle, c'est que si je réussis le concours et que j'intègre un IFSI, je pourrai à nouveau en bénéficier.

Hélas, le centre de formation dans lequel je dois préparer cet examen est totalement privé et pas du tout agréé par l'éducation nationale. En voyant mon visage inquiet, l'assistante sociale m'a quand même rassurée. Qui dit enseignement privé ne signifie pas mauvais.

En attendant, elle m'a aidée à effectuer l'ensemble des démarches administratives liées à ma nouvelle autonomie. Heureusement que de nos jours tout se fait en ligne. Nous y avons consacré un temps fou, mais c'était indispensable. Je dois y retourner dans trois jours pour la suite, car ce n'est pas encore fini.

Maintenant, tout ce dont j'ai besoin, c'est de m'aérer la tête, songé-je en rejoignant mes amis. Je les aime beaucoup tous les deux, si bien que quand ils ont proposé, hier au repas, de passer me prendre pour que nous nous rendions ensemble au restaurant universitaire, j'ai accepté avec plaisir.

Toutefois, je soupçonne un truc pas net de se tramer, parce que Nahel a eu une réaction étrange. Habituellement, il ne supporte pas que Val m'approche, c'est physique. Je sens son agressivité atteindre des sommets assez incroyables, dès que son pote m'adresse la parole ou qu'il me sourit tout simplement. D'ailleurs, à bien y réfléchir, je le trouve assez bizarre, ces derniers temps. Il semble souvent à l'ouest, les yeux perdus dans le vague.

Et qu'on ne vienne pas m'expliquer qu'il stresse à cause de ses exams ou je ne sais quoi, parce que je répondrais immédiatement que je ne suis pas une débile profonde ! Il y a des couleuvres qui sont bien trop grosses à avaler, et celle-là en serait une, assurément. Et devinez qui a essayé de me faire gober ça ? Ce naze de Vince ! En même temps, c'est de ma faute. Quelle idée de lui en avoir parlé quand il était à la maison, l'autre jour, et qu'il attendait son ami devant un café que je lui avais préparé.

La jalousie de Nahel est à la fois surprenante, étant donné son ancien mode de vie, mais également assez pesante, je dois bien l'avouer. Je déteste quand il lance des piques à Val, du genre *« Tu veux que je te prête une loupe pour mieux mater ses nichons ? »* –parce que mon mec ne sait pas dire seins, en bon grossier qu'il est– ou encore *« Touche-la autrement qu'avec tes yeux et je te zombe ! »*, *« Si t'as envie de refaire ta dentition, vas-y, continue à mater ma nana ! »* Bref, c'est à se demander si ce n'est pas devenu un jeu entre eux. Mais, hier, alors que je m'attendais déjà à la réplique qui tue, rien. Que dalle. Nada. Vous avouerez qu'il y a quand même de quoi se poser des questions.

Nous avançons tranquillement sur le Boulevard de la Victoire. Il fait froid, mais le soleil brille et ce temps est celui que je préfère. Dans moins d'un mois, ce sera les vacances de Noël et j'ai hâte.

Vous devez vous demander comment nous avons pu gérer notre différend qui a conduit à cette dernière engueulade d'enfer, une de plus ! C'était il y a trois semaines. Je n'aime pas trop me remémorer ce jour-là. J'ai fait preuve à la fois d'une grande stupidité, et d'une curiosité glauque et malsaine. Après l'épisode de la baise rude, nous avons tous deux ressenti la nécessité de reprendre nos esprits, durant la soirée, pour retrouver notre calme. Je suis donc allée bosser et il a mixé dans une discothèque du centre-ville. C'était aussi bien ainsi, parce que cela nous a permis de respirer un peu et Dieu sait que nous en avions besoin.

Ensuite, comme je m'y attendais, les négociations ont commencé. Et ce n'était pas chose aisée, parce qu'il a fallu que nous acceptions de mettre de l'eau dans notre vin, de nous écouter mutuellement, et surtout de tenir compte de l'avis de l'autre. Finalement, nous sommes arrivés à quelques résolutions, dont je ne suis pas peu fière. Les voici : interdiction pour mon mec de prendre une nana, quelle qu'elle soit, sur ses genoux. C'est un minimum, me semble-t-il ! Nous nous obligerons également à éviter les sujets qui fâchent, tels que son passé et, plus particulièrement, sa vie intime avant moi. Franchement, ça vaut mieux pour tout le monde et surtout pour mes nerfs.

S'il a envie de sexe rosse, je suis d'accord, mais seulement si ça arrive moins fréquemment que lorsque nous faisons l'amour avec force de baisers, de caresses et de mots doux. Malgré tout, j'accepte qu'il puisse aimer les deux et, dans la mesure où c'est loin d'être une corvée, ça me va.

Pour les vacances, le sujet a été bien plus épineux et il a fallu une dispute de plus pour que nous parvenions enfin à un consensus qui nous satisfaisait tous les deux.

Résultat : il me dépose chez mes parents avant Noël, puis se rend en avion aux États-Unis. Il semblerait que Carole passe également les fêtes avec sa famille, tandis que Lounis partira avec Nahel. Le vingt-six décembre, Carole assistera au concert de ma chorale à Rochesson. Nous prendrons ensuite la route en direction de l'aéroport du Luxembourg, qui se trouve à moins de trois heures de la maison.

De là, il nous faudra embarquer sur un vol à destination de Londres et ne surtout pas le rater. Ceci étant, il décolle à vingt-et-une heures quinze, ça devrait donc le faire. D'après la belle-sœur de Nahel, c'est jouable à condition de ne pas traîner. Le concert termine à quinze heures, à nous de ne pas nous attarder.

Une fois sur place, nous pourrons nous poser dans une chambre. Apparemment, le père de mon petit ami a bien fait les choses, puisque nous passons la nuit au Sofitel, situé tout près de l'aéroport. Il paraît que c'est un cinq étoiles. Dire que je n'avais jamais dormi dans un hôtel avant ma soirée au Mercure avec Sophie !

Toutefois, nous n'en profiterons pas, parce qu'à quatre heures du matin, nous devrons repartir. Notre avion pour Denver décolle à six heures. Et comme il s'agit d'un vol international, nous avons toutes les formalités douanières à effectuer. Mais au moins, il est direct, donc plus rapide par conséquent. Enfin, tout est relatif, puisqu'il y en a quand même pour dix heures !

C'est dans la capitale du Colorado que mon jules et son frère sont censés nous récupérer. Et même à ce moment-là, le voyage ne sera pas terminé, car nous aurons encore trois heures de route. Au moins, Nahel et Lounis n'ont pas ce problème, puisqu'ils se rendront aux États-Unis grâce au jet de leur père. Ce dernier a cependant refusé de renvoyer son avion pour Carole et moi.

D'après elle, la famille de Lounis la déteste et ne rate aucune occasion de l'humilier. En tout cas, c'est ce qu'elle m'a expliqué brièvement au téléphone. Sans doute, est-ce la raison de son manque d'enthousiasme à l'idée de passer les fêtes en leur compagnie. Alors pouvoir rester avec ses parents, tout en donnant l'impression de me rendre service en m'accompagnant, lui convient parfaitement. Nous rentrerons tous ensemble le trois janvier et mes cours débuteront peu après.

— Ah, au fait, déclare So en glissant son bras sous le mien, m'extirpant ainsi que mes pensées. Je vais suivre les mêmes cours que toi. Quand je l'ai annoncé à mon père, il a fait une jaunisse, mais ce n'est pas grave. Du coup, il m'a bien laissé comprendre que je devrais me débrouiller sans lui et qu'il n'avait pas financé trois ans de fac pour que je redémarre à zéro.

— C'est triste, je trouve, murmuré-je avec empathie.

So et moi sommes vraiment en train de devenir super copines. En fait, quand on gratte un peu sous la surface de la petite dure qui n'aime rien tant que de se montrer vacharde, on découvre un cœur tendre et une personne de confiance. Comme quoi, les apparences sont souvent trompeuses.

— Pas grave. Fred m'a proposé de vivre avec lui et Vince. L'unique concession que je dois faire, c'est de ne pas avoir ma propre chambre. Mais on s'en fout ! Je dors avec lui toutes les nuits et c'est la seule chose qui compte. Ça et le fait que je prenne enfin ma vie en main, tout comme tu l'as fait. Tu sais, Madie, j'ai l'impression que tu es mon ange gardien, qu'il ne peut rien m'arriver tant que tu es avec moi. Mais je te l'ai déjà dit, je crois…

Je ris à gorge déployée, ravie d'entendre ces mots, même si je doute franchement de la véracité de ses propos. Je n'ai rien d'une sainte, elle s'en rendra vite compte. Cela me rappelle d'autres paroles que Nahel a prononcées à plusieurs reprises : *« tu es mon miracle »*. Encore un qui me prend pour ce que je ne suis pas ! Est-ce lié au fait que la religion est très présente dans ma vie ? Probablement, même si je ne comprends pas pour quelle raison ils donnent tous deux l'impression de me considérer comme un grigri !

Nous arrivons enfin aux abords du restaurant universitaire. Nahel et Fred sont sans doute déjà à la cafet, étant donné qu'il est presque treize heures.

Toutefois, quelle n'est pas ma surprise de le découvrir en bas des marches, qui mènent au parvis donnant accès au bâtiment. C'est bizarre, qu'est-ce qu'il fabrique là ?

Je ne peux m'empêcher de l'admirer. Bon sang, qu'est-ce qu'il est beau ! Je me pose à nouveau la question qui me hante depuis que nous nous connaissons. Pourquoi un mec aussi sexy que lui s'est-il intéressé à une fille comme moi ? Je sais que je ne suis pas laide, mais je n'ai rien de spectaculaire non plus.

Cela me rappelle sa demande en mariage. C'est le seul sujet que nous n'avons pas abordé, car trop sensible pour l'instant. Je peux accepter, aujourd'hui, qu'il n'ait pas voulu se moquer de moi. Mais je ne m'explique toujours pas pourquoi il a prononcé ces mots. Il n'a pas pu parler sérieusement, c'est impossible ! Enfin, je ne conçois pas qu'un mec amateur d'orgies, couchant avec tout le monde et n'importe qui, puisse décider de se marier avec une nana qu'il connaît depuis moins de six mois. Qui pourrait gober une telle énormité ?

Je ne prétends pas que je n'y ai jamais rêvé, mais je n'ai pas la naïveté d'espérer que ça puisse arriver un jour. À vrai dire, avec Nahel, je n'attends rien, tout simplement parce que je ne parviens pas à me projeter dans le futur. Je suis incapable de vous expliquer pour quelle raison et, après m'être torturé les méninges ces trois dernières semaines, j'ai renoncé. Cela ne signifie pas que l'idée que je me suis faite du couple idéal, celle que ma famille m'a vendue sans même le savoir, a complètement disparu de mon esprit.

Néanmoins, je suis assez lucide pour comprendre que ce n'est pas pour moi, en tout cas pas tant que je serai amoureuse de Nahel. Comme ce n'est pas près de s'arrêter, autant mettre une croix dessus tout de suite. Et puis, nous sommes tellement jeunes, en quoi aurions-nous besoin d'officialiser d'une quelconque manière ?

Avec un immense sourire, il me fait signe. Vêtu de bottines, d'un jean, d'une doudoune noire et d'une écharpe grise, il est juste super craquant.

Alors que nous approchons, son regard accroche celui de Val. Fronçant les sourcils, il s'exclame, tout en m'enlaçant par la taille pour me ramener à lui.

— Oh, mec, arrête de bouffer ma copine des yeux, ou je te file un coup de grolle dans le fion qui te fait claquer des dents ! Et puis, c'est quoi cette tenue, Maître Gims ?

C'est vrai que Val est bizarrement accoutré. Il porte un survêtement blanc et des baskets flashy d'un orange assez douteux. Par dessus, il a enfilé une parka avec un col en fourrure et a vissé une casquette à l'envers sur son crâne. Ce n'est pas pour être médisante, mais ça lui donne un petit air de caillera des bacs à sable qui ne lui va pas du tout.

— *Sapé comme jamais, sapé comme jamais*, fredonne Nahel, en imitant le geste du chanteur qui enlève des poussières imaginaires de son épaule.

— Oh, la ferme, El Khouri ! répond son ami avec agacement. Je me suis remis au sport, je prépare le marathon de Strasbourg. Ça t'en bouche un coin, hein, gros naze ?

— Ouais, ben, arrête tout de suite, mon pote. Il faut que je te révèle un grand secret, souffle-t-il, plus conspirateur que jamais.

— Lequel ?

— Tu seras aussi con à l'arrivée qu'au départ, alors limite la casse sans attendre !

Ils se foutent l'un de l'autre ouvertement, mais avec le sourire, et je réalise que c'est devenu un jeu entre eux. Tant mieux, parce que si je suis raide dingue de Nahel, j'apprécie beaucoup la gentillesse de Val. Je n'oublierai jamais ce qu'il a fait pour m'aider, quand j'ai cru que tout était fini entre mon DJ et moi. J'ai appris par So qu'il s'était rendu chez Fred et avait balancé une cruche d'eau glacée sur la tête de son ami. Même si les circonstances n'avaient rien de drôle, clairement, je ne peux m'empêcher de sourire en imaginant la scène. J'aurais payé cher pour y assister.

Soudain, de la musique résonne et je me tourne vers le parvis, d'où elle provient.

— C'est quoi ça ? s'enquiert So avec curiosité.

— Ce sont des connasses d'étudiantes en arts du spectacle qui ont décidé d'organiser un flashmob. Putain, qu'est-ce que c'est ringard ! s'exclame mon petit ami, en soufflant avec agacement.

— Oh ! C'est *Happy* de Pharrell Williams ! J'adore cette chanson, on peut s'approcher pour voir de plus près ?

J'ai posé cette question, alors que je suis déjà en train de gravir les marches. Avec envie, j'observe les danseuses. Bon sang, qu'est-ce qu'elles bougent bien ! Je rêverais de savoir me mouvoir de la même manière, ou en tout cas, autrement qu'en tortillant du popotin devant l'évier de ma cuisine !

It might seem crazy what I'm about to say
Sunshine she's here, you can take a break
I'm a hot air balloon that could go to space
With the air, like I don't care, baby, by the way

— Bon, on y va ? questionne Nahel, visiblement peu enclin à admirer leurs prouesses.
— Oh, mais attends ! protesté-je. On n'est pas à cinq minutes près ! T'as vu comme leur choré est géniale ?

Because I'm happy
Clap along if you feel like a room without a roof
Because I'm happy
Clap along if you feel like happiness is the truth
Because I'm happy
Clap along if you know what happiness is to you
Because I'm happy
Clap along if you feel like that's what you wanna do

Here come bad news talking this and that, yeah,
Well, give me all you got, and don't hold it back, yeah,
Well, I should probably warn you I'll be just fine, yeah,
No offense to you, don't waste your time
Here's why

La seconde suivante, la musique change. Seule une jeune femme reste au milieu de la place, tandis que tout le monde s'écarte.

It's a beautiful night,
We're looking for something dumb to do.
Hey baby,
I think I wanna marry you.

Deux nanas rejoignent la première, puis trois autres. Fascinée par leurs mouvements, je ne peux les quitter des yeux.

Autour de nous, les étudiants présents ont dégainé leurs téléphones pour filmer la scène. Si j'ai déjà entendu cet air, je ne me rappelle plus de quoi il s'agit. Dès les premières notes, So pousse une exclamation qui ressemble carrément à un cri. Quand je pivote vers elle, je me demande vraiment ce qui lui arrive. Elle a les yeux grands ouverts et la main sur la bouche. Bon sang, mais que se passe-t-il ?

— C'est pas vrai ! s'écrie-t-elle, complètement figée.

— Mais qu'est-ce qui te prend ? questionné-je, toujours fascinée par le spectacle qui se déroule devant moi.

Is it the look in your eyes,
Or is it this dancing juice?
Who cares baby,
I think I wanna marry you.

Well I know this little chapel on the boulevard we can go oh oh oh,
No one will know oh oh oh,
Oh, come on, girl.
Who cares if we're trashed got a pocket full of cash we can blow oh oh oh,
Shots of patron,
And it's on, girl.

— T'as jamais vu les flashmobs sur cet air de Bruno Mars ? Il y en a pourtant des dizaines sur YouTube !
— Euh, ben non. Tu sais, je ne suis pas une addict d'internet, moi. Pourquoi ?
— T'as tort, tu devrais te tenir un peu plus au courant, Mad. Ce genre de chanson signifie que…

Une tape derrière sa tête l'interrompt brutalement. C'est Nahel qui a fait ça ? Mais il est fou ! Pourquoi s'en prend-il ainsi à elle ? Flûte à la fin, qu'est-ce qui se passe ici ? Je fronce les sourcils, tout en continuant à observer les filles qui dansent devant moi. Elles sont une dizaine à présent. Il y a même trois mecs qui les ont rejointes.

Don't say no, no, no, no-no ;
Just say yeah, yeah, yeah, yeah-yeah;
And we'll go, go, go, go-go.
If you're ready, like I'm ready.
Cause it's a beautiful night,
We're looking for something dumb to do.
Hey baby,

Sans crier gare, Nahel s'écarte de moi et retire sa doudoune. Par le froid qu'il fait, c'est étonnant, parce qu'il ne porte qu'un pull à col roulé noir.

— Tu peux me la tenir un instant ?

J'acquiesce, si bien qu'il me la tend, tout en enlevant son écharpe.

— Tu as chaud ? questionné-je, ne comprenant pas pour quelle raison il agit ainsi.

Je dois vous paraître un peu folle, mais je trouve qu'il y a vraiment des trucs bizarres en ce moment !

I think I wanna marry you.
Is it the look in your eyes,
Or is it this dancing juice?
Who cares baby,
I think I wanna marry you.

Nahel ne répond pas, mais s'avance et rejoint le groupe de danseurs. Ce n'est pas possible ! Mais que fait-il au milieu de ces gens ? Puis, il se met avec eux, se mouvant en rythme, et je fonds littéralement. J'ignorais qu'il savait aussi bien bouger, il est d'une souplesse véritablement étonnante. Manifestement, il maîtrise parfaitement la chorégraphie.

— Oh putain ! s'écrie Val.

Il vient de sortir son iPhone et est en train de filmer la scène, tout comme la majorité des étudiants présents.

— So ! Peux-tu m'expliquer tout ça ? m'exclamé-je, horriblement mal à l'aise de me sentir si inculte.

— Mad, écoute les paroles et tu pigeras tout de suite ! Je le crois pas ! JE LE CROIS PAS ! Il a fait ça !

Au loin, j'aperçois Fred derrière la sono. C'est alors que je comprends que tout ceci a été orchestré par mon DJ, sans doute aidé de son pote, depuis le début. Suivant le conseil de mon amie, je me concentre sur la signification de la chanson, sans pouvoir le quitter des yeux un instant, fascinée par la manière dont il danse.

I'll go get a ring let the choir bells sing like oooh,
So what you wanna do?
Let's just run girl.
If we wake up and you wanna break up that's cool.
No, I won't blame you ;

It was fun, girl.
Don't say no, no, no, no-no ;
Just say yeah, yeah, yeah, yeah-yeah;
And we'll go, go, go, go-go.
If you're ready, like I'm ready.

Oh mon Dieu ! Oh mon Dieu ! OH-MON-DIEU ! Il est en train de me demander en mariage devant tout un public qui grossit d'ailleurs à vue d'œil !

Je sais que j'avais juré de ne plus me mettre à chialer à tout bout de champ, mais l'émotion est trop forte. Prendre conscience de ce qu'il a organisé en mon honneur, réaliser qu'il était sincère la première fois et qu'il veut faire de moi sa femme, c'est plus que je ne peux en supporter. Avec Nahel El Khouri, je suis embarquée en permanence sur un grand huit, tellement il est imprévisible.

Cause it's a beautiful night,
We're looking for something dumb to do.
Hey baby,
I think I wanna marry you.
Is it the look in your eyes,
Or is it this dancing juice?
Who cares baby,
I think I wanna marry you.

Nahel cesse soudain de danser avec les autres et sort une

petite boîte de sa poche, tout en souriant. Il paraît si heureux de sa surprise, que je ne peux m'empêcher de le lui rendre. J'espère simplement qu'il ne décidera pas de se mettre à genoux, parce que je trouve ça juste un peu ridicule.

Just say I doooooo-ooo uhu,
Tell me right now baby,
Tell me right now baby, baby.

Arrivé à mon niveau, il me lance un regard brûlant, auquel je ne peux pas résister. Je rougis comme une pivoine d'être le point de mire d'une centaine d'étudiants.

— Il y a quelque temps, tu as cru que je n'étais pas sérieux, alors que je ne l'ai jamais été autant de toute ma vie. Je sais que c'est toi, ça a toujours été toi, et je ne veux personne d'autre dans ma vie.

— Tu es complètement fou, chuchoté-je à travers mes larmes.

— Oui, je suis fou de toi. Alors, Madeleine Marie Eugénie Grangier. Acceptes-tu de m'épouser et faire de moi le plus heureux des mecs ?

Autour de nous, tous les spectateurs retiennent leur souffle dans l'attente de ma réponse.

— Plus barré que ça tu meurs ! susurre So, postée juste derrière moi.

Nahel lui fait un grand sourire, un clin d'œil, avant de

pointer son majeur dans sa direction. *Pour l'aspect solennel de sa demande, c'est foutu !* songé-je avec dérision.

Oh, it's a beautiful night,
We're looking for something dumb to do.
Hey baby,
I think I wanna marry you.
Is it the look in your eyes,
Or is it this dancing juice?
Who cares baby,
I think I wanna marry you.

— Alors ?

Cette fois, il faut que je parle. Je ne peux pas continuer à tergiverser ainsi. Ce ne serait pas très sympa, vous en conviendrez. Il a pris un gros risque en faisant sa déclaration publiquement, tant pour sa réputation que pour la réponse que je pouvais donner. C'est vrai, si je refusais, que se passerait-il ? En même temps, je sais très bien que je n'en ferai rien. Je l'aime beaucoup trop pour ça. Alors, au diable la raison et soyons fous jusqu'au bout !

— Oui, soufflé-je d'une voix toute timide.

— Quoi ?

— J'ai dit oui ! répété-je plus fort.

Aussitôt, il ouvre sa boîte et en sort une splendide bague en or blanc, avec un énorme diamant sur le dessus, dont l'anneau est piqué de nombreuses autres petites pierres. Sincèrement, elle est super belle, même si elle est trop impressionnante pour être vraie. Mais c'est l'intention qui compte, n'est-ce pas ?

Lorsqu'elle a pris place autour de mon doigt, Nahel me serre follement dans ses bras, sous les sifflets, les applaudissements, et les hourras de la foule. Waouh !

À mon oreille, je sens sa respiration laborieuse, comme s'il avait couru le marathon de Paris.

— Putain, tu m'as fait peur, mon ange. J'ai cru que tu allais refuser.

— Pourquoi aurais-je fait une chose pareille ? Je t'aime, tu le sais…

— Moi aussi, Mad. Je t'aime. Tellement.

Après un dernier baiser brûlant, il enfile à nouveau sa doudoune, puis nous nous dirigeons vers les danseurs et danseuses qui patientent un peu plus loin. Je les remercie chaleureusement et les complimente à tout va. C'est vrai qu'ils sont tous excellents.

16

Nahel

Ça y est, c'est fait, enfin ! En serrant Madie contre moi, je réalise que je respire pleinement pour la première fois depuis que nous nous sommes rencontrés. C'est délirant, je n'avais même pas conscience de cette chape de béton qui pesait sur moi depuis tout ce temps. Mais là, c'est bon, j'ai l'impression d'être plus léger qu'une plume.

Vous devez sans doute vous demander pourquoi j'ai organisé un truc aussi dingue que celui-là. Eh bien, pour suivre le cheminement de mes pensées, et surtout pour vous éviter de me considérer comme un fou furieux impulsif, même si c'est exactement ce que je suis, il faut remonter trois semaines en arrière.

Ce jour maudit où les choses ont salement dérapé. Aujourd'hui encore, je ne comprends pas comment nous en sommes arrivés là, mais il n'en reste pas moins que nous avons frôlé la catastrophe et j'ai sincèrement cru qu'elle allait me quitter. Une fois de plus…

Cette peur irrationnelle que je ressens dès que nous ne sommes pas sur la même longueur d'onde me mine à un point que je ne peux même pas décrire avec des mots. La seule chose qui me rassure, c'est quand nous couchons ensemble. Sauf cette fois-là. Dans mon esprit, je l'avais salie et je n'aurais jamais imaginé qu'elle aimerait ce que nous avons fait, debout contre le mur.

Le truc, c'est qu'une fois l'adrénaline liée à l'acte sexuel retombée, je me suis tout de suite rendu compte de mon erreur. Jamais je n'aurais dû me comporter ainsi avec elle. À mes yeux, Mad n'avait pas les épaules assez solides pour supporter que l'amour devienne un affrontement, même dans sa phase la plus intime. Eh bien, je me suis pris une claque en pleine gueule, car non seulement elle en était capable, mais en plus elle avait apprécié.

Avec le recul, et nous en avons discuté à plusieurs reprises, elle a aimé que ce soit avec moi, parce qu'inconsciemment, elle savait que jamais je ne pourrais lui faire de mal. Avec n'importe qui d'autre, elle aurait détesté, c'est évident.

Ce soir-là, tandis qu'elle dormait dans mes bras et que je ne parvenais pas à trouver le sommeil, je me suis levé pour fumer un pétard. Alors que j'aspirais les bouffées avec délectation, cette idée m'est venue. Il fallait que j'imagine un moyen pour qu'elle accepte de m'épouser, sans avoir la moindre possibilité de refuser. J'ai fait quelques recherches par Google sur mon téléphone et c'est là que je suis tombé sur la vidéo d'un mec qui faisait sa demande en dansant sur la chanson de Bruno Mars. Je n'aime pas particulièrement l'artiste, mais certains de ses morceaux sont plutôt bons.

Organiser tout cela n'a pas été une mince affaire, parce que peu de personnes devaient être dans la confidence et que le secret devait être jalousement gardé jusqu'au bout. Et puis, il fallait que j'innove par rapport à ce qui existait déjà. Il n'était pas question de faire un minable copié collé de dizaines de vidéos qui circulaient sur le net.

C'est une fille de la section arts du spectacle, une ex de Fred, qui m'a mis sur la voie. Elle m'a demandé si je voulais connaître la chorégraphie qu'elle avait créée pour l'occasion. Je crois que c'est à cet instant que j'ai eu la révélation. J'allais danser pour Madie et ce serait génial.

Normalement, l'opération était prévue la semaine dernière, mais il pleuvait tellement qu'il a fallu que nous annulions quelques heures avant. Donc, après avoir consulté la météo, nous avons reporté à aujourd'hui. Si je n'ai pas prévenu Val ou So, de peur qu'ils crachent le morceau devant Mad, je me suis débrouillé pour qu'elle arrive à bon port en temps et en heure, grâce à leur complicité involontaire.

Bien entendu, Fred m'a traité de grand malade, d'inconscient et de fou dangereux, lorsque je lui ai fait part de mes projets. Mais je n'en avais strictement rien à battre, parce qu'il ne peut pas comprendre ma peur de la perdre. C'est viscéral, comme une phobie qu'on ne contrôle pas, mais qui vous submerge au moment où vous vous y attendez le moins. Mes précédentes crises de panique, quand j'ai pensé qu'elle était en train de me quitter, m'ont tellement traumatisé que je refuse de revivre ça. Être anxieux au point d'en devenir physiquement malade, très peu pour moi. Donc, aux grands maux les grands remèdes. Et je me fiche que mes potes désapprouvent, je ne leur demande pas leur bénédiction, ni même leur autorisation, et encore moins leur avis.

Dire que je suis sur les charbons ardents depuis ce matin est un euphémisme. En réalité, je suis mort de trouille, mais cette fois il s'agit d'une angoisse saine, de celles qui vous poussent à vous dépasser. L'hésitation de Mad, au moment de répondre, n'a rien arrangé à l'affaire. Mais depuis qu'elle a murmuré oui, putain, quel pied d'enfer !

À l'image de Louis Armstrong, génie de la musique en son temps et autre bon junkie même si ce n'est pas de notoriété publique, je pourrais fredonner *« I'm in heaven »*, parce que c'est exactement ce que je ressens. C'est comme si je lévitais, mais sans la moindre drogue pour m'y aider.

Ma dope, c'est cette petite blonde, qui sous ses faux airs de souris inoffensive, est dotée d'une force incroyable, d'un esprit ouvert et d'une droiture dignes d'admiration. Quant à l'enveloppe qui entoure cette si belle âme, elle est juste parfaite. Un corps fin et souple, sexy au possible, un visage d'ange et une chevelure d'une luminosité exceptionnelle. Oui, je peux maintenant le crier haut et fort, Madeleine Grangier est la femme de ma vie. Je sais également qu'aussi longtemps que je vivrai, je ne voudrai personne d'autre auprès de moi. Ça a toujours été elle, depuis le début, et ce sera toujours elle, quoi qu'il arrive. Pour le meilleur et pour le pire.

17

Madie

Il est encore tôt, lorsque nous approchons des abords de Rochesson. Nahel a tenu à m'emmener lui-même en voiture, parce qu'il estime que c'est son devoir de faire en sorte que j'arrive à destination dans les meilleures conditions.

Que de changements ont eu lieu depuis la dernière fois que j'y ai passé quelques jours ! À ce moment-là, nous ne sortions même pas ensemble. Tout juste nous étions-nous embrassés une fois. Quelques semaines plus tard, les choses ont sacrément évolué. Dans le bon sens, en ce qui me concerne, et je crois pouvoir affirmer, sans me montrer présomptueuse, que c'est également le cas pour lui.

***

Cette nuit, j'ai eu du mal à dormir. Pour être tout à fait honnête, je redoute la confrontation avec mes parents. Il est évident qu'ils remarqueront la bague et, s'ils sont attachés à l'idée du mariage, Nahel n'a rien du gendre idéal. Pas sûr que celui que j'ai choisi leur convienne. J'ai évoqué la possibilité de retirer ce bijou, histoire de les ménager, mais quand j'ai pigé que nous allions droit vers une engueulade d'enfer, j'ai fait machine arrière. Pas assez rapidement toutefois, pour ne pas m'entendre dire, sur un ton scandalisé :

— Si tu fais une chose pareille, je ne te le pardonnerai jamais ! Tu as compris, Madie ?

— Désolée, ai-je murmuré piteusement. Je ne sais pas pourquoi j'ai suggéré ça.

Il s'est calmé aussi vite qu'il s'était énervé, et pour cause, j'ai commencé à me déshabiller sous son nez. Du coup, l'agacement a fait place à l'excitation et il m'a sauté dessus en moins de deux. Or, je préfère cent fois qu'il se préoccupe de mon plaisir, plutôt que de ma famille.

Toutefois, alors que nous gisions sur le lit, encore essoufflés, nos peaux luisantes de sueur, il a susurré avec une perspicacité qui m'a un peu déstabilisée, je dois bien l'admettre.

— Je sais très bien ce que tu as fait.

— Pardon ? Je ne vois pas de quoi tu parles, ai-je répliqué, les yeux grands ouverts.

— Tu es l'image même de l'innocence, mais en fait tu es une sacrée petite manipulatrice ! N'insulte pas mon intelligence en me prenant pour le con que je ne suis pas,

Mad. Tu viens de noyer le poisson en détournant mon attention.

J'ai rougi, comme si on m'avait attrapée le doigt dans le pot de confiture. Inutile de feindre l'incompréhension, j'avais été démasquée.

— Désolée, mais je voulais désamorcer le conflit. Je regrette d'avoir évoqué la possibilité de retirer la bague, parce que ça reviendrait à renier ton importance dans ma vie. Or, je n'ai pas honte de toi et encore moins de nous. C'était ma manière à moi de me faire pardonner.

Il a souri, m'a embrassée doucement, avant de susurrer en riant.

— Si c'est ça, tu peux te faire pardonner aussi souvent que tu veux.

— Maintenant ?

Un grognement m'a répondu, tandis qu'une main inquisitrice se glissait entre mes cuisses.

***

— C'est ici ? s'enquiert Nahel, m'obligeant à revenir à la réalité.

— Oui, il faut traverser tout le village. Comme tu peux le constater, les maisons sont un peu éparpillées. Continue sur la route, je te dirai quand t'arrêter.

— Bon sang, depuis que nous sommes arrivés, je n'ai vu personne. Pas âme qui vive.

— Je sais, mais rassure-toi, ce n'est pas une ville fantôme.
— T'es sûre ? demande-t-il en riant.

À peine trois minutes plus tard, il gare son Audi devant le domicile de mes parents. Je devine ce qu'il doit penser, que notre maison n'est pas super classe. Toutefois, si l'extérieur ne paie pas de mine, l'intérieur a été totalement rénové et est très accueillant. Seulement, refaire la façade coûte très cher, si bien que papa et maman n'ont pas fini d'économiser pour le ravalement. Et puis, ce n'est pas primordial à nos yeux. Ceci dit, je peux concevoir que cela le soit, quand on a un père assez riche pour affréter un jet privé, afin de récupérer ses enfants pour les fêtes de Noël.

Lorsque j'ai rencontré Nahel, j'ignorais que sa famille était fortunée à ce point. Tout, dans ses manières, ses vêtements, sa façon d'être, respirait la bonne éducation et cette assurance que confèrent le pouvoir et l'argent. Mais entre un mec qui est issu d'un milieu bourgeois aisé et le fils d'un multimillionnaire, il y avait un monde dont je n'avais pas conscience. Ce n'est que dernièrement qu'il en a fait état, lorsqu'il a mentionné l'hôtel particulier de ses parents à New York, leurs résidences dans les Hamptons et en Floride, et enfin leur chalet d'Aspen.

Et pour une fois, j'ai fait ma curieuse et je suis allée sur le net. S'il n'y a pas grand-chose au sujet des El Khouri, les lieux où ils possèdent des maisons sont plus parlants que n'importe quel chiffre. Et comme j'ai oublié d'être stupide, j'ai ajouté à ça le cabinet de Lounis et son appartement parisien dans les beaux quartiers, ainsi que le loft d'une de ses sœurs à San Francisco et la villa de l'autre à Los Angeles. Il paraît que l'aînée est avocate, et que la seconde est diplômée de management et travaille avec son père. C'est, d'après ce que j'ai entendu, la seule à vouloir reprendre le flambeau dans l'entreprise familiale d'investissements.

Alors, en tout état de cause, je pourrais comprendre qu'il ne soit pas impressionné par la bicoque de mes parents. Pourtant, je ne peux lire aucune émotion sur son visage. Non, il est juste en train de fixer le bâtiment.

— Voilà, c'est ici, murmuré-je assez stressée.

— J'avais percuté, puisque tu m'as demandé d'arrêter la voiture devant cette maison, se moque-t-il doucement. Qu'est-ce qui te rend si nerveuse ? Tu as peur que ton père sorte en hurlant ?

Je ris, malgré tout crispée.

— Non, ce n'est pas ça.

— Alors quoi ?

— Euh, ben…

— Oh Mad, vas-y, crache le morceau ! Tu finiras quand même par te mettre à table. Donc, s'il te plaît, fais-le tout de suite, on gagnera du temps.

Je me racle la gorge, mal à l'aise.

— Je me disais simplement que c'est un endroit bien modeste, tout comme ma famille.

— Et ?

— D'après ce que j'ai cru comprendre, tu as l'habitude d'un environnement beaucoup plus luxueux.

Ses sourcils se froncent et il réfléchit un instant, avant de répondre.

— Madie, t'ai-je donné, à un moment ou à un autre, l'impression que j'étais un mec snob ?

— Non, bien sûr que non, dois-je concéder.

— Dans ce cas, il n'y a aucun problème, sauf dans ta caboche. Franchement, tu devrais obliger ton cerveau enfiévré de tester le mode veille, ça nous ferait des vacances !

— Nahel, essaie de te mettre cinq minutes à ma place…

— Non merci, sans-façon. Des fois, ta merveilleuse bouche sort de telles conneries, qu'elle donne envie de la bâillonner. Je te jure, j'ai les tympans qui saignent face à tant de stupidité. Mais si j'agissais ainsi, tu ne pourrais plus me sucer et j'aime trop ça pour y renoncer.

Je ne peux m'empêcher d'éclater de rire et, aussitôt, il déboucle sa ceinture, puis la mienne, avant de m'enlacer tendrement.

— Ma greluche, tu vas me manquer terriblement, c'est sûr. Par contre, les inepties qu'il t'arrive de débiter feraient mieux de rester à Rochesson. Oui ?

— D'accord.

Pour la petite histoire, je dois le rejoindre aux États-Unis dans quelques jours. Le billet d'avion est mon cadeau de Noël. Pour ma part, je lui ai acheté un super casque sans fil qui est empaqueté dans sa valise. Mon chéri a pour consigne de ne l'ouvrir que le jour J.

Ses lèvres se posent sur les miennes, tendres, taquines, et rapidement plus passionnées. J'y réponds de la même manière. Comment, après la nuit que nous venons de passer, puis-je encore avoir envie de recommencer ? Cependant, dès que les choses menacent de déraper, je m'écarte doucement.

— On ne peut pas continuer, Nahel. Nous sommes au milieu de la rue…

— Qui est totalement déserte, m'interrompt-il aussitôt.

— Mais mes parents sont réveillés et, si ça se trouve, ma mère est déjà postée derrière le rideau de la fenêtre. Je ne veux pas les choquer, cela ne servirait à rien d'autre qu'à apporter de l'eau à leur moulin.

— Très bien, je comprends, murmure-t-il en s'écartant à regret.

— Vraiment ?

— Non, je ne pige rien à rien ! Mais je te respecte assez, pour accepter le fait que nous ne pouvons pas agir à notre guise ici.

Puis, il ouvre sa portière et sort de la voiture, pour se diriger vers le coffre où se trouve mon sac. Celui-ci est assez peu fourni, parce que Nahel a proposé d'emporter mes effets personnels avec lui, pour me permettre de voyager léger. Je soupçonne d'ailleurs que c'est sa manière de se rassurer et de se convaincre que je viendrai bien.

Je n'ignore pas qu'il redoute mon séjour ici, il en a fait mention à plusieurs reprises, ces derniers jours. Est-ce pour cette raison qu'il a désiré me demander en mariage avant ? Allez comprendre ! De toute façon, avec lui, on ne sait jamais à quoi s'attendre.

Nahel est un garçon complexe, mais plus je le côtoie et plus je me rends compte qu'il est pétri d'angoisses, sous ses airs de mec pas commode. Souvent, pour les extérioriser, il a recours à la colère, parce qu'il ne connaît aucun moyen différent de faire diminuer la pression, un peu comme une cocotte-minute. À partir de là, on peut plus facilement comprendre la fréquence et l'intensité de nos scènes de ménage. C'est sa façon à lui de gérer ce trop-plein de stress. Ce n'est sans doute pas la meilleure, mais son esprit un peu égaré n'en a trouvé aucune autre.

Debout, face à mon amant, devant le portillon qui donne sur le jardin, je baisse les yeux, mal à l'aise. J'ai envie de l'embrasser, de le sentir contre moi, mais je redoute également d'être vue par les commères du village, ce qui serait préjudiciable à mes parents.

Alors que je m'approche de lui, et au diable les cancans, la porte de la maison s'ouvre. Maman en sort avec un torchon de vaisselle à la main. Quand il l'aperçoit, Nahel me jette un rapide coup d'œil, avant de me laisser passer devant lui.

Ma mère s'avance et me serre dans ses bras, les larmes aux yeux. Je sais qu'elle a été affectée par les évènements dramatiques, la nuit où je les ai retrouvés dans mon appartement. Mais en même temps, ce n'est pas comme si j'avais complètement coupé les ponts. J'ai continué à leur envoyer des textos, tous les deux jours, pour avoir de leurs nouvelles. C'est elle qui m'a répondu à chaque fois.

— Bonjour, maman, murmuré-je, en la prenant dans mes bras.

Vous expliquer que je suis heureuse de la revoir est bien en dessous de la vérité. Elle m'a tellement manqué ! Je n'en ai conscience qu'en cet instant.

— Ma petite chérie, comme je suis contente que tu sois là ! J'ai cru que tu ne viendrais pas, jusqu'au dernier moment.

— Maman, j'ai promis que je serais présente à Noël. Je n'ai qu'une parole, tu le sais !

— Bonjour, madame Grangier, intervient Nahel, debout derrière moi.

Ma mère s'écarte et l'observe, vaguement mal à l'aise.

— Bonjour. Nahel, c'est ça ?

— Oui, madame.

— Merci d'avoir ramené ma fille et merci de ne pas l'avoir empêchée de passer les fêtes avec nous.

Mon petit ami rit doucement, avant de déclarer avec ironie.

— Oh, mais je ne pense pas que Madie m'aurait laissé faire. Quand elle a une idée en tête, difficile de la faire changer d'avis.
— Oui, mais vous auriez pu essayer. Or, il semblerait que ce ne soit pas le cas.
— Pourquoi aurais-je fait une chose pareille ? Je pars moi-même dans quelques heures, pour rendre visite à ma famille.
— Bien, bien. Ton père t'attend dans la cuisine, murmure-t-elle, tout en se tournant vers moi à nouveau. Il veut une explication au sujet de l'abandon de tes études universitaires et est d'une humeur exécrable. Il est persuadé que tu es sous mauvaise influence.

Je regarde mon jules avec appréhension. Bon sang, pour ce qui est du comité d'accueil, ils ont fait fort.
— Nahel, accepteriez-vous d'entrer un instant pour prendre un café ?

Pour le coup, je suis vraiment étonnée. Il me semble pourtant que mon père avait été clair, en hurlant qu'il ne mettrait jamais les pieds chez nous.
— Maman… tu es sûre que c'est une bonne idée ?
— Madie, crois-moi, avec ce qui t'attend, tu as besoin de soutien. Et puis, je viens de voir une jolie bague à ton annulaire qui lui donne, je crois, le droit d'être à tes côtés.

Nahel me pousse en direction de la porte et me fait comprendre d'un seul regard qu'il n'esquivera pas la confrontation.

Quand je franchis le seuil de la cuisine et que j'aperçois mon père installé pensivement devant son café, je ne peux m'empêcher de redouter ce qui va suivre.
— Bonjour papa, lancé-je, en me dirigeant vers lui et en l'embrassant sur les joues.
— Bonjour, mon enfant.

Puis, ses yeux se posent sur Nahel, debout à l'entrée de la pièce, les bras croisés. Mon mec ne baisse pas la tête, mais je ne peux pas dire qu'il fait preuve d'arrogance pour autant.
— Que fait-il ici ? interroge-t-il, fusillant sa femme du regard.
— Ce garçon a emmené notre fille jusqu'ici, c'est la moindre des politesses que de lui proposer un café, Philippe ! Où est donc passé ton sens de l'hospitalité ? Entrez, Nahel, prenez place.

Nous nous installons côte à côte et, sous la table, je sens qu'il me saisit la main. C'est un véritable réconfort. Je suis heureuse que maman l'ait invité et surtout qu'il ait accepté.

Je me racle la gorge et décide de crever immédiatement l'abcès.
— Mes chers parents, je voudrais vous annoncer que j'ai arrêté la fac.

Mon père me regarde, des éclairs de rage dans les yeux. C'est clair que pour lui je suis une fille perdue.

— Nous sommes déjà au courant ! C'est la mère de cette peste de Stella qui l'a raconté dans tout le village, s'indigne maman, tout en servant le café.
— Tu ne crois pas que tu aurais pu nous en parler avant ? s'emporte soudain papa. Tu sais ce que ça m'a fait d'apprendre une chose aussi importante dans la vie de mon enfant de la bouche d'une étrangère ?

J'inspire un grand coup, mais ne me laisse pas démonter. La pression sur ma main s'intensifie et je me lance.
— Je voulais vous en faire part, mais j'attendais de pouvoir le faire face à face, et non au téléphone.
— Bonne idée que tu as eue là ! Et que vas-tu devenir maintenant ? Sans travail, sans avenir !
— Le poste de secrétaire à la banque est toujours vacant, Madie, intervient ma mère.
— Je n'ai pas abandonné la fac sans avoir de projets, papa. Pour qui me prends-tu ?
— Pour une petite fille fragile et influençable, voilà ce que tu es ! Et que feras-tu, hein ? Tu vas servir dans les bars où ton ami joue de la musique ? Tu crois que c'est une carrière ? Nous avions rêvé de bien autre chose pour toi !
— Papa ! Cesse de parler sans savoir ! m'exclamé-je, agacée par la noirceur de ses pensées.

Mais enfin, comment peut-il avoir une opinion aussi négative de moi ? A-t-il si peu confiance, pour me voir comme une fille des rues ?

— Mais…

— Arrête également de te faire des films, tu t'éviteras bien des tourments. Maintenant, laisse-moi t'expliquer les choses et ne m'interromps pas !

— Parle ma chérie, intime maman, une main posée sur l'épaule de mon père pour l'obliger au silence.

— Depuis le début, je sais que la fac de lettres, ce n'est pas pour moi. J'étais démoralisée, mais j'ignorais pourquoi. Mes notes étaient tout juste passables, alors que je travaillais tout le temps. Avouez que cela n'avait rien de normal. Ce n'est qu'en voyant que Nahel était complètement passionné par ce qu'il faisait, que j'ai réalisé à quel point je m'étais trompée dans mon cursus. Si je ne détestais pas réellement ce que j'étudiais, c'était difficile, parce que je n'étais pas très motivée. J'ai donc été consulter une conseillère d'orientation et j'ai fini par trouver ma voie.

— Stripteaseuse ? lance papa avec mépris.

— Infirmière ! m'écrié-je, outrée par cette dernière intervention totalement gratuite et d'une méchanceté qui ne lui ressemble pas du tout.

Là, silence complet. Mes parents sont muets. J'ignore s'il s'agit d'un bon signe ou pas, mais toujours est-il que je n'entends plus rien du tout et je vous jure que c'est reposant, surtout pour mes oreilles. Les doigts de Nahel s'entrelacent aux miens, comme s'il avait compris mon désarroi.

— Écoutez, je vois bien que vous êtes déçus, que vous m'espériez institutrice ou professeur, mais ce n'est pas ce à quoi j'aspire. Je sais que j'aurais dû m'en rendre compte avant, mais je n'avais aucune idée de ce qui pouvait me convenir. Maintenant, les choses sont très claires. Donc, dès la fin des vacances, je vais intégrer des cours privés pour me préparer au concours d'entrée à l'école d'infirmière. Si tout se passe bien, en septembre, j'y serai, si bien que je n'aurai pas perdu trop de temps. Je suis désolée si vous n'êtes pas d'accord, mais j'ai envie de ça. Je veux aider mon prochain de cette manière, rentrer chez moi le soir en me disant que grâce à moi des gens auront moins souffert. Vous savez tout.

Papa met un moment à réagir, mais quand il parle enfin, je sens que toute l'agressivité contenue dans sa voix a disparu.

— Voilà un projet très honorable, Madie, je suis agréablement surpris et fier de toi.

— Quand même ! je m'exclame, encore furieuse contre lui. Pour qui tu me prends ? Dis, tu as conscience de ce que tu viens d'affirmer à mon sujet ?

— Je suis désolé, ma petite. Mais avec la réputation de ce garçon, je…

— Tu as imaginé le pire ! Mais enfin, papa, si au lieu de tenir compte des ragots de bas étage, tu écoutais ta fille, ne crois-tu pas que ce serait drôlement mieux ?

— Oui, mais…

— Bon, puisque tu persistes, laisse-moi t'expliquer deux ou trois choses. Tu sais déjà que Nahel m'a soignée et m'a obligée à consulter. Ce que tu ignores, c'est qu'il m'a trouvé un emploi dans un cinéma de Strasbourg pour quelques heures par semaine, grâce à un de ses amis. Ne prends pas cet air catastrophé, je suis à la caisse ou je vends du popcorn, il n'y a rien de déshonorant à cela. Ensuite, la formation que je vais intégrer coûte plus de cinq mille euros. Comme je n'avais pas les moyens de la payer, je pensais me débrouiller toute seule pour préparer le concours. Il a refusé que je perde mon temps et c'est lui qui a réglé la note. Bien entendu, je lui rembourserai jusqu'au dernier cent, mais en attendant, sans lui, j'étais quand même mal barrée. Enfin, il m'a demandé de l'épouser.

Et je redresse ma main gauche pour la poser devant lui. Maman pousse un petit cri de joie, mais papa est bien plus sur la réserve.

— Tu es catholique. Mais lui, il est quoi ?

— Monsieur Grangier, intervient Nahel pour la première fois, mon père est chrétien et j'ai été baptisé. Je ne suis ni musulman, ni quoi que ce soit d'autre. Maintenant, la religion, ce n'est pas ma tasse de thé, parce que ma mère

est athée. Mais je pourrais parfaitement me marier dans une église catholique. Je ne vois pas ce qui s'y opposerait.
— Et votre réputation ? poursuit papa.
— Laissez-moi vous dire une chose. Dès que votre allure est différente, que votre manière d'être ou d'agir est différente, on vous catalogue tout de suite comme un marginal, pas vrai ?

Mon père ne peut qu'opiner, il en a souffert lui-même.
— Contrairement à ce que vous croyez, Madie est dotée d'une force de caractère extraordinaire. Si elle pensait que je suis toxique pour elle d'une manière ou d'une autre, elle me laisserait tomber sur-le-champ. Monsieur Grangier, faites-moi une faveur. Ne soyez pas comme tous les gens, ne vous arrêtez pas à mes tatouages ou à mon allure générale, mais regardez au-delà. Apprenez à me connaître en tant que personne, et vous découvrirez peut-être que je ne suis pas si mauvais que ça.

Papa hésite un instant, avant de lui tendre la main.
— Très bien, puisque ma fille a décidé que ce serait vous, je n'ai pas d'autre choix que de m'incliner. Ne vous méprenez pas, je ne vous apprécie pas miraculeusement. Seulement, je refuse de perdre mon enfant à cause de vous, alors soit. Mais si vous vous comportez mal avec elle, vous entendrez parler de moi !
— Cela n'arrivera pas. Je suis désolé de la manière dont les choses se sont déroulées la dernière fois. J'étais en colère et vous aussi.

Nahel consulte sa montre, termine rapidement son café, et se lève.

— Je dois m'en aller, indique-t-il à l'attention de mes parents. Mon frère me rejoint en avion dans la matinée et nous repartons aussitôt. Au revoir, monsieur, ajoute-t-il, la main tendue en direction de papa.

Comme il ne peut pas faire autrement, mon père la lui serre, tandis que ma mère se précipite vers la salle à manger et en revient avec un sachet.

— Tenez, mon garçon. Voici des gâteaux de Noël que j'ai confectionnés. Il y en a quatre paquets. C'est pour vous, votre frère, et vos parents.

— Merci beaucoup, madame, sourit mon DJ en les prenant. Je suis sûr qu'ils apprécieront.

Puis, maladroitement, maman s'avance et l'embrasse sur les deux joues.

— Je sais que nous sommes partis sur de mauvaises bases, mais je tenais à vous remercier de tout ce que vous avez fait pour notre petite Madie. Vous l'avez soignée, vous l'avez obligée à consulter un spécialiste. C'est moi qui aurais dû m'en charger et j'ai manqué à mes devoirs de mère. Je m'en veux beaucoup, vous savez... Heureusement que vous étiez là. Merci aussi de l'épauler comme vous le faites, dans son choix de vie. J'ai bien compris que vous la soutenez, sans jamais lui imposer vos points de vue. Où vivent vos parents ?

— Aux États-Unis, madame. Mon père est diplomate, révèle-t-il, après un instant d'hésitation.
— Oh, murmure-t-elle, vaguement mal à l'aise. C'est loin. Diplomate... ce doit être un métier passionnant.

Je vois bien qu'elle est impressionnée et on le serait sans doute à moins. Pour des gens simples qui vivent dans le fin fond des Vosges, si beau soit leur environnement, entendre parler des US et d'une profession prestigieuse, a de quoi déstabiliser. À ses yeux brillants d'une lueur d'admiration, je comprends qu'elle a pris conscience du milieu duquel est issu mon amoureux. Il n'y a pas à dire, mais elle est autrement plus maline et plus rapide que moi !
— Je me réjouis d'ailleurs de leur présenter Madie, dans quelques jours.

Là, j'ai l'impression que le ciel est en train de me tomber sur la tête. Bon sang, Nahel vient de commettre la gaffe du siècle !
— Comment ça, ma fille, tu pars aux États-Unis ? Mais tu comptais nous en faire part quand ? s'indigne papa, depuis le couloir.

À son air gêné, mon petit ami a compris qu'il avait mis les pieds dans le plat. Cela étant, de toute façon, je devais leur en parler, donc maintenant ou après, qu'est-ce que ça change ? En attendant, une fois de plus, mentir peut vous embarquer dans toutes sortes de galères. Je le sais, je l'ai déjà expérimenté à plusieurs reprises, mais il faut croire que cela ne m'a toujours pas servi de leçon !

Après avoir raccompagné Nahel à sa voiture et l'avoir embrassé une dernière fois, je rebrousse chemin vers la maison. Je sens que je n'ai pas fini d'entendre parler de mon prochain voyage !

18

Je suis en train de finir de ranger mes affaires, quand maman entre dans la chambre. Elle semble mal à l'aise, ce qui me met aussitôt sur la défensive. Ces derniers jours ont été à la fois agréables et bizarres. Agréables, parce que ça m'a fait un bien fou de retrouver mon environnement, celui dans lequel j'ai grandi. Bizarres, à plusieurs égards. D'abord, je sens une distance entre mon père et moi qui n'existait pas et que je n'arrive pas à combler. Je sais que c'est lié à Nahel et je regrette qu'il ne me fasse pas plus confiance à son sujet. Mais je suppose que le temps fera son œuvre, et que lui et maman finiront par s'habituer. Par contre, ils semblent heureux du métier que j'ai choisi, ce qui est déjà une bonne chose.

Ensuite, le lendemain de mon arrivée, Joseph est rentré. Entre nous, c'est hyper tendu. J'ai beau tenter de me raisonner, je ne parviens pas à lui pardonner de m'avoir trahi. De plus, après l'avoir observé, je suis de plus en plus convaincue que Nahel était dans le vrai. Seulement, mon frère refuse de l'admettre, c'est évident. Et tant qu'il persistera à nier sa véritable nature, clairement, il sera malheureux. Cela me rend triste, parce que je sais que c'est un homme bien, malgré tout. Mais dans la mesure où il est adulte, c'est à lui d'assumer celui qu'il est. Et comme, pour moi, m'immiscer dans sa vie intime n'est pas envisageable, pas question de lui en parler.

De plus, je n'ai pas aimé sa réaction quand il a appris pour mes fiançailles. Il semblait à la fois incrédule et en colère, ce que je ne m'explique pas. C'est vrai, il devrait être heureux d'apprendre que les intentions de Nahel sont, finalement, tout à fait honorables.

Par contre, Marie est venue et je reste la plupart du temps en sa compagnie. Je regrette tellement de ne pas avoir été présente pour elle, par le passé. Il est évident qu'elle est très malheureuse avec son crétin de mec, mais comment aborder la question ? C'est difficile.

— Alors, tu vas vraiment te rendre en Amérique ? demande maman, après s'être installée sur mon lit.

— Oui. Comme je te l'ai expliqué, Carole et moi, nous prendrons la route tout de suite après le concert. Elle est partie tôt ce matin de Dijon et sera sans doute là pour le déjeuner. Ça ne te dérange pas si elle se joint à nous ?

— Pas du tout, ma chérie. Il y a toujours une assiette pour le pèlerin qui passe. Tu sais, je voudrais te parler d'une chose, mais c'est un peu gênant.

— Arrête de tourner autour du pot, maman.

— Voilà, tu n'es pas obligée de te marier tout de suite…

— Oh, je n'en ai pas l'intention avant la fin de mes études.

— Mais vous vivez ensemble, n'est-ce pas ?
— Absolument. Et comme tu peux le constater, ça ne fait pas de moi une traînée que de partager mon quotidien avec le garçon que j'ai choisi.
— Bien sûr, mais vous…
— Oui, maman. Si ça peut te rassurer, j'ai dans mon bras un implant contraceptif. Ceci dit, murmuré-je, en m'installant à côté d'elle et en prenant sa main, Nahel est le seul et il le restera. Je l'aime à un point que tu n'imagines même pas et que je ne comprends pas moi-même.
— Madie, intervient-elle, le regard réprobateur, tu n'ignores pas ce que je pense des relations intimes en dehors des liens sacrés.
— Je sais, mais les temps ont changé, non ? Et puis, qu'est-ce que tu préfères ? Que je sois mariée et malheureuse comme l'est Marie, ou que je sois avec le garçon dont je suis amoureuse et pleinement épanouie ?
— Marie n'est pas malheureuse !
— Bien sûr que si. Observe-la attentivement. Elle ne rit plus, elle semble éteinte et je n'aime pas la manière dont son époux la traite. Il est méprisant avec elle, il la rabaisse sans cesse et j'ai même vu des bleus sur son bras.

Maman secoue la tête, mal à l'aise.

— Elle l'a choisi, nous ne lui avons rien imposé.
— Et alors ? Tout le monde peut se tromper. Il vaudrait mieux qu'elle divorce, plutôt que de rester avec ce rustre !

— C’est un gentil garçon et ton père l’apprécie beaucoup.
— En même temps, il fayotte tellement avec papa. Mais dis-moi, tu crois qu’il l’aimerait toujours autant s’il savait qu’il brutalise sa fille ?
— Mais de là à quitter son mari, il y a un monde. Madie, le divorce est interdit par notre Église. C’est une faute grave et qui conduit à l’excommunication.
— Excuse-moi, maman, mais je ne suis pas du tout d’accord avec toi. Il vaut mieux un divorce, plutôt qu’une femme battue.
— Comme tu y vas ! Si ça se trouve, ta sœur s’est fait mal toute seule…
— Il n’y a que toi pour vouloir y croire. Tout ça au nom du mariage qui est sacré ! Tu te rends compte de ce que tu m’expliques ? Je suis sûre que si Marie se savait soutenue par nous, sa famille, elle le quitterait !
— Madeleine, je refuse de faire une chose pareille. Je ne peux pas m’immiscer dans leur couple, et certainement pas pour la pousser à un acte qui est contraire à nos valeurs.
— Eh bien, tu as tort. Un jour, ça finira à l’hôpital, j’espère que tu en es consciente. Mais bon sang, ouvre les yeux, maman ! La vie n’est ni blanche ni noire. Il n’y a pas que le bien et le mal.
— Comment est-il possible que tu parles ainsi ? Tu as tellement changé ! J’en viens à me demander si ton ami a une si bonne influence que ça sur toi.

— Écoute, je ne renie rien de mon éducation. Elle me donne un code moral dont je tiens compte scrupuleusement. Par contre, je ne fais plus mes choix en fonction de ma religion, mais plutôt en suivant mon instinct et mon cœur. Alors, tu peux penser que je suis une fille perdue, je sais que c'est faux. Si je commets des erreurs de jugement, je les assumerai, mais toujours dans le respect de ce que vous m'avez enseigné.

— Tout ça, c'est bien beau, mais je n'oublie pas ce que ton fiancé a prétendu au sujet de Joseph. Ton père et moi en avons été scandalisés, tu n'imagines même pas…

Je me raidis, mal à l'aise. C'est un sujet que j'appréhendais d'aborder avec eux et j'espérais sincèrement que ça passerait à l'as. Il faut croire que je me suis trompée.

— Essaie d'être indulgente… Nahel était en colère, il n'a pas mesuré la portée de ses mots.

— Il a quand même traité ton frère de sodomite ! s'exclame-t-elle, l'air dégoûté

Rien que de prononcer ce mot, tellement désuet, semble lui arracher la langue.

— Maman, nous sommes au vingt-et-unième siècle ! Et puis, si tu as envie de t'informer sur ce qu'il en est réellement, ne vaudrait-il pas mieux que tu en parles directement avec Joseph ? Être homosexuel n'est pas une maladie et encore moins une tare !

— Comment peux-tu prétendre une chose pareille ?

— Parce que je suis persuadée que l'amour entre deux personnes du même sexe, ce n'est ni plus ni moins que de l'amour. D'ailleurs, le Pape François n'a-t-il pas dit que nous ne devions pas juger nos frères ?
— Je refuse d'écouter ça, mais si tu veux tout savoir, j'ai essayé d'en discuter avec lui. Il s'est fermé et m'a laissé entendre que ton ami avait parlé ainsi pour le discréditer, et uniquement pour cette raison.
— Dans ce cas, où est ton problème ?
— Je n'en suis pas sûre, mais j'ai eu l'impression qu'il n'était pas complètement sincère, qu'il me cachait des choses. Tu le crois, toi, qu'il est comme ça ? Qu'il aime les hommes ?

Je pousse un long soupir, incapable de répondre.
— Franchement, je n'en sais rien. J'ai eu des doutes, mais cela ne signifie pas que c'est le cas.
— Tu ne voudrais pas lui parler ? Je sens bien que c'est compliqué entre vous en ce moment, mais…
— Maman, il a trahi le secret de la confession et je ne lui pardonnerai jamais. Cela étant, je ne pense pas qu'il me répondra si je lui pose la question. Et quand bien même il le ferait, quelle serait votre réaction si vous appreniez qu'il est gay ?
— Ce serait la fin du monde ! s'écrie-t-elle épouvantée.
— Bien sûr que non ! C'est ton fils et tu l'aimes, donc il faut que tu acceptes celui qu'il est, même si ça ne te plaît pas. La seule chose qui compte c'est qu'il soit heureux. Et

je connais bien Jo… S'il pense que ses réponses peuvent vous choquer, il se murera dans le silence.
— Que faire alors ?
— Lui expliquer que s'il veut se confier, vous l'écouterez sans le juger. Lui rappeler que vous serez toujours là pour lui. Et puis, si ça se trouve, nous nous trompons toutes les deux, tu ne crois pas ?
— J'aimerais bien, mais je ne peux m'empêcher de douter. Je n'en parle pas à ton père, bien sûr.
— Pourquoi doutes-tu ?
— Jo a vingt-deux ans et il n'a jamais eu de petite amie. Je ne l'ai d'ailleurs jamais vu avec une fille. J'ai d'abord supposé que toutes ces questions de sexe ne l'intéressaient pas, mais quand on est jeune, on est plein de passion. Alors, pourquoi pas lui ? Je suis fière qu'il veuille devenir prêtre, mais je ne peux m'empêcher de penser qu'il est en train de gâcher ses plus belles années.
— Maman !
— Madie, mets-toi à ma place. La vie, ce n'est pas que prier et aller à l'église. Vous n'êtes pas venus au monde par l'opération du Saint-Esprit !

Je ris doucement et l'enlace par les épaules. J'ai conscience de ses craintes et je vois bien qu'elle fait des efforts pour tenter de nous comprendre, même si elle est sans doute un peu dépassée.

Un bruit à la porte nous fait sursauter, comme si nous avions commis une bêtise. Alors, quand Marie passe sa tête par l'entrebâillement, nous en sommes presque soulagées. Je l'invite à entrer et, même si je sens le regard désapprobateur de maman posé sur moi, je lui demande.

— Est-ce que tu es heureuse ?

Ma sœur fronce les sourcils, mais ne répond pas.

— Marie, comment t'es-tu fait ces bleus aux bras ?

Toujours le silence. Je me lève, m'approche d'elle et caresse sa joue, avant de lisser ses jolis cheveux blonds. Physiquement, je trouve que nous nous ressemblons beaucoup.

— Si cet homme te fait du mal, tu dois le quitter. Tu le sais, n'est-ce pas ?

Elle rougit et s'obstine à me cacher son visage.

— Sœurette, je ne suis pas d'accord avec papa et maman, au sujet du divorce que notre foi interdit. Et je te dis simplement la chose suivante. Si la situation devient intenable, rejoins-moi à Strasbourg et envoie-le chier ! Aucun homme n'a le droit de brutaliser sa femme. Je serai toujours là pour toi, je veux que tu en sois bien consciente.

Enfin, elle ose croiser mon regard et la tristesse que je lis dans ses yeux me fend le cœur. Soudain, elle éclate en sanglots et je la serre contre moi, avant de la pousser vers le lit. Ma sœur s'assied entre nous, sans pour autant avoir le courage de se tourner vers notre mère.

— Au début, il n'était pas comme ça. Mais il est de plus en plus souvent en colère contre moi, et parfois il me fait peur.
— Je ne peux pas y croire, souffle maman.
— Eh ! je râle en lui donnant une pichenette sur l'épaule. Si Marie te le dit, il n'y a pas à douter de sa parole. On s'en fout de ce naze, c'est ta fille d'abord !
— Oui, mais le divorce…
— Je ne suis pas encore prête à mettre une croix sur mon mariage, mais je suis intimement convaincue que je ne finirai pas ma vie avec lui. Et je fais en sorte de ne pas être enceinte.
— Quoi ?
Nous nous sommes exclamées toutes les deux en chœur.
— J'ai conscience que papa et toi n'approuvez pas l'usage des contraceptifs, mais je refuse d'imposer l'horreur que je vis à un enfant qui n'a rien demandé à personne !
— Alors, quitte-le, déclaré-je avec fermeté. Barre-toi avant qu'il ne soit trop tard.
— Madie !
— Maman, combien de femmes meurent chaque année sous les coups de leur conjoint ? Tu te rends compte de ce qui arriverait si c'était le cas de Marie ? Tu t'en voudrais jusqu'à la fin de tes jours de ne pas lui être venue en aide, de l'avoir laissée dans cet enfer en sachant très bien ce qui

se passait. On appelle ça de la non-assistance à personne en danger.

— Oui, mais que vont penser les gens ?

— Mais on s'en fout ! Marie n'habite plus à Rochesson. Et puis, vois-tu, les gens, comme tu dis si bien, ne te racontent que ce qu'ils ont envie de te révéler. Tous ont des squelettes dans leurs placards.

— Tu crois ?

— Ne sois pas naïve, maman. Tiens, Madame Gérard, la mère de Stella…

— Oui ?

Je la sens soudain très curieuse. Il y a une commère qui sommeille en elle, ma parole !

— Savais-tu que sa fille redouble son année de droit, parce qu'elle s'est plantée lamentablement l'an passé ? Elle n'est pas prête d'être la brillante avocate que ses parents décrivent, tu peux me faire confiance. Sa nullité n'a d'égale que sa fainéantise ! Es-tu au courant du fait qu'elle change de mec comme de culotte et qu'elle couche avec n'importe qui ? Elle est appelée *gorge profonde* à l'université ! Si ça, ce n'est pas une réputation pourrie, je ne m'y connais pas.

— Pourquoi ce surnom ?

— Je te laisse deviner.

La soudaine rougeur de ses joues m'indique qu'elle a parfaitement compris de quoi il retourne.

— Je vois que tu as saisi la situation.

— C'est pas vrai ! s'exclame maman avec une lueur de joie mauvaise dans les yeux. Quand je pense que sa mère me regarde de haut, qu'elle passe son temps à se vanter de sa maison merveilleuse, de son mari merveilleux, de ses enfants merveilleux !

— Mari qui la trompe avec une de mes collègues de travail, fait remarquer ma sœur en riant pour la première fois depuis son arrivée. Et d'après ce que j'ai cru comprendre, madame Gérard est parfaitement au courant des frasques de son époux bien-aimé, qui n'en est pas à son coup d'essai.

— Ah bon ? Finalement, vous avez raison, les filles. Pour rien au monde, je ne voudrais être à sa place.

Puis, saisissant la paume de ma frangine dans la sienne, elle murmure.

— S'il lève encore une fois la main sur toi, tu prends tes affaires et tu viens ici, immédiatement. Je refuse que ce petit con continue à te battre. Je vais en parler à papa, je suis sûre qu'il sera d'accord avec moi. Et s'il ne l'est pas, tant pis pour lui ! Madie a raison, il n'est pas question que tu risques ta vie avec cet abruti. Encore une fois, une seule fois, Marie… Tu m'as bien comprise ?

Je suis étonnée par son vocabulaire, mais également par la détermination que j'entends dans sa voix. Clairement, elle a enfin réalisé que le bonheur de ses filles était plus important que tout le reste.

— Oui, maman. Merci ma petite sœur adorée, souffle-t-elle en me serrant dans ses bras.
— Chérie ! Le rôti est prêt, crie papa depuis la cuisine.
— Allons-y, ordonne-t-elle, en se levant et en nous poussant vers la porte.

19

Assise à la table de la salle à manger, entourée de l'attention de ma famille, Carole se frotte le ventre, repue.

— Je n'en peux plus ! Madame Grangier, c'était exquis. Mais si j'avale une bouchée supplémentaire, je vais finir par rouler jusqu'à l'église.

Maman rit de plaisir à ce compliment. Alors que je redoutais la venue de ma *presque* belle-sœur, ils lui ont offert un accueil chaleureux et amical. Tous, sauf mon beau-frère qui ne lui a même pas adressé un regard. Jo était au presbytère en train de préparer les lieux pour le concert. Marie a ensuite tenu à remercier Carole pour son aide à résoudre mes ennuis de santé, au nom de toute la famille.

L'épouse de Lounis en a été très touchée et leur a longuement expliqué les risques et problèmes liés à cette pathologie. Elle l'a fait avec des mots très simples pour ne pas les alarmer et leur a également révélé que de nombreuses femmes souffraient d'endométriose. J'avais eu de la chance, en quelque sorte, que Nahel ait été là et qu'il ait compris immédiatement l'aspect anormal de la situation.

Ils en ont été quelque peu mal à l'aise, mais se sont tus, si bien que notre invitée ne s'est rendu compte de rien. Ensuite, la conversation a roulé sur de nombreux sujets. Elle nous a parlé du village dont elle était originaire, de ses parents, de ses études à Paris…

À présent, nous prenons le chemin de l'église, située quelques mètres plus bas. Maman dirige la chorale depuis plusieurs années et elle prend son rôle très à cœur. Elle est, par ailleurs, une excellente chanteuse et n'aime rien tant que transmettre sa passion aux autres.

— Dis, Madie, souffle Carole, au moment d'entrer dans le bâtiment.

— Oui ?

— Ton frère m'a expliqué que tu interprèteras deux titres en solo, dont une reprise d'un tube de Céline Dion.

— Et ?

— Tu n'as pas le trac ?

— Non, pas le moins du monde. J'ai l'habitude, tu sais…

— Moi, je serais morte de trouille.

— Carole, quand tu as chanté seule, a capela, devant le pape, crois-moi, ce n'est pas un concert de village qui te panique.

— Tu as fait ça, toi ?

— Oui, à Lyon, en 2008, devant Benoît XVI. J'ai eu l'impression que j'allais avoir une attaque, tellement j'étais stressée. Mais c'est un homme empli de bienveillance et son regard a agi comme un anesthésiant sur mon trac.

— Quel âge avais-tu ?

Je vois à son expression qu'elle est à la fois très étonnée et admirative.

— J'avais onze ans et j'ai interprété *« Il faudra leur dire »* de Francis Cabrel. Après cet épisode, je n'ai plus jamais eu peur de me produire en public. Je n'ai pas une voix exceptionnelle, mais je chante juste et j'ai du coffre. Cela ne fera pas de moi la prochaine Lara Fabian, et heureusement pour tout le monde, mais ça me permet de ne pas être ridicule en concert. Bon, installe-toi, je dois les rejoindre, maintenant.

— D'accord. Madie, il faudra qu'on discute toutes les deux après.

— Remarque, nous aurons quatre heures pour ça. Rien de grave, j'espère ?

— Non, j'ai un service à te demander, un immense service.

— Tout ce que tu voudras, Carole. Mais là, il est vraiment impératif que j'y aille.

Sans chercher à en savoir plus, je file vers la sacristie où les autres m'attendent. J'adore ces moments, juste avant de nous produire devant le public, plus nombreux chaque année. Mon frère nous accompagne au piano pour certains morceaux. Pour d'autres, nous faisons appel à une bande-son. Les trois premiers sont des chants religieux de Noël, parce que nous sommes quand même dans une église, il ne faut pas l'oublier, et ce n'est pas un concert rock. Nous entamons donc *« les anges dans nos campagnes »*, *« minuit chrétien »* et *« sainte nuit »*. Notre expérience nous a montré que les spectateurs étaient amateurs du genre, mais dans une certaine limite.

Pour attirer des gens plus jeunes, nous avons dû nous mettre à la page. Pourtant, chaque morceau choisi, pourrait s'adresser à Dieu. Ainsi, quand vient mon tour, j'interprète *« Because you loved me »* de Céline Dion. Cette chanson, à la base destinée à un homme, pourrait tout aussi bien correspondre à des remerciements qu'on adresserait à Dieu.

Je poursuis ensuite avec *« Beautiful »* de Christina Aguilera et, là encore, la magie opère, j'ai le sentiment de dialoguer avec le Seigneur. Au bout d'une vingtaine de morceaux en solo ou en groupe, nous clôturons avec *« Happy »*, comme l'an passé. Voilà pourquoi j'aime beaucoup cet air, il me met toujours de bonne humeur.

Le public, sous le charme de cet antidote à la morosité, se lève et chante avec nous, tout en battant la mesure avec les mains. Franchement, l'ambiance est juste géniale. Les applaudissements et les hourras à l'issue de la représentation sont notre plus belle récompense et nous nous embrassons tous, ravis d'avoir réussi notre prestation.

Quand Joseph s'approche et me regarde avec tristesse, je lui tends les bras. Il se précipite aussitôt vers moi et m'enlace avec une force qui me rappelle les étreintes de Nahel. Même si je n'oublie rien, il reste mon frère et je l'aime tendrement. J'ai conscience qu'il a agi ainsi dans le but de me protéger, parce qu'il était inquiet pour moi. Je ne l'ai pas accepté, et j'espère qu'il a compris que la meilleure chose, c'est de ne plus s'immiscer dans ma vie. Je retiendrai donc que cela partait d'une bonne intention, malgré le bazar qu'il a semé.

Je sais que vous avez des doutes sur la question, et je vous avouerai que moi aussi, parce que ses sentiments à l'égard de Nahel sont complexes et sans doute plus glauques que je ne l'imagine. Mais je refuse d'y penser, en cet instant. C'est Noël, non ? Et si mes parents ont fait l'effort de tolérer mon DJ, alors je peux bien tenter d'accomplir une bonne action en passant l'éponge.

— Madie, je suis tellement désolé. Jamais je n'ai souhaité provoquer un pareil désastre, souffle-t-il dans mes cheveux, d'une voix émue.

— Je sais. Mais un conseil avisé, la prochaine fois, ne te mêle pas de mes affaires. Je suis une grande fille et je suis capable de gérer beaucoup de choses, y compris mes fréquentations.

— Je reste persuadé que ce mec fera ton malheur, réplique-t-il. Mais comme tu ne veux rien entendre, je garderai mon opinion pour moi. Et si tu as le moindre souci, téléphone…

— Merci, Jo. Je dois y aller.

— Est-ce qu'on pourra se voir un de ces soirs et dîner ensemble ?

— Oui, à mon retour, début janvier. Je t'appellerai sans faute.

— Génial !

Après un dernier sourire, je rejoins mes parents qui sont en compagnie de Carole. Ils nous raccompagnent au gros 4X4 Porsche de location –le père de Nahel a décidément très bien fait les choses–, et après moult embrassades et recommandations, nous finissons quand même par démarrer. Ce n'est pas que j'étais pressée de les quitter, au contraire. Mais l'heure tourne et si nous ne voulons pas rater le vol pour Londres, il ne faut pas traîner. D'autant que la route est rendue glissante par le brouillard et que la nuit tombe rapidement.

Après une demi-heure de conduite dans un silence détendu, Carole se décide enfin à parler.

— Votre petit concert était vraiment formidable. Je t'assure, c'était impressionnant. Vous chantez tous tellement bien.

— Vois-tu, je fais partie de la chorale depuis que j'ai quatre ans. Il y a des années de pratique, tu sais… Au fait, quel est ce service que tu voulais me demander ?

Elle s'éclaircit la voix, en raclant sa gorge, et semble hésiter avant de se lancer.

— Voilà. Lorsque nous arriverons, tu comprendras vite. La famille de Lounis et de Nahel est un peu spéciale. Les parents ne sont pas méchants, mais ils te regarderont de haut, tout comme ils le font avec moi. Que veux-tu, le pouvoir et l'argent donnent aux gens l'impression qu'ils valent plus que le commun des mortels.

— Charmant… Ça promet !

— Oui, comme tu dis. Le problème, ce sont leurs deux sœurs, Aïda et Lamia. Bon sang, ce sont de vraies emmerdeuses. Elles sont odieuses et je passe tous mes séjours à encaisser leurs piques et leurs réflexions acerbes. Tu vois mieux pourquoi je n'étais pas pressée d'y aller.

— Lounis ne te défend pas ?

— Non. Il m'explique simplement que je dois les ignorer, mais certaines fois c'est trop dur. Seulement, il ne le comprend pas, si bien que c'est souvent un sujet de conflits entre nous. Et comme je ne supporte pas nos engueulades, je finis toujours par m'écraser. Mais ces deux-là, je te jure que j'aimerais me les faire et depuis un moment déjà. L'an dernier, elles ont dépassé les bornes. Et quand je dis dépassé, ça signifie qu'elles les avaient perdues de vue.

— Comment ça ?

— Chaque soir du réveillon, les parents de Nahel réservent une table dans leur country-club. C'est une

réunion de gens fortunés et leur seule préoccupation est de se pavaner avec leur progéniture extraordinaire, juste pour frimer devant les autres invités. Bref, tu vois les mentalités ! C'est à celui qui brillera le plus et, à ce petit jeu, la famille El Khouri est très douée.
— Quel est le rapport avec toi ?
— Au cours de cette soirée, pour démarrer les festivités, le club organise une espèce de karaoké. Les convives peuvent interpréter le titre de leur choix et un jury désigne ceux qui se révèlent les meilleurs. D'aussi loin que je me rappelle, Lounis et Nahel gagnent chaque année.
— Et alors ?
— L'an passé, ses sœurs m'ont inscrite en douce. Et j'ai été obligée de chanter devant tout le monde.
— Tu t'en es bien sortie ?
— Justement, non. Je me suis ridiculisée dans les grandes largeurs. Oh, Madie, je ne sais pas chanter et j'ai vécu la pire humiliation de toute ma vie !
— Et Lounis ?
— Il se marrait avec les autres ! Il prétendait que ce n'était pas grave, que j'avais participé et que c'était ce qui comptait.
— Facile à dire quand on n'est pas celui dont tout le monde se fiche, argué-je avec empathie.
— Exactement. Le seul qui n'a pas ri, c'est Nahel. Il m'a conseillé de prendre des cours de chant et de leur en foutre plein la gueule, je le cite, l'année prochaine.

— C'est ce que tu as fait ?
— Oui, en secret. Lounis n'est pas au courant. J'ai beau être folle de lui, je lui en veux beaucoup de les laisser me traiter ainsi. Et là, clairement, c'était la fois de trop.
— Eh bien, où est le souci ? Tu vas prendre ta revanche cette année, non ?
— J'ai deux problèmes. Premièrement, la concurrence est rude, parce que j'ai en face de moi Nahel, qui est quand même le meilleur dans son genre. Deuxièmement, ma prof m'a expliqué que je n'avais pas de voix.
— Comment ça ?
— Je serais parfaite pour jouer les choristes, mais pas pour un solo. Du coup, j'avais renoncé à mener ce projet à bien.
— Raconte-moi à quel moment j'interviens dans ton plan.
— Eh bien, quand je t'ai entendue cet après-midi… Madie, ton timbre est juste un enchantement. Et tu as une telle présence sur scène, c'est incroyable !
— Je t'arrête tout de suite. Il ne s'agit pas d'une scène, mais du chœur d'une église de village. Ce n'est pas pareil…
— Mais je suis certaine que si nous formions un duo, nous ferions un carton ! s'exclame-t-elle avec conviction.

Je réfléchis un instant, avant de répondre.

— Écoute, je comprends tes motivations, mais je ne la sens pas du tout, ton histoire karaoké.

— Madie, le gagnant empoche la somme de vingt mille dollars et je suis prête à te laisser ma part, pourvu que tu me permettes de prendre ma revanche.
— Vingt mille dollars ? m'exclamé-je, en ouvrant de grands yeux.
— Ouais, exactement. Tu sais, avec le prix que paient tous ces richards, ils ont largement de quoi. Pour une étudiante, c'est une aubaine, tu ne trouves pas ?
— Mais il ne faut pas redonner cet argent à une œuvre de charité ou un truc dans ce genre ?
— Absolument pas ! Tu crois que Nahel reverse le fric ? Tu rêves ! Tu en fais ce que tu veux, tout est à toi.

Je reste interdite par cette révélation. Vingt mille dollars, c'est une grosse somme quand même. Au bas mot, c'est environ dix-huit mille euros. Voilà qui changerait tout. Je pourrais financer moi-même ma formation, et j'aurais de quoi voir venir pour les trois années que dure le cursus à l'école d'infirmière, si j'ajoute à ça mes économies.

S'il y a bien un domaine que je maîtrise, c'est le chant. Alors, pourquoi ne pas tenter le coup ?
— Très bien. J'accepte de t'aider.
— Génial ! Oh punaise, Madie, tu n'imagines pas à quel point tu me fais plaisir ! Les El Khouri, préparez vos fesses ! s'écrie-t-elle en levant le bras en signe de victoire. La *french team* s'apprête à débarquer et à vous botter l'arrière-train !

20

Nahel

Installé dans un fauteuil sur la terrasse de notre chalet, qui donne sur les pistes, je suis tranquillement en train de griller un pétard, quand une ombre se glisse à l'extérieur. Avec précipitation, je le pose sur le côté, avant de découvrir qu'il s'agit de Lounis.

Il prend place sur le siège situé à côté de moi et je m'attends déjà à un sermon dans les règles, l'odeur de ma cigarette de l'espace n'ayant pas pu lui échapper.

— File-moi une taffe, frangin, demande-t-il, la main tendue en direction du cendrier.

J'ouvre de grands yeux, sur le cul.

— Qui êtes-vous et qu'avez-vous fait de mon frère, tellement à cheval sur la sobriété et la santé ?

Il sort deux bouteilles de bière de son anorak et m'en donne une que j'attrape, avant de la décapsuler.

— Je sais ce que j'ai dit. Mais ce soir, c'est spécial, j'en ai vraiment besoin.

— Pourquoi ?

— Carole débarque demain, annonce-t-il, l'air lugubre.

— Et quoi ? T'es pas content de revoir ta femme ? Elle ne t'a pas manqué ?
— Si, mais ça va encore virer au drame, comme chaque année, indique-t-il en tirant une bouffée de mon joint.
— En même temps, c'est un peu de ta faute. Tu es l'aîné de la famille, t'as qu'à envoyer chier nos deux connasses de frangines.
— Je ne peux pas faire ça. Putain, il est fort ton pétard ! T'as mis combien de kilos là-dedans ?
— Petite nature ! me moqué-je, tout en le lui prenant des mains pour aspirer une taffe. Et pourquoi, tu ne peux pas rentrer dans le lard de ces deux snobinardes ?
— Parce que ce sont les chouchoutes de papa.
— Pas faux, même si je ne comprends pas le rapport avec Aïda et Lamia.
— Ça finirait par me retomber dessus.
— Et alors ? T'as vu comment elles traitent ta femme ? Carole est une nana géniale, elle mérite qu'on se batte pour elle, non ?
— Si, bien sûr, mais pas quand les dés sont pipés.
— Comment ça ?
— Tu sais combien de millions papa a investis pour notre cabinet et pour l'appartement ? Si je m'en prends aux frangines, c'est comme si je l'agressais, lui.
— Et ?
— Le minimum, c'est de faire preuve de reconnaissance, tu comprends ?

— Attends que je pige ton raisonnement à la con. Tu laisses ta gonzesse se faire insulter pour remercier notre père de t'avoir aidé ? Ben merde, *brother*, t'es encore plus barré que je ne l'imaginais !
— Et que ferais-tu à ma place ?
— Je leur rentrerais dans le lard à tous, en leur expliquant à ma façon que Carole est ma femme et qu'elle mérite leur respect. Si ça ne leur plaît pas, tu te casses avec ta nana et tu retournes chez toi.
— Mais…
— Papa n'a pas investi tout ce fric pour te faire plaisir, mais pour pouvoir raconter à tous ses amis à quel point son fiston chéri a réussi. Quelle meilleure vitrine qu'un cabinet dans les quartiers chics de Paris, avec une clientèle huppée ? Crois-moi, il ne l'a pas fait pour toi, mais pour lui. Si vous vous fâchez, il en sera le premier emmerdé.
— Tu penses ?
— Ouais. Et je vais te dire autre chose. Si Carole décrète un jour que c'est la brimade de trop, elle n'en était pas loin l'an passé, et qu'elle décide de quitter sa fiotte de mari qui ne la défend jamais, qui sera le plus à plaindre à ton avis ?
— Euh… moi.
— Exactement. Papa et nos deux connes de sœurs n'en auront rien à cirer et ne te tiendront pas la main quand tu

pleureras toutes les larmes de ton corps. Ça, tu peux en être sûr !
— Je fais quoi, moi, alors ?
— Tu te conduis comme un mec qui a des couilles, bordel ! Tu te bats pour ta gonzesse. Et une dernière chose, si l'une d'entre elles s'en prend à Madie, je leur arrache les yeux et je leur refais un brushing à ma façon. Quand j'aurai terminé de m'occuper d'elles, elles auront la tronche de Donatella Versace !

Lounis éclate de rire, avant d'avaler une gorgée de bière. Après un long silence serein, interrompu uniquement par les bouffées de shit que nous expirons à tour de rôle, mon frère finit par me demander.
— Alors, c'est vraiment sérieux avec Madie ?
— Ouais, mec. Je suis fou d'elle, depuis la première seconde. Tu n'imagines pas à quel point elle m'a manqué, ces derniers jours.
— En même temps, le vieux est vraiment chiadé ! Leur faire prendre des vols commerciaux avec une quinzaine d'heures de trajet, alors qu'il aurait pu affréter un de ses deux jets, c'est *cheap* !
— D'après maman, c'est parce qu'elles ne font pas partie de la famille.
— Oh, mais c'est quoi ces conneries ? Carole est ma femme quand même !
— Pas à leurs yeux, en tout cas. Sans doute, parce que tu ne l'as jamais imposée en tant que telle.

— Tu crois ?
— Non, j'en suis sûr. Et tant que tu ne feras pas ça, ils la considèreront comme un parasite.
— Putain, quelle bande de tarés ! s'exclame Lounis d'une voix de plus en plus pâteuse.

Je ris de voir ses yeux rougis et son air niais. Tiens, je devrais prendre une petite photo que je pourrais lui foutre sous le nez, la prochaine fois qu'il aura envie de me faire la morale.

Nous discutons longtemps de tout et de rien, en fumant deux pétards supplémentaires. Au bout de quelques heures, transis de froid, nous décidons de rentrer, même si nous étions très bien sur la terrasse.

Tout en riant comme des abrutis, nous nous dirigeons vers l'étage, où se trouvent nos chambres. Arrivés devant les portes qui sont situées l'une en face de l'autre, nous nous souhaitons bonne nuit.
— Essaie de dormir, frangin, une rude journée nous attend.

Perso, je ne suis pas d'accord. Parce que demain, je vais enfin pouvoir serrer mon ange blond dans mes bras. Et c'est avec un sourire bienheureux que je sombre dans le sommeil.

***

Il est à peine sept heures, lorsque je descends dans la salle à manger, pour prendre mon petit-déjeuner. Habituellement, je déteste l'ambiance plombée qui y règne. Mais aujourd'hui, rien ne peut me mettre de mauvaise humeur, pas même le manque de sommeil. Lounis est déjà là et il a une tête de déterré, ce qui me fait marrer. Pauvre petite chose qui ne supporte pas le moindre excès !

— Tu es bien matinal, Nahel, fait remarquer ma mère, alors que je me sers un café et des croissants.

À force de vivre en France, je ne peux plus manger autre chose au petit-déjeuner et certainement pas des œufs au bacon, comme mes deux pestes de frangines.

— Enfin, tu sais bien qu'il va récupérer sa nouvelle poule, s'exclame Aïda, d'un air mauvais.

Il n'en faut pas plus pour que je parte en vrille et que je me tourne vers elle, un index menaçant pointé dans sa direction.

— Écoute-moi bien, toi ! Si tu as le malheur de lui causer de travers, comme tu viens de le faire, je te lifte moi-même la tronche, façon Donatella Versace !

Cette allusion à notre conversation d'hier est clairement destinée à Lounis qui s'est figé, mais ne réagit pas.

— Papa ! Tu as entendu comment il me parle ? s'écrie-t-elle, en direction de notre père.

Le hic dans l'histoire, c'est qu'Aïda est la chouchoute, parce qu'elle bosse avec lui, ce qui lui donne une longueur d'avance. Seulement, contrairement à mon frangin, je n'en ai strictement rien à cirer.

— J'aimerais bien voir ça, murmure James, son mari, en se penchant vers moi.

— Pas de problème, mon pote, je te prends quand tu veux !

Ce type, je ne le supporte pas. Il est con comme un manche et n'a pour lui que son physique de jeune premier. C'est probablement ce qui a attiré ma sœur chez ce crétin. Parce que, vous comprenez, ça en jette d'avoir un mec qui ressemble à une gravure de mode, quand bien même ses biceps sont gonflés à coup de musculation pour tapette et d'anabolisants. Son véritable grand amour, c'est notre paternel, et elle-même, bien entendu.

Il se ratatine aussi sec, ne voulant sans doute pas se confronter au délinquant de la famille.

— Nahel, un peu de considération pour ta sœur et son mari, intervient mon père calmement.

— Pardon ? Oh, mais tu te fous de qui, pa' ? T'as vu comment elle traite Carole ? Ça ne te choque pas ? C'est clair, vous deux, la première qui manque de respect à Madie, je la zombe et je ne me répèterai pas deux fois.

Sur ces paroles aimables et pleines de sagesse, je saisis mon café et mes viennoiseries, et quitte la salle à manger pour me rendre sur la terrasse. Je refuse d'être sur les nerfs le jour où ma chérie doit arriver. Pas question.

Lounis m'y retrouve, une tasse à la main.

— Finalement, je crois que c'est toi qui es dans le vrai. J'aurais dû leur parler comme tu l'as fait, depuis le premier jour. Maintenant, il me semble qu'il est trop tard.

— Il n'est jamais trop tard pour bien faire, mon frère.

— Tu dis ça en pleine connaissance de cause, n'est-ce pas ? demande-t-il avec ironie.

— Ouais, j'en sais quelque chose. Si Mad n'était pas entrée dans ma vie, je serais sans doute en train de me démonter la tronche à coup de vodka et d'ecstasy, pour parvenir à les supporter. Dans mon pieu, il y aurait une meuf, dont je ne connaîtrais même pas le nom. Ma seule obsession de la journée serait de la virer fissa. Or, tu me vois aujourd'hui, je suis sobre. Et j'ai de moins en moins de mal à l'être.

— Pourquoi fais-tu cet effort pour elle et non pour ta famille ? Ce n'est pourtant pas faute de t'avoir supplié.

Je sens une pointe d'agacement dans sa voix, mais je n'en tiens pas compte.

— Parce que c'est la seule qui le mérite. Parce que, quand je contrôle ma consommation de drogue, j'ai presque l'impression d'être digne d'elle. Avant, je n'avais aucune raison d'arrêter, puisque je n'avais aucune motivation suffisante pour le faire. Maintenant, mon but est de la rendre heureuse, pas de tout gâcher. Tu comprends ?

— Je crois, oui. Je regrette juste qu'elle ne soit pas arrivée plus tôt dans ta vie.
— Je pense que je n'étais pas encore prêt. J'étais trop écorché, trop à vif. Là, j'ai l'intention de me poser avec elle.
— Sérieusement ?
— Ouais. Madie, c'est mon miracle, comme j'aime me le répéter. Et je ne laisserai pas cette bande de pignoufs tout gâcher.
— En parlant de pignoufs, papa est d'accord pour qu'on utilise son avion, mais il veut venir avec nous.
— Quoi ? Et pourquoi ? Non, parce que je n'ai aucune envie de m'encombrer de lui pendant tout le temps que durera le trajet. Pour les discours moralisateurs, je t'ai toi, c'est amplement suffisant !

Lounis rit à cette répartie acerbe, avant de reprendre.
— En attendant, tu n'as pas tellement le choix. Avec son jet, nous y serons en moins d'une heure, alors que trois sont nécessaires pour rejoindre Denver en voiture.
— Je m'en fous, s'il le faut, j'irai à pied. Tu vois, c'est toute la différence entre toi et moi. Son fric et le luxe, je m'en tape. Si demain il me fait du chantage en ce sens, il pourra se coller son pognon où je pense.
— Tu dis ça, mais t'es quand même le champion des hypocrites, frérot. Tu vis dans un appartement qu'il a acheté pour toi, tu conduis une Audi offerte par lui et, tous les mois, il te verse une pension digne du salaire d'un

banquier. C'est un peu l'hôpital qui se fout de la charité ! D'autant que si tu intègres ta prestigieuse école de DJ à Londres, l'an prochain, c'est lui qui réglera la note, une fois de plus.

Bien sûr, Lounis a raison. Je le sais, il le sait, bref, nous le savons tous les deux.

— Ouais, je profite de sa thune. Comme toi et comme mes sœurs, à qui il a offert de splendides demeures ! Pour autant, je refuse de me soumettre et, jamais, je ne baisserai mon froc devant lui, contrairement à toi.

— Oui, mais moi, je suis reconnaissant ! Contrairement à toi, m'imite-t-il avec ironie.

— Parce que tu crois sincèrement qu'il a lâché tout ce fric pour toi par bonté d'âme ? Je te l'ai dit hier soir, je te le répète ce matin, Lounis ! Ouvre les yeux, bon sang ! Tout d'abord, il refuse qu'on puisse supposer qu'il est radin, alors il nous gâte, surtout quand il peut ensuite s'en vanter auprès de ses connaissances. Et, entre nous, ça en jette autrement plus de raconter que ton fils a un cabinet dans les beaux quartiers et soigne une clientèle prestigieuse, plutôt que d'annoncer que tu accouches les bébés de pécores d'un hosto, situé dans une cambrousse quelconque !

— Putain, mais quel prétentieux tu fais, Nahel ! Il n'y aurait aucun mal à travailler dans un établissement de campagne !

— Pour lui, si. Ton problème, c'est que t'essaies à tout prix de lui plaire.
— Pourquoi ferais-je une chose pareille ?
— Peut-être pour lui faire oublier que tu as préféré devenir médecin, au lieu de lui succéder. Tu sais qu'il t'en a voulu pour ton choix de carrière.
— Tu délires, Nahel !
— Pas tant que ça et tu en es parfaitement conscient.

La porte-fenêtre de la terrasse s'ouvre sur notre mère, ce qui nous intime aussi sec au silence. Pas question qu'elle entende notre conversation, elle serait capable de tout rapporter au paternel dans l'instant. Autant éviter le déclenchement d'une guerre civile au sein de la famille.
— Les garçons, papa me fait vous rappeler que si vous ne voulez pas arriver en retard à Denver, il faut y aller maintenant.
— Et bouger son cul pour nous prévenir, il peut ? grogné-je entre mes dents. Cette manie de prendre les autres pour sa boniche !

Lounis rit à cette remarque acerbe, mais je sais qu'il est troublé et choqué par ce que je lui ai dit avant l'interruption de maman. En fait, ça fait longtemps que je voulais lui en parler, sans pour autant parvenir à trouver les bons mots.

J'adore mon frère et je refuse de lui faire volontairement de la peine. Le truc, c'est que je sens qu'il pourrait avoir un sérieux problème avec Carole, s'il ne réagit pas. C'est la première fois que sa compagne ne passe pas l'ensemble des vacances avec nous, et je suppose que, l'an dernier, mes deux connasses de frangines ont poussé le bouchon trop loin.

Il aurait dû défendre sa femme et il ne l'a pas fait. Il sait qu'il a eu tort et qu'il a salement manqué de courage. J'ai également compris que Carole, qui est pourtant la patience incarnée, était à bout et que cette histoire de karaoké à la con a été la goutte d'eau qui avait fait déborder le vase. L'ennui, c'est qu'il n'y a que moi qui l'ai réalisé. L'ecstasy et le shit rendraient-ils clairvoyant ? Avouez que ce serait le comble de l'ironie !

— Viens, Nahel, on part, murmure Lounis, l'air préoccupé.

Je n'ai aucune envie de le mettre mal à l'aise, pas plus que je ne veux le blesser. Il va falloir qu'il gère sa femme et mes deux hyènes de frangines, dans les prochains jours. Vous aurez compris que ce ne seront pas les vacances idéales pour lui, loin de là.

— Écoute, oublie ce que je viens de dire. Je n'aurais pas dû me mêler de ce qui ne me regarde pas. La seule chose que je te demande, c'est de prendre soin de Carole. Parce qu'à mon avis, si les évènements de l'an dernier devaient se reproduire, ça ne passerait plus.

— Je le sais bien, concède-t-il.

Puis, sans un mot de plus, nous rejoignons notre paternel qui attend dans l'entrée.

Dans le fond, je suis certain qu'il n'est pas mauvais. Seulement l'argent, le pouvoir et le prestige l'ont perverti, si bien qu'il a perdu le sens des réalités. C'est dommage, mais le snobisme terrifiant de ma mère n'arrange pas la situation. En même temps, qui suis-je pour les juger ? Je suis loin d'être un enfant de chœur, et je leur ai causé plus d'ennuis à moi seul que tout le reste de la famille réunie.

— Simple curiosité. Pourquoi est-ce que tu tiens à venir avec nous ? ne puis-je m'empêcher de demander, tout en enfilant ma veste.

— Dis, je fais encore ce que je veux ! s'exclame-t-il, outré.

— Je sais qu'il y a autre chose…

— Je suis curieux de rencontrer la fille que tu as invitée. S'il s'agit d'une droguée comme toi, elle peut immédiatement acheter un billet de retour, elle ne foutra pas les pieds ici ! Et te connaissant, je sais que tu es prêt à tout pour nous contrarier. Alors, je prends les devants et je gère le problème, comme toujours.

Je souris, sans répondre. Il aura une sacrée surprise, quand il verra mon ange blond débarquer. Je lui donne moins de vingt-quatre heures pour tomber sous le charme de celle qui est pour moi la plus belle femme du monde, aussi bien intérieurement qu'extérieurement.

21

Deux heures plus tard, je marche de long en large dans l'espace VIP de l'aéroport, fébrile et impatient. L'avion dans lequel se trouvent Madie et Carole a du retard, si bien que nous poireautons depuis de longues minutes. Mon père est installé non loin et tripote son téléphone, tandis que Lounis, assis dans un fauteuil, semble broyer du noir. Super ! Comme comité d'accueil, elles n'auraient pas pu rêver mieux. L'agité du bocal, le snob et le dépressif. En voilà un trio gagnant !

Enfin, une voix désincarnée résonne dans les haut-parleurs, indiquant que le vol en provenance d'Heathrow est en phase d'atterrissage. Putain, c'est pas trop tôt !

Quelques instants plus tard, une hôtesse s'approche pour nous proposer de la suivre. En usagers de marque que nous sommes, nous bénéficions d'un accès privilégié et pouvons attendre tout près de la sortie des douanes, alors que les autres personnes sont retenues derrière des portes vitrées. C'est injuste, je sais, mais je ne vais bien évidemment pas m'en plaindre.

Après un long moment, les premiers voyageurs commencent à émerger. Je décide de me poster près de mon père, parce que je veux qu'il la voie dès qu'elle sera à proximité.

Et, effectivement, quelques passagers plus tard, j'aperçois enfin la tignasse rousse de Carole, suivie d'une apparition féérique, celle de Madie. Elles se tiennent tout en haut d'un escalator, qu'elles doivent descendre pour arriver au passage de la douane. Pas besoin pour elles de récupérer leurs bagages, puisqu'ils sont déjà à la maison. De l'endroit où nous nous trouvons, en contrebas, nous pouvons clairement les distinguer.

Vêtue d'un jean, de petites bottines et d'une doudoune rouge, des mèches folles encadrant son ravissant visage, ma belle Madeleine est juste divine.

La désignant, je souffle à l'oreille de mon père.

— Regarde, papa, c'est elle, celle que tu qualifiais de droguée de service.

Et là, oh je vous jure, c'est jouissif d'observer sa tronche ! Il est clairement estomaqué et, moi, je prends mon pied. Un pied d'enfer, si vous voulez tout savoir ! La bouche ouverte, les yeux exorbités, il fixe Mad dont l'innocence est si éblouissante.

Lorsqu'elle m'aperçoit, dans la mesure où Carole vient de nous montrer du doigt, son visage s'illumine littéralement. Mon Dieu, qu'est-ce qu'elle est belle ! Et comme je l'aime !

Mon cher paternel n'a toujours pas pipé un seul mot, mais je l'entends déglutir avec difficulté.

— Madie est mon miracle, papa. Un seul faux pas de ta part ou de celle de maman, une remarque déplaisante d'Aïda ou de Lamia, et je te jure que tu ne me reverras plus jamais. Fais passer le message.

— C'est du chantage ? parvient-il tout juste à murmurer.

— Oh non, c'est bien plus que ça. C'est une prédiction.

Une demi-heure plus tard, elles approchent enfin de nous. Les pommettes rosies, Madie est plus ravissante que jamais. Elle semble heureuse de me retrouver et je sens comme un bonheur sans fond me gagner.

Alors, incapable de m'en empêcher, je me précipite vers elle. Dès le moment où je me mets à courir, elle m'imite, si bien nous nous jetons dans les bras de l'autre en riant. Quand, enfin, je peux la serrer contre moi, je la soulève et la fais tournoyer en l'air, tandis qu'autour de nous les gens applaudissent et sifflent.

Franchement, je m'en tape complètement. La seule chose qui m'importe, en cet instant précis, c'est de coller ma bouche sur la sienne, de sentir son goût si unique, et de sucer sa jolie petite langue rose. Oh putain, que c'est bon ça ! Comment ai-je pu parvenir à m'en passer pendant une semaine ? Sept interminables journées !

Mais je jure que c'est la première et la dernière fois que nous sommes séparés aussi longtemps. Mes nerfs, déjà bien à vif, ne supporteraient pas que la situation se reproduise. Dire que je suis resté la plupart de mes soirées à me branler, le nez plongé dans ses sous-vêtements, ceux qui se trouvaient dans mes bagages. Bordel, à bien y réfléchir, c'est pathétique ! Mais je m'en fiche, dès que nous aurons franchi le seuil de la maison, je l'entraînerai dans ma chambre, notre chambre, et je la baiserai jusqu'à ce qu'elle ne puisse plus marcher et que je me chope des ampoules sur la bite !

— Madie, oh Madie, tu m'as tellement manqué, je souffle, le nez plongé dans ses cheveux.

— Toi aussi, Nahel. Mon Nahel à moi.

« Mon Nahel », voilà deux putains de petits mots qui me mettent en transe. Le besoin de possession que j'ai développé envers elle est partagé, et ça me va parfaitement.

Après un deuxième baiser brûlant, Lounis qui me tape sur l'épaule, m'oblige à me redresser.

— Il faut que vous vous poussiez, les amoureux, indique-t-il en riant. Les autres voyageurs aimeraient bien passer.

Je relève la tête, pour découvrir, qu'effectivement, de nombreux visages inconnus sont en train de nous observer, tandis que nous bloquons l'accès à la sortie.

Aussitôt, je leur fais un clin d'œil, avant d'entraîner Madie, sous les sifflets et les cris. C'est drôle comme situation, quand on y pense. Toutefois, mon sourire s'efface lorsque nous arrivons à la hauteur de mon père. Il vient de saluer Carole avec froideur, comme à son habitude. Ça me désole terriblement pour elle, parce que c'est vraiment une fille géniale. Ils sont juste tous trop cons pour en prendre conscience et c'est fort dommage, si vous voulez mon avis.

— Papa, permets-moi de te présenter Madeleine Grangier, ma petite amie. Madie, voici Élie El Khouri, mon père.

Même si mon ange blond semble impressionné, elle ne se laisse pas démonter et lui sourit avec chaleur, avant de faire un pas dans sa direction et de l'embrasser sans façon sur les deux joues. Lounis est pris d'un fou rire nerveux, tandis que Carole émet une espèce de hoquet de surprise. Il est vrai que nous n'avons pas l'habitude des effusions dans ma famille et j'ai complètement oublié de la briefer à ce sujet. Tant pis, je me fiche qu'il râle, je l'adore comme ça, fraîche et spontanée.

À mon grand étonnement, mon père ne la repousse pas. Il accepte son étreinte avec une facilité déconcertante et, quand il se redresse, je suis stupéfait de constater qu'il a rougi. Waouh, je n'aurais jamais cru voir ça un jour. Il est troublé comme un adolescent !

Durant tout le trajet du retour, je ne peux détacher mes yeux d'elle. Ma main enserre la sienne, comme si je ne voulais plus jamais la lâcher. Papa est anormalement silencieux, mais son regard ne nous quitte à aucun moment. Ce n'est pas pour dire, mais j'ai si peu l'habitude d'être son point de mire, que ça finit par me mettre mal à l'aise et, avec un soupir de soulagement, je constate que nous sommes enfin arrivés à Aspen.

Le trajet, particulièrement long, et le décalage horaire ont dû épuiser Mad, parce qu'elle s'endort sitôt que nous nous sommes installés dans la voiture, à notre descente du jet. Avant cela, la pauvre était tellement impressionnée par le luxe ostentatoire de notre avion qu'elle n'osait pas bouger. Heureusement, le vol n'a duré qu'une petite heure.

Dès que le 4X4 s'arrête, je la réveille, même si j'ai adoré pouvoir la serrer contre moi durant tout le temps où elle s'abandonnait au sommeil. À ses côtés, Carole se raidit à mesure que nous approchons de la maison. Bon sang, il faut vraiment que Lounis fasse quelque chose, sinon elle va finir par lui filer entre les pattes et ce sera trop tard. Mais après tout, ce n'est pas mon problème, j'ai bien assez de bordel à gérer !

Nous avons à peine posé un pied à l'extérieur que déjà ma mère ouvre la porte, suivie par mes sœurs. Nom d'une pipe, sont-elles curieuses au point de ne même pas pouvoir attendre que nous soyons entrés ? Madie ne se rend compte de rien. Elle observe notre chalet, la bouche grande ouverte, sans doute impressionnée par tant de prestige. Et forcément, c'est l'un des plus tape-à-l'œil de la ville. Avec délicatesse, je la prends par le bras. Je sens bien qu'elle est complètement lessivée et j'espère que ma famille se tiendra bien, sinon gare au cyclone Nahel !

Arrivée sur le pas de la porte, mon bel ange salue les femmes El Khouri. Étrangement, elle leur tend la main et ne les embrasse pas, comme elle l'a fait avec mon père. Je suppose que leur attitude ne la met pas assez en confiance pour qu'elle se lâche. Je crois qu'elle a également réalisé avoir fait une bourde en se montrant trop familière envers lui. Dans la mesure où Élie est aussi chaleureux qu'un iceberg, elle a forcément dû percevoir son mouvement de recul. En tout cas, moi, je l'ai vu.

— Mad, voici Ida, ma mère, et mes deux sœurs Aïda et Lamia. Et ça, c'est James, l'époux d'Aïda. Les filles, je vous présente Madeleine, ma compagne.

— Mesdames, ravie de faire votre connaissance.

Maman lui sourit, mais je sens qu'elle est sur la réserve, ce qui ne doit pas rassurer Mad, c'est évident. Quant à mes frangines, elles la saluent à peine. Sa main retombe sans que personne n'ait daigné la lui serrer. Putain, pour un premier accueil, elles font fort ! Je pivote vers mon père et lui lance une œillade lourde de menaces. Il comprend immédiatement à quoi je fais allusion.

Au moment où je me tourne pour observer ma petite amie, j'intercepte le regard que Carole et elle échangent. OK, elle était déjà au parfum. Ce n'est pas plus mal finalement, au moins mon ange blond sait que ce n'est pas lié directement à elle. Les nanas El Khouri sont connes, vraiment très connes, que voulez-vous que je vous dise ? Il n'y a pas de quoi en faire un drame en trois actes !

— Je vais montrer la chambre à Madie. Elle est épuisée, il faut qu'elle se repose.

Tandis que nous passons devant lui, je surprends le regard fasciné que James jette à ma dulcinée. Alors là, bordel, pas question ! Ce parasite, ce cloporte, n'a pas intérêt à la mater de trop près, sinon je me ferai l'immense plaisir de lui en coller une sévère.

— Oh, James, ferme la bouche. T'es pitoyable, mec, murmuré-je en anglais.

Puis, je saisis Mad par la main, pour la mener vers ma chambre.

— Je n'imaginais pas que ce serait si grand, souffle-t-elle en regardant partout autour d'elle. C'est un château, ma parole !

J'aurais une fois de plus dû la prévenir, mais je n'aime pas parler de la fortune de mon père. Cela me paraît indécent. C'est assez incongru comme comportement, quand on sait que le reste de ma famille, hormis Lounis, n'apprécie rien tant que de l'exhiber.

Avec soulagement, je referme la porte derrière nous. Madie s'est avancée au centre de la pièce spacieuse et tourne sur elle-même, pour observer cet endroit typiquement masculin, avec ses tons allant du gris au noir et ses meubles en bois clair, tellement massifs et lourds qu'il est impossible de les déplacer.

— Mon Dieu, Nahel ! Ta chambre est plus grande que mon appartement !

— On s'en fout, grogné-je, en lui retirant sa doudoune et en la poussant vers le lit. Chérie, je sais que tu es fatiguée par le voyage, mais j'ai besoin de… vraiment besoin de…

Elle sourit et se colle à moi, les mains passées autour de ma taille.

— Moi aussi, j'ai besoin de… Ne t'inquiète pas, je me reposerai plus tard.

Il n'en fallait pas plus pour que je me mette à la dépouiller de ses vêtements, avec une précipitation qui la fait rire. Lorsqu'elle est nue devant moi, je me dépêche de retirer mon pull. Pour le moment, ça suffira, parce que si je suis à poil, il est évident que je vais me jeter sur elle. Ma queue est si raide qu'elle me donne l'impression d'être sur le point de trouer mon jean.

Avec délicatesse, je la repousse sur le lit, avant de m'allonger sur elle. Oh bon sang, le contact de sa peau sur la mienne est juste extraordinaire. Puis, mes lèvres trouvent les siennes et, durant d'interminables minutes, nous nous embrassons follement, incapables d'endiguer le désir qui vient de nous submerger tel un raz-de-marée.

Cette fille est le centre de mon univers et, une fois de plus, j'en prends conscience avec bonheur. Les frissons qui parcourent ma colonne vertébrale, ma respiration saccadée, ma vision qui devient floue sous le flot de sensations, tout me crie que Mad est à moi pour toujours.

— J'ai besoin de te goûter, je chuchote, en lui butinant les seins.

Ses tétons se dressent sous la caresse de ma langue, qui les stimule de plus belle. Tout en elle m'a manqué : la douceur de sa peau, son odeur, les petits gémissements qu'elle pousse à mesure que ma bouche descend vers le sud. Je sais que je devrais prendre mon temps, l'exciter davantage, mais j'en suis incapable.

— Nahel, je n'ai pas été sous la douche depuis mon départ de Londres, fait-elle soudain, retenant ma tête au niveau de son nombril.

— Je m'en fous, tu sens divinement bon, je souffle tout contre son bassin.

— C'est faux, réplique-t-elle avec sérieux. Permets-moi d'aller me laver, je n'en ai que pour cinq minutes. Ou mieux encore, faisons ça dans la baignoire.

Cinq minutes ? Même pas en rêve ! Elle ne bougera pas tant que je ne serai pas libéré de la tension qui m'habite.

— Non, je te veux ici et maintenant. Et je te le répète, tu sens super bon. Alors, ferme les yeux et laisse-moi faire.

Mon nez se perd dans le fin duvet qui recouvre son pubis et j'inspire longuement pour m'imprégner de son essence. Puis, mes doigts se mettent à caresser tendrement sa vulve, tandis que ma langue part à l'attaque de cette petite boule de chair si sensible.

Après un gémissement, Madie tombe en arrière et se détend, submergée par un désir au moins égal au mien. Sans relâche, je la lèche, je suce son clitoris, tandis que mon index et mon majeur sont désormais profondément enfouis en elle. Elle n'est plus très loin de l'orgasme et, pour tout dire, moi non plus.

Ma main libre déboutonne rapidement mon jean, de manière à libérer ma bite, à présent horriblement douloureuse. Alors que je m'apprête à remonter le long de son corps pour la prendre enfin, la porte de ma chambre s'ouvre brusquement. Oh putain ! C'est quoi ce délire ?

— Nahel ! Il faut que je te…

Sur le seuil de la pièce, mon père nous observe, comme victime d'une hallucination. Puis, son regard se pose sur Madie, dont le visage est à présent rouge de honte. Me redressant entre ses jambes, je m'écrie avec fureur.

— Casse-toi, merde ! Tu sais ce que toquer veut dire ?

— Mais, mais…

— PAPA ! SORS D'ICI !

Le battant se referme enfin, tandis que Mad se couvre la figure avec ses mains.

— Mon Dieu, je n'arrive pas à y croire. Il nous a surpris dans cette position ! Jamais plus je ne pourrai le regarder en face.

— Je suis désolé, mon ange, c'est de ma faute. Je n'ai pas pensé à verrouiller la porte.

— Il faut que je me rhabille et que j'aille m'excuser. Pousse-toi, s'il te plaît.

— T'excuser ? Mais pourquoi ? On est en couple, on n'a rien fait de mal. Ce serait plutôt à lui de se sentir mal à l'aise d'être entré sans frapper.

Elle tente une fois de plus de se redresser, mais je m'allonge sur elle, ne lui laissant aucun moyen de bouger. Puis, d'une main, je descends un peu plus mon futal et mon boxer. Sans lui permettre de protester, ma bouche couvre la sienne, tandis que je m'enfonce en elle avec un gémissement de bonheur. Si, dans un premier temps, je la devine crispée, elle finit par se détendre et par aller au-devant de mes coups de reins. Oh putain, c'est trop bon !

Rapidement, le rythme de notre corps à corps s'accélère, jusqu'à devenir frénétique. Avec un soulagement indescriptible, je la sens enfin se contracter autour de moi. Les spasmes de son sexe, qui enserre le mien, provoquent ma perte et c'est dans un râle de bonheur que je me libère en elle.

***

Assis à table, nous entamons les entrées dans un silence de plomb. Mon père ne m'a pas adressé la parole depuis qu'il nous a surpris dans la chambre. Si je n'en suis pas gêné pour deux sous, ce n'est pas le cas de Madie. Ses pommettes sont rouges et elle n'ose pas lever les yeux pour regarder qui que ce soit. Et pensez-vous que quelqu'un se donnerait la peine de la mettre à l'aise ?

Même pas ! On dirait qu'ils cultivent volontairement une ambiance plombée, juste pour le plaisir de voir ces deux nanas dans l'embarras. Quelle bande de nazes !

Finalement, alors que l'employée de maison débarrasse les assiettes, ma mère finit quand même par s'intéresser à mon invitée. Ce n'était pas trop tôt, même si je redoute le pire.

— Alors, Madeleine, quelles études faites-vous ?

Aussitôt, tous les regards convergent dans sa direction, la mettant sur la défensive.

— J'ai commencé un cursus universitaire en littérature. Mais comme cela ne me convenait pas, j'ai décidé de changer de discipline, dès le mois de janvier.

— Pour faire quoi ?

— J'aimerais devenir infirmière, madame.

Lamia émet un ricanement, mais se reprend lorsque je lui fous un coup de pied sous la table.

— Et que fait votre famille ?

C'est un interrogatoire ou quoi ? Elle est membre du KGB ?

— Mon père est employé communal, dans la petite ville d'où je suis originaire, commence Mad.

Après une brève hésitation, elle poursuit.

— Il est également diacre dans notre paroisse. Ma mère travaille dans une banque et ma sœur est institutrice.

Elle garde volontairement sous silence le parcours de son frère et c'est une bonne chose. Ce n'est pas qu'il faille en avoir honte. Mais comme, hormis mon père, nous sommes tous athées, ils ne pourraient de toute façon pas piger.

— Ce sont des jobs sans le moindre avenir ! intervient Aïda avec dédain.

Je pivote vers elle et l'observe. C'est une très belle femme, brune aux yeux clairs, tout comme moi. Mais je n'ai jamais compris d'où lui venait cette arrogance que je perçois dans chacun de ses mots, dans chacun de ses gestes.

— Pardon ? s'enquiert Mad, se tournant vers elle.

— Enfin, *ma pauvre fille*, tu te rends compte que tu vas passer le reste de ta vie à torcher des malades, tout comme ta sœur passera le reste de la sienne à torcher les mômes des autres !

Carole émet un hoquet indigné, mais n'intervient pas. Elle ne sait que trop bien de quelle manière les choses peuvent dégénérer, quand on tient tête à une de mes pestes de frangines.

— Aucun travail n'est déshonorant, si on le fait honnêtement et de son mieux. Et puis, il faut de tout, n'est-ce pas ?

— Peut-être. Mais tu pourrais avoir un peu plus d'ambition, non ?

— Pour finir par oublier de parler à mon entourage avec un minimum de respect ? rétorque Madie, les yeux brillants d'une colère justifiée. Non merci, sans façon !

Celle-là, Aïda ne l'avait pas vue venir. De fait, elle avait sans doute imaginé que Madie était une petite chose fragile sur laquelle elle pourrait s'essuyer les pieds très facilement. Or, ma blonde a de l'esprit et de la répartie.

— Alors, Carole ? enchaîne Lamia, en se tournant vers ma belle-sœur. Tu chantes cette année au réveillon ?

À ces mots, si méchants, parce qu'ils lui rappellent à quel point elle a été humiliée publiquement, la femme de mon frère se raidit. Lounis me jette un regard inquiet, mais je ne vois pas ce que je pourrais faire. Il me semble que ce n'est pas à moi de gérer ça.

— Oui, parfaitement, acquiesce-t-elle avec un air serein.

Dire qu'ils sont surpris est un euphémisme. En fait, ils sont tous sur le cul. Tous, sauf Madie qui sourit. Je ne suis pas loin de penser qu'elle me cache quelque chose. J'en ai la certitude, quand j'aperçois la main de ma blonde en train de serrer celle de Carole. Les yeux plissés, je me demande ce qu'elles mijotent, toutes les deux. Néanmoins, je ne suis pas inquiet. J'ai même l'impression que Mad est une bénédiction pour Carole, tout comme elle l'est pour moi et pour So. Cette jeune femme, d'apparence si chétive et inoffensive, est en réalité une force de la nature, dont l'unique but semble être de faire le bien autour d'elle.

— Tu as raison de nous prévenir, rétorque James, avec un air qui se veut précieux, mais qui est en réalité stupide. Tu nous as tellement collé la honte, l'an passé, qu'au moins nous pouvons nous préparer psychologiquement.

Cette fois, c'en est trop !

— À qui la faute, espèce de cul terreux ? lancé-je avec hargne. C'est toi qui as eu la brillante idée de l'inscrire sans lui demander son avis. Si, ça, ce n'est pas de la préméditation !

— De toute façon, tu la défends toujours, murmure-t-il, sans quitter Lounis du regard.

Ce fumier sait parfaitement qu'à force de vexations, ma famille finit inévitablement par foutre la merde dans leur couple. À mes côtés, Mad est raide comme la justice et serre les poings. J'ai compris qu'elle adore Carole, elle la considère un peu comme sa sauveuse. Je suppose que cela explique pourquoi il lui est si difficile de voir son amie rabaissée ainsi.

Soudain, la voix de mon frère, qu'on entend en général très peu, s'élève avec une froideur qui fait sursauter tout le monde, moi y compris.

— Assez ! J'en ai ras le bol de vos insultes et de vos remarques désobligeantes envers ma femme. Carole ne vous a jamais manqué de respect, contrairement à vous. Pourquoi ne lui foutez-vous tout simplement pas la paix ?

— Lounis ! s'indigne ma mère.

Évidemment, elle s'en prend à la mauvaise personne ! Elle n'ose pas râler avec ses filles, parce qu'immédiatement mon père monterait au créneau. Ah, ses chères gamines, la prunelle de ses yeux !

Imaginez, son fils aîné, celui sur lequel il fondait tous ses espoirs pour lui succéder, est devenu médecin, contrairement à ce qu'il avait décrété. Quant à l'autre, à savoir moi, c'est un délinquant notoire, un drogué et un alcoolique. Rien à attendre de ce côté-là.

— Depuis qu'elle est arrivée, personne ne lui a demandé comment elle allait, personne ne lui a seulement adressé la parole avec un minimum de politesse. Par contre, combien de réflexions à la con lui avez-vous faites ? Elle n'avait pas franchi le seuil du chalet que déjà elle y avait droit ! Putain, c'est ma femme, celle que j'aime, celle que j'ai choisie, et je veux que vous la respectiez en tant que telle !

Enfin, il se réveille ! Punaise, ce n'était pas trop tôt !

— Tout ça, c'est de ta faute, lance Aïda en levant sur moi un index accusateur.

— Pardon ? Oh, mais t'as bu, aujourd'hui ? je m'insurge aussitôt.

— Ben quoi ? Cette petite parvenue, qui sort d'on ne sait où, se pointe ici et il faudrait que toute la famille lui déroule le tapis rouge, qu'on rampe devant elle ? Mais enfin, il me semble que nous sommes bien au-dessus de ça !

— Bon sang, j'ai les oreilles qui saignent d'entendre autant de conneries dans une seule et même phrase !

m'indigné-je, furieux qu'elle mette volontairement Mad mal à l'aise.

Un rapide coup d'œil dans sa direction me confirme que ma blonde est tellement gênée, qu'elle n'est plus capable de lever la tête de son assiette. Après l'épisode de mon père, qui nous a surpris dans une position compromettante, voilà que ces deux cloches s'y collent !

— Mais c'est quoi votre problème à la fin ? s'écrie Lounis, à bout de nerfs. Pourquoi est-ce que vous vous en prenez tout le temps à Carole, et à Madie maintenant ?

— Elles ne sont pas assez bien pour vous ! s'exclame ma mère qui a, selon toute vraisemblance, décidé de s'y mettre également. En tant que fils d'une des familles les plus riches de la côte Est, vous auriez pu prétendre à tellement mieux !

— Maman, tu es d'un snobisme incroyable, murmuré-je, au comble du malaise.

Quelle image devons-nous donner de nous à ma chérie ? Une bande de barges, complètement imbus d'eux-mêmes, qui ne jurent que par les apparences ! Tu parles d'un tableau ! Et pourtant, c'est exactement ce que nous sommes.

— Tu ferais mieux de la fermer, Nahel, et d'être un peu plus reconnaissant de ce que ton statut t'offre, plutôt que de jouer au pseudo-rebelle, intervient Lamia avec un air supérieur qui me hérisse le poil.

— Je t'emmerde ! Ce n'est pas parce que tu as laissé filer le seul mec pour qui tu avais des sentiments, sous prétexte que l'autre dinde avait décrété qu'il n'était pas assez bien pour toi, que tu dois te comporter de la même manière.

De fait, c'est exactement ce qui s'est passé. Lorsqu'elle était à la fac, il y a quelques années, Lamia est tombée amoureuse d'un Anglais. Il étudiait la chimie et était en doctorat. Elle était raide dingue de lui. Je m'en souviens parfaitement, même si j'étais adolescent à l'époque. Et il l'aimait sincèrement. Seulement, la famille a commencé à s'en mêler. Résultat : une enquête a été menée et il s'est avéré que le père de ce mec était en taule pour trafic de drogue et que sa mère était une junkie. Il avait passé sa jeunesse avec ses grands-parents et c'était ces gens qui avaient financé ses études. Au lieu de l'admirer pour son parcours plus que méritant, les El Khouri avaient décrété qu'il était indigne de nous et Lamia s'est crue obligée de rompre. Le gars l'a mal pris et est reparti en Angleterre, peu après.

Il faut dire que par un concours de circonstances à la con, il voulait la demander en mariage, le même jour. Elle ne s'en est jamais remise. Il me semble qu'elle l'a revu quelques années plus tard. Il avait refait sa vie et était père de famille. Il l'a superbement ignorée, quand bien même il l'avait reconnue. C'est là que Lamia a pété un plomb, et est devenue la femme aigrie et dure qu'elle est aujourd'hui.

D'ailleurs, je ne lui ai jamais connu de liaison depuis, seulement des coups d'un soir. Et dans toute cette histoire à la con, Aïda a joué un rôle prépondérant. C'est elle qui a été voir notre père pour qu'il enquête sur le gars. En même temps, qui se serait vanté d'un tel pédigrée ? On peut comprendre qu'il ait préféré se taire. C'est également ma sœur qui s'est arrangée pour que sa cadette rompe, malgré le fait que cette dernière était folle amoureuse. En ça, l'aînée de la famille est une vraie garce, sans cœur, un peu comme notre paternel. Tout est une question d'apparences et le reste importe peu. Une belle connerie, si vous voulez mon avis !

— En fait, c'est ça, votre problème, à toutes les deux, lancé-je en désignant mes frangines. Parce que vous êtes malheureuses, vous ne supportez pas de voir des couples heureux autour de vous.

— Je ne sais pas de quoi tu parles, siffle Aïda entre ses dents.

À table, un silence de plomb règne.

— Lamia est une célibataire qui ne s'est jamais remise d'avoir perdu le seul mec qu'elle ait jamais aimé. Du coup, aucun happy end n'est tolérable à ses yeux.

— Nahel, tu exagères ! s'insurge mon père.

— En quoi suis-je concernée ? s'enquiert notre aînée, avec dédain.

— Tu crois qu'il y a de quoi être fière d'avoir épousé un gigolo, qui vit à tes crochets, et n'a jamais rien fait de ses dix doigts ? Tu ne fais envie à personne, ma vieille, tu as juste prouvé que l'argent pouvait tout acheter. En réalité, tu fais pitié !

L'ambiance est tellement tendue que Madie craque. J'ai le sentiment qu'elle a compris que nous étions à deux doigts d'en venir aux mains, même si James n'a toujours pas moufté. Avec un calme apparent, absolument factice pour qui la connaît, elle pose sa serviette et interrompt notre dispute qui est en train de virer au règlement de compte sordide.

— Madame et monsieur El Khouri, je vous remercie pour cet excellent repas.

— Mais nous n'avons pas encore pris le dessert ! proteste ma mère, avec sa connerie habituelle.

— Je suis navrée, mais je suis épuisée par le voyage. J'aimerais me coucher. Et puis, je crois qu'il vaut mieux vous laisser en famille.

Sur ces mots, prononcés d'une voix douce, mais qui ne souffre aucune contestation, elle se lève de table et se dirige vers la porte de la salle à manger. Silencieusement, Carole la suit.

— Où vas-tu, toi ? questionne Lamia avec hargne.

Clairement, elle déteste sa belle-sœur, même si personne n'a jamais compris pourquoi. Quand elle lui parle, on croirait qu'elle s'adresse à une sous-merde.

C'est alors que la femme de mon frère a un geste que je n'aurais jamais imaginé voir, du moins venant de sa part. Sans cesser de nous tourner le dos, elle lève un majeur bien vengeur en direction de ma frangine. Le hoquet de stupeur de celle-ci, ainsi que de ma mère, me donne envie de pouffer. Sur le pas de la porte, Madie l'attend, un sourire aux lèvres.

— Ça, tu ne l'as pas volé, fait remarquer Lounis, après avoir rejoint sa moitié.

— Franchement, des torches dans votre genre, il faudrait les mettre sous verre ! ajouté-je avec une joie mauvaise.

Je l'imite, prêt à m'en aller. Madie est déjà en train de franchir le seuil. C'est alors qu'Aïda, folle de rage d'avoir vu la situation lui échapper, s'écrie.

— Je suis peut-être une torche, mariée à un gigolo, mais moi au moins je n'ai pas tué mon frère !

Je me fige, comme statufié. Elle n'a pas osé quand même ! Oh putain, c'est pas vrai ! Je sens que je vais la massacrer, cette garce !

Madie s'est raidie dans le couloir et a stoppé net à ces mots. Alors que je m'attends à ce qu'elle pivote vers moi pour me bombarder de questions, elle poursuit finalement son chemin. Pour un peu, je pourrais presque me figurer qu'elle n'a rien entendu. Pourtant, je la sais intelligente et extraordinairement perspicace.

Lounis se poste aussitôt près de moi, une main sur mon épaule, dans un geste protecteur. Son regard inquiet m'indique que j'ai dû blêmir de manière anormale. De plus, je suis saisi de tremblements que je suis incapable de contrôler. Mes tempes bourdonnent, ma gorge brûle et mes yeux piquent, signaux que la crise de nerfs n'est pas loin.

À table, aucun de ceux qui sont restés assis ne bouge. Furieux comme jamais, mon frère se tourne vers eux et éructe, dans un cri de rage.

— T'es vraiment la reine des salopes, parce que tu sais que c'est faux ! hurle-t-il. Et toi, papa ? Comment peux-tu la laisser balancer des ignominies pareilles ?

Ma mère se met à pleurer doucement, mais pas trop, des fois que ça abîmerait son maquillage. Lamia est rouge comme une pivoine et regarde sa sœur avec horreur. De fait, dans un accès de rage, Aïda a levé le voile sur LE sujet tabou de la famille. Et si je suis aussi blessé par ses propos, c'est simplement parce qu'elle n'a fait que dire la vérité.

22

Madie

Je m'observe dans la glace de la chambre de Carole et Lounis, et je ne me reconnais pas. Qui est cette jeune femme si différente de celle que je suis habituellement ? Sans doute est-ce la robe que je porte, ou alors le maquillage.

Durant les quelques jours qui ont suivi ce dîner horrible, je n'ai fait qu'une seule et unique chose : fuir cette maison.

Malgré tout le luxe de l'endroit, la piscine intérieure, le sauna, sa situation au bord des pistes, je n'ai rien apprécié. Mon niveau en ski est carrément médiocre, si bien que Carole et moi avons préféré nous promener aussi souvent que nous le pouvions. Lounis, pour sa part, en a profité, entraînant Nahel dans son sillage. Je soupçonne d'ailleurs qu'il a agi ainsi pour détourner son attention.

J'ai très bien entendu Aïda, qui me semble être la méchanceté incarnée. Sur le coup, toutes sortes de questions se sont bousculées dans ma tête, mais je me suis obligée au silence. Ce n'est pas à moi de brusquer Nahel pour qu'il me parle, il le fera quand il sera prêt. De plus, je refuse de prêter foi à un seul des mots qu'elle a prononcés. Mon amoureux n'a pas pu tuer son frangin, c'est impossible. Je vois bien à quel point il est attaché à Lounis. Au cours d'une pause, dans un salon de thé, Carole m'a vaguement expliqué de quoi il retournait.

D'après ce que j'ai cru comprendre, Sami était le plus jeune fils de la famille. Ils étaient ensemble quand il a été victime d'une balle perdue. C'est horrible en y songeant, mais la fatalité peut s'abattre sur n'importe qui, à n'importe quel moment et n'importe où. Le truc, c'est que Nahel s'est senti coupable d'avoir emmené ce gamin avec lui et, par conséquent, responsable de ce qui était arrivé. Voilà pourquoi il a mené une vie assez dissolue par la suite. Pour oublier… Mais peut-on seulement effacer un tel drame de sa mémoire ? Je n'y crois pas. Par contre, il me semble que c'est une croix bien lourde à porter pour l'adolescent qu'était mon amoureux à l'époque.

Lorsque nous sommes arrivées dans la chambre ce soir-là, Carole m'a indiqué que Nahel et Lounis étaient partis faire un tour sur la terrasse. J'ai pris une douche rapide et je l'ai attendu. Seulement, entre la fatigue du voyage et le décalage horaire, je me suis bien vite endormie. Le lendemain matin, je me suis réveillée seule, il n'était plus là, même si la marque sur l'oreiller prouvait qu'il avait passé la nuit près de moi.

Sur le coup, j'ai regretté amèrement de n'avoir pas su rester éveillée. Mais en y réfléchissant, j'ai finalement compris que c'était sans doute une bonne chose. De toute évidence, Nahel n'avait pas envie de s'épancher et de me révéler un secret aussi lourd.

Depuis, il passe ses journées au ski et est trop fatigué le soir pour discuter. Nous n'avons plus pris un seul repas avec sa famille. Il y a un petit salon au premier étage, et c'est là que nous avons élu domicile, tous les quatre.

Le sujet n'a plus été abordé et j'ai fait celle qui n'avait rien entendu. Toutefois, il sait que je sais, mais il fait comme si ce n'était pas le cas et si c'est ce dont il a besoin, alors soit.

L'ennui, c'est que ces non-dits ont instauré une certaine distance entre nous. Nous n'avons pas fait l'amour une seule fois depuis, et ça me manque. Son corps, ses caresses, et ses baisers me manquent. Mais il lui faut du temps et je l'aime assez pour le comprendre. Le presser, l'obliger à se confier, serait le meilleur moyen de le voir s'échapper.

Avec Carole, nous en avons profité pour nous préparer à cette soirée. Entre les répétitions dans la voiture, sur des parkings de supermarchés, et la recherche de la toilette idéale, ces trois derniers jours ont passé à une vitesse folle.

Finalement, dans une boutique qui ne payait pourtant pas de mine, nous avons trouvé deux robes identiques, mais de couleurs différentes. Le fait qu'elles ne soient pas griffées par un grand créateur a été décisif dans notre choix. C'était un pied de nez au snobisme délirant de cette famille.

Longue, droite, avec une fente au niveau de la cuisse, cette tenue nous a paru parfaite. Sans manches, le haut est tout simplement magnifique, puisque des cristaux ont été cousus sur le tissu en forme de losanges. Vraiment, c'est du super boulot ! Carole a payé les vêtements et les chaussures assorties, mais je me suis promis de la rembourser si nous venions à gagner, ou dès mon retour en France si tel n'était pas le cas. Il faut dire que nous nous attaquons à du lourd, du très lourd.

Donc, pour en revenir à ma robe, elle est bleu marine, si bien que ma blondeur est parfaitement mise en valeur. Celle de Carole est blanche, ce qui sied très bien à sa tignasse rousse. Grâce à un fer à lisser, nous avons pu boucler nos chevelures. Et j'ai laissé ma nouvelle amie se charger de mon maquillage. Résultat : je suis debout, devant la glace, et je ne me reconnais pas.

Lounis arrive au moment où je m'apprête à sortir de leur chambre, pour rejoindre la mienne.

— Hey, Madie ! Tu es splendide ! Où est Carole ?

— Dans la salle de bain, en train de finir les dernières retouches.

Puis, avec un sourire amusé face à son air étonné, je quitte la pièce pour longer le couloir.

— Dieu du ciel, quelle divine apparition ! lance une voix dans mon dos.

Il s'agit de James, le mari d'Aïda. Alors, lui, c'est clair, je ne le supporte pas. Il est fourbe et son regard lubrique me met toujours terriblement mal à l'aise. En rusant, j'ai réussi le plus souvent à l'éviter, mais pas ce soir.

— Madie, poursuit-il avec une assurance qui confine à la plus pure prétention. J'aimerais beaucoup t'inviter à boire un verre avant ton départ. Je connais un très bel hôtel, non loin d'ici.

Sérieux ? Il est en train de me proposer un cinq à sept sordide ? Non, mais ça va pas la tête ? Pour qui se prend-il, ce gros con ? Et surtout, pour qui me prend-il ?

— Non merci, je réponds aussitôt, avec une grimace dégoûtée.

Il s'approche, un peu trop près à mon goût, et son index se met à caresser mon bras. Je m'écarte immédiatement, saisie d'un frisson de répulsion.

— Tu as tort, je suis un bon coup, tu sais…

Sa voix a baissé d'un cran et je comprends qu'il se la joue latin lover. Non, mais au secours ! Qui peut bien être assez débile pour tomber dans un panneau aussi gros ?

— Je t'interdis de me toucher, sifflé-je, en reculant d'un pas.

— Ne me dis pas qu'une petite garce dans ton genre n'a pas envie de baiser avec un homme, un vrai ?

— Fous-moi la paix ! je m'écrie, avant de pivoter sur moi-même pour poursuivre mon chemin.

Avec une rapidité assez déconcertante, il m'attrape par le bras pour me tirer vers lui, un sourire sadique aux lèvres.

— Lâche-moi ! je lance encore plus fort.

C'est alors que j'entends une porte s'ouvrir et, la seconde suivante, le type est à terre, assommé par un coup de poing, dont l'auteur n'est autre que Nahel.

— Espèce de fumier de merde ! Je t'interdis de poser tes sales pattes de porc immonde sur elle, c'est clair ?

Avec difficulté, James se relève, le regard mauvais.

— Je vais porter plainte contre toi, pour coups et blessures, éructe-t-il en tenant son nez qui est en train de saigner.

— C'est cela ! Comme ça, tu pourras expliquer à ma sœur pour quelle raison je t'en ai collé une. Tu as fait des avances à ma nana. Aïda est une connasse, mais elle comprendra vite que je ne mens pas. Tu perdras alors ton gagne-pain. T'es sûr que c'est ce que tu veux ?

— T'es vraiment un petit enculé !

— Et toi, une fiotte ! Tu vois, on est à égalité !

Puis, laissant ce crétin à ses blessures, Nahel me prend par les épaules et m'entraîne vers notre chambre. Après avoir fermé la porte, il se poste devant moi, les yeux baissés.

— Je suis navré de ce qui vient de se passer, tout comme je suis désolé pour ce séjour merdique. C'était une mauvaise idée de t'amener ici.

La froideur avec laquelle il énonce ces mots me rend malade. Sans en avoir conscience, ou peut-être en toute connaissance de cause, Nahel est en train de creuser un fossé infranchissable entre nous. Dans ses yeux éteints, je lis une résignation qui me fait soudain très peur. En réalité, j'ai saisi ce qu'il essaie de me dire, sans l'exprimer ouvertement. Il me fait comprendre à demi-mot que c'est fini entre nous, qu'à notre retour il me quittera. Pas parce qu'il ne m'aime pas, je n'ai aucun doute à ce sujet. Mais simplement, parce que ses démons ont ressurgi et l'empêchent d'avancer vers la lumière.

Je crois sincèrement qu'en les partageant, en me parlant de ces évènements dramatiques, il allégerait son fardeau. Seulement, ce garçon, si compliqué, ne semble pas de cet avis. Clairement pas. Alors, il préfère me perdre plutôt que d'avoir à révéler un secret que je devine effroyable.

Je suis paniquée à un point que vous n'imaginez même pas, tout en me fustigeant de ne pas en avoir pris conscience plus tôt. Nahel, tout sulfureux qu'il soit, est avant tout un être blessé par la vie. Je ne l'ai pas vu, parce que j'ai réagi comme une midinette qui avait trouvé son prince charmant. Mon ego est devenu surdimensionné, car j'avais réussi là où toutes les autres femmes avaient échoué. J'étais la première compagne officielle de ce mec qui passait son temps à baiser à tour de bras, pour mieux jeter ensuite. Sauf avec moi.

Du coup, sans même m'en rendre compte, je me complaisais dans cette satisfaction toute légitime, quoiqu'assez malsaine, sans chercher plus loin que le bout de mon nez. Résultat : je n'ai pas deviné l'essentiel, ce qu'il voulait à tout prix à me cacher. Et maintenant, à cause de ce manque de clairvoyance, je suis en train de le perdre. Et je ne peux pas accepter cette situation, même si j'ignore comment agir pour arranger les choses.

— Nahel…

J'essaie de l'approcher, de renouer le contact, mais il s'écarte aussitôt, comme si j'avais la galle. Ce rejet me fait terriblement mal, mais je dissimule mes sentiments. Il n'est pas question que je me mette à chouiner comme d'habitude. Je dois me montrer forte. Forte pour deux. Mon DJ est juste perdu, mais je reste persuadée, envers et contre tout, que je peux l'aider. Oui, c'est ça. Il est inutile de lui dire que je l'aime, il n'entendrait pas ces mots. Dans l'état qui est le sien, c'est impossible.

Par contre, en utilisant sa passion, la musique, peut-être que j'y parviendrai. De toute façon, je n'ai pas de meilleure idée pour l'instant. Si ça ne fonctionne pas, il sera toujours temps d'envisager une stratégie extrême, comme le menotter au lit.

Cette perspective provoque immédiatement des images torrides dans mon esprit. Mais qu'est-ce qui m'arrive ? Ce n'est pourtant pas le moment, la situation ne permet pas de supposer que ce fantasme va devenir réalité, dans les prochains jours. Dommage… Oh, mais ça suffit à la fin ! Depuis quand est-ce que je suis obsédée au point de perdre tout sens commun ? Si ma mère savait ça, elle m'engueulerait, c'est sûr ! Je présume que ces trois derniers jours, sans le moindre contact physique, malgré notre proximité, et hormis quelques petits bisous ou sa main qui tenait la mienne, rarement du reste, ont dû laisser des traces. À ma décharge, depuis le début, notre relation est marquée par la passion la plus débridée. Alors, cette froideur est à la fois inquiétante, mais également pénible.

Nous quittons rapidement la chambre pour rejoindre les autres membres de la famille dans le hall d'entrée du chalet. Tout compte fait, je n'aime pas cet endroit. Bien sûr, il est plus luxueux que tout ce que j'ai pu connaître jusqu'à présent, mais il n'en reste pas moins que l'ambiance pourrie qui règne ici glacerait même une plage des tropiques !

J'enfile une cape en velours, prêtée par la mère de Nahel, ce matin. Pour la première fois depuis mon arrivée, elle est venue me parler. Enfin, si on peut appeler ça ainsi. Elle voulait simplement s'assurer que je ne leur ferais pas honte, ce soir, et que ma robe serait de circonstance.

Quand j'ai expliqué que je n'avais pas de manteau, elle a proposé de me laisser utiliser l'un des siens.

Mon choix s'est porté sur cette ample cape, dès que je l'ai aperçue dans le dressing, parce que la couleur du tissu est exactement la même que celle de ma tenue. J'ai conscience qu'elle a agi ainsi à contrecœur, et certainement pas pour se rattraper de nos débuts catastrophiques, mais je n'avais aucun moyen de faire la fière et de l'envoyer balader. Pour ce à quoi ça m'a servi… Nahel n'a même pas remarqué ma robe, il n'a fait aucun commentaire sur mon maquillage ou ma coiffure. Pourtant, il me semble que mes cheveux fraîchement lissés et qui tombent en belles boucles jusqu'à ma taille sont plutôt jolis.

Nous quittons le chalet en limousine, parce que le célèbre Elie El Khouri ne peut en aucun cas se rendre à une réception par un autre moyen. Si au début, j'ai été impressionnée par tout cet étalage de leur fortune, j'y suis bien vite devenue totalement indifférente. C'est agréable, évidemment, mais ça ne peut absolument pas remplacer une atmosphère chaleureuse, comme celle qui règne chez mes parents au moment des fêtes.

À notre arrivée, nous sommes assaillis par des photographes mondains. Je suis aussitôt mal à l'aise. Sans le soutien de Nahel, ce sentiment prend des proportions que j'ai bien du mal à contrôler. Et si Carole et moi commettions l'erreur du siècle en chantant devant tous ces gens, plus snobs les uns que les autres. Les hommes semblent bien coincés et donnent l'impression d'avoir un balai dans le derrière. Quant aux femmes, elles ressemblent à des sapins de Noël, tellement elles sont couvertes de bijoux.

Pour ma part, je n'arbore que ma croix en or, dont je ne me sépare jamais, ainsi que la bague de Nahel. Dernièrement, j'ai compris qu'elle n'était pas fausse et devait valoir une véritable fortune. Du coup, je l'enlève la plupart du temps, de peur de l'abîmer ou de la perdre.

Après des salutations qui durent une éternité et auxquelles je suis bien obligée de me plier, je commence déjà à fatiguer. Mon amoureux n'est plus auprès de moi, depuis notre arrivée. Je n'avais pas prévu qu'un véritable harem l'attendrait dans ce country-club pour millionnaires.

De loin, je le vois papillonner au milieu de sa cour et j'en ai les larmes aux yeux, même si je parviens assez facilement à me contrôler. J'ai le sentiment de ne plus le comprendre, de l'avoir perdu en chemin et ça me navre. Après tout, je n'ai pas demandé à venir, c'est lui qui a insisté. Si ma présence était si indésirable, il aurait aussi bien fait de me coller dans le premier avion en direction de la France et basta !

Mais cette froideur, cette indifférence, et maintenant l'observer en train de se pavaner avec ces dindes qui gloussent et étalent leurs charmes sous son nez, c'est trop pour moi. Je crois que je vais essayer de rentrer, dès demain. Ce soir, j'aiderai Carole à prendre sa revanche et qu'on ne me demande rien de plus.

Mes yeux croisent le regard triste de celle que je considère déjà comme ma belle-sœur. Au moins, son mari se tient près d'elle, tandis que, pauvre de moi, je reste plantée comme un piquet de tomates au milieu de la pièce, sans que personne ne songe à se préoccuper de moi ou à m'adresser la parole. D'ailleurs, monsieur et madame El Khouri font comme si j'étais invisible et ne se donnent même pas la peine de me présenter à leurs amis qui m'observent tous d'un air curieux. Tu m'étonnes ! Mon Dieu, mais dans quelle galère me suis-je embarquée ? Cette soirée est la plus pénible de toute ma vie.

Après une bonne demi-heure, nous sommes enfin guidés vers notre table. Nahel n'est toujours pas là et je sens cette colère, que je redoute, bouillonner en moi, avec de plus en plus d'intensité.

— *Ladies and gentlemen, welcome* à notre nouveau gala de réveillon au *Country Select Club*. Pour commencer, et pendant que vous entamerez vos amuse-bouches, le discours d'accueil du président.

Un petit bonhomme trapu s'approche et se met à parler dans un anglais si rapide, que je n'y comprends strictement rien. Il doit faire des jeux de mots, car tout le monde rit, sauf moi. Dieu que j'ai l'air cruche !

Après les entrées, des huîtres et je déteste ça, le karaoké débute enfin. Quand Carole a mentionné ce concours musical, je pensais, en toute bonne foi, qu'il s'agissait d'une distraction visant à détendre l'assemblée. Mais pas du tout. Les candidats sont accompagnés par un orchestre et il n'y a aucun moyen de lire les paroles des chansons quelque part.

Certains sont bons, d'autres moins, et d'autres encore sont carrément médiocres. J'ai de la peine pour ces derniers, car l'assistance est impitoyable et n'hésite pas à les siffler, à les railler, pour les humilier publiquement. Maintenant, au moins, je comprends pourquoi Carole s'est sentie si honteuse. Il y avait vraiment de quoi.

Lorsque c'est au tour de Lounis et Nahel, celui-ci apparaît enfin sur scène. Ovationné par la foule, il attend que son frère le rejoigne. Bon sang, je pressens que nous allons en baver, toutes les deux, pour tenter de faire mieux. Du reste, plus j'y pense et plus ça me paraît utopique d'avoir pu imaginer que nous pouvions en être capables.

Dès les premières notes, je reconnais une chanson de Sting, pas très récente d'ailleurs. Assez mélancolique, elle parle de violence et de mort. Génial, exactement ce qu'il me fallait pour broyer du noir. Lounis accompagne Nahel à la guitare et, à eux deux, ils n'ont pas besoin de l'orchestre. Lorsque sa voix rocailleuse s'élève, je suis saisie de tremblements. Ce timbre, si unique, m'envoûte chaque fois que je l'entends chanter.

If blood will flow when flesh and steel are one
Si le sang s'écoule quand la chair et l'acier ne font qu'un
Drying in the colour of the evening sun
En séchant dans la couleur du crépuscule
Tomorrow's rain will wash the stains away
La pluie de demain enlèvera toutes les taches
But something in our minds will always stay
Mais une chose restera toujours ancrée en nous
Perhaps this final act was meant
Peut-être cette action finale était faite
To clinch a lifetime's argument
Pour mettre fin à la dispute de toute une vie
That nothing comes from violence and nothing ever could
Que rien ne naît de la violence et n'en naîtra jamais
For all those born beneath an angry star
Pour tous ceux, nés sous une mauvaise étoile
Lest we forget how fragile we are
De peur que nous oublions à quel point nous sommes fragiles
On and on the rain will fall
Tant que la pluie tombera
Like tears from a star like tears from a star
Comme des larmes d'étoiles, comme des larmes d'étoiles
On and on the rain will say
Pour toujours, elle nous rappellera

How fragile we are how fragile we are
À quel point nous sommes fragiles, à quel point nous sommes fragiles
On and on the rain will fall
Encore et encore la pluie
Like tears from a star like tears from a star
Comme des larmes d'étoiles, comme des larmes d'étoiles
On and on the rain will say
Pour toujours, elle nous rappellera
How fragile we are how fragile we are
À quel point nous sommes fragiles, à quel point nous sommes fragiles
How fragile we are how fragile we are
À quel point nous sommes fragiles, à quel point nous sommes fragiles

À la fin de la chanson, ils sont acclamés par une foule en délire. Mon regard intercepte celui de Carole et je constate, à sa petite grimace, qu'elle est à deux doigts de renoncer. Il faut admettre que la barre a été placée tellement haut, que nous ne pouvons même plus la voir. Il est, par conséquent, tout à fait évident qu'ils vont gagner, une fois de plus. Nahel s'approche enfin de la table. Eh bien, ce n'est pas trop tôt !

Arrivé à mi-chemin, une blonde, vêtue d'une très belle robe rouge, s'accroche à son cou. Oh bon sang, j'en ai ras le bol de toutes ses groupies ! Comme de bien entendu, il la laisse faire et discute tranquillement avec, la main posée sur ses reins, tandis qu'elle caresse ses cheveux. Et le tout, bien entendu, sous les œillades curieuses des invités présents dans la salle.

Comme je suis venue avec lui, ces mêmes personnes se mettent à me zyeuter pour tester ma réaction. La moutarde me monte au nez, mais je n'en montre rien, question de fierté. Puis, croisant le regard apitoyé d'un jeune homme, je sens une lassitude terrible m'envahir.

— C'est une ex à lui, souffle Lamia à mon oreille. Ils sont restés très proches, genre *sex-friends*. D'ailleurs, c'est avec elle qu'il faisait du ski, ces derniers jours.

Je ne réponds pas. Cette vipère a craché son venin et son sourire satisfait montre à quel point cela a été une joie pour elle. Lui en demander plus, faire une réflexion, ou mieux encore une scène, la ferait jubiler. C'est, du reste, exactement ce qu'elle recherche. Or, pas question de lui octroyer ne serait-ce qu'une seconde de ce plaisir malsain. Désolée, j'ai trop de dignité pour ça. Et franchement, j'en ai ras le cul de tout ce cirque.

Il y aura toujours une ex, une nana avec qui il aura couché, qui croisera ma route. N'a-t-il pas compris à quel point ce sujet était douloureux ? Il faut croire que non ! Je pouvais encore surmonter ces rencontres à la con, parce qu'il était près de moi. Mais quand, à l'image de ce soir, il se comporte comme le sale connard qu'il n'a jamais cessé d'être, je ne vois pas ce que je peux faire de plus. Jamais je n'accepterai d'être ainsi humiliée par qui que ce soit, alors ce ne sera certainement pas par lui.

Et pourtant, c'est exactement ce qu'il fait en m'ignorant si ostensiblement, en se pavanant avec cette gonzesse. Je commence à croire qu'il a raison et qu'on serait plus avisés de tout arrêter, tant qu'il en est encore temps. Ces derniers jours ont été une véritable épreuve pour moi, mais il n'a pensé qu'à sa petite gueule. Alors que je le supposais en train de se morfondre, môssieur s'éclatait sur une piste de ski d'une station huppée, pendant que je me faisais un sang d'encre.

Soudain, ma bague de fiançailles me brûle le doigt. Je ne veux plus la porter, cela n'a aucun sens. Discrètement, je la retire pour la glisser dans la pochette qui me sert de sac. Je sais que Lamia m'observe et ce geste n'a pas pu lui échapper, mais je m'en tamponne le coquillard ! Qu'elle aille au diable, pour ce que j'en ai à faire !

Carole et moi sommes les dernières appelées. L'animateur s'exclame avec emphase, alors que je suis à deux doigts de craquer.

— *Ladies et gentlemen*, les ultimes chanteuses en herbe ne sont pas américaines, mais françaises ! Pour ceux et celles qui étaient présents l'an passé, vous avez assisté à la déconvenue de l'une d'entre elles, Carole. Ce soir, cette superbe rousse a décidé de prendre sa revanche. Pour cela, elle est accompagnée de son amie, Madie.

Sous le regard consterné de toute la famille El Khouri, je quitte ma place pour rejoindre la scène où ma copine d'infortune m'attend déjà. Ce faisant, je suis obligée de m'approcher de Nahel et sa grognasse, mais je ne leur fais pas l'aumône d'un seul coup d'œil. Qu'ils aillent au diable !

Tout ce qui m'importe, en cet instant, c'est de lui en coller plein la vue, pour qu'il regrette demain matin de m'avoir traitée aussi mal. De toute façon, il sera trop tard. Et il le comprendra dès qu'il remarquera que sa bague n'est plus à mon doigt.

— Aujourd'hui, ces jeunes femmes pleines d'audace s'attaquent à un des tubes de la grande Céline Dion. C'est culotté, c'est risqué et c'est compliqué ! Y parviendront-elles ? Vous le découvrirez tout de suite, en écoutant et en applaudissant chaleureusement Carole et Madie qui nous chantent *« Because you loved me »*.

Je connais bien ce morceau, puisque je l'ai interprétée au concert de Noël, et répétée à de nombreuses reprises dans cette optique. Avec Carole, nous avons très vite décidé qu'il nous fallait une valeur sûre, dans la mesure où c'était moi qui assurais la plus grande partie du show.

Il y a quelques semaines, pendant que j'en apprenais les paroles, je les ai étudiées. C'est une très jolie chanson d'amour qui pourrait aussi bien s'appliquer à Dieu. Une seule chose me gênait, elle était conjuguée au passé. Maintenant, je trouve que ça me va parfaitement, parce qu'il me semble qu'il n'y a pas plus élégant que de dire adieu à mon premier amour de cette manière, en le remerciant pour ce qu'il m'a apporté.

Dans la salle, le silence s'est fait et les lumières se sont éteintes. Nahel a regagné sa place et je vois son regard intrigué posé sur moi. Tant mieux, parce que je compte lui en donner pour son argent.

Les trois premiers mots étant interprétés a capella, comme dans la version de *Glee*, je me lance avant de changer d'avis et de m'enfuir en courant.

For all those times you stood by me
Pour toutes ces fois où tu es resté près de moi
For all the truth that you made me see
Pour toutes les vérités que tu m'as fait voir
For all the joy you brought to my life
Pour toute la joie que tu as apporté dans ma vie
For all the wrong that you made right
Pour tout le faux que tu as fait vrai
For every dream you made come true
Pour chaque rêve que tu as fait se réaliser
For all the love I found in you
Pour tout l'amour que j'ai trouvé en toi
I'll be forever thankful baby
Je te serais toujours reconnaissante bébé
You're the one who help me up
Tu es celui qui m'a soutenue
Never let me fall
Ne m'as jamais laissée tomber

You're the one who saw me through
Tu es celui qui m'a vu à travers
Through it all
À travers tout

Carole se joint à moi pendant le refrain et je réalise que, finalement, notre duo fonctionne super bien, puisqu'elle a une voix grave et moins puissante que la mienne.

You were my strength when I was weak
Tu étais ma force quand j'étais faible
You were my voice when I couldn't speak
Tu étais ma voix quand je ne pouvais pas parler
You were my eyes when I couldn't see
Tu étais mes yeux quand je ne pouvais pas voir
You saw the best there was in me
Tu as vu le meilleur au fond de moi
Lifted me up when I couldn't reach
M'as soulevée quand je ne pouvais pas atteindre
You gave me faith'coz you believed
Tu m'as donné la foi, car tu croyais
I'm everything I am
Je suis ce que je suis
Because you loved me
Parce que tu m'as aimée
You gave me wings and make me fly
Tu m'as donné des ailes et m'as fait voler
You touched my hand I could touch the sky

Tu as touché ma main j'ai pu toucher le ciel
I lost my faith, you gave it back to me
J'ai perdu la foi tu me l'as rendue
You said no star was out of reach
Tu disais qu'aucune étoile n'était hors d'atteinte
You stood by me and I stood tall
Tu m'as soutenue et je suis restée droite
I had your love I had it all
J'avais ton amour je l'avais entier
I'm grateful for each day you gave me
Je suis reconnaissante pour chaque jour que tu m'as donné
Maybe I don't know that much
Peut-être je ne m'y connais pas beaucoup
But I know this is true
Mais je sais que c'est vrai
I was blessed because I was loved by you
J'étais bénie parce que j'étais aimée de toi

Portée par la chanson et consciente de l'enjeu, je pousse aussi loin que je le peux et ma voix gagne en puissance à mesure que je progresse. Je crois pouvoir dire, sans me vanter, que je n'ai jamais aussi bien chanté que ce soir. Mon amie, pour sa part, est parfaite en choriste. Au dernier refrain, les artistes chargés d'animer le bal se joignent à nous, me donnant l'impression que je suis à Rochesson avec les membres de ma chorale.

You were always there for me

Tu étais toujours là pour moi
The tender wind that carried me
Le vent tendre qui me portait
A light in the dark
Une lumière dans le noir
Shining your love into my life
Éclairait ton amour dans ma vie
You've been my inspiration
Tu as été mon inspiration
Through the lies you were the truth
À travers les mensonges tu étais la vérité
My world is a better place
Mon monde est un endroit meilleur
Because of you
Grâce à toi
I'm everything I am
Je suis ce que je suis
Because you loved me
Parce que tu m'as aimée

Je ne regarde pas particulièrement l'assistance, mais leur attention me laisse penser que nous nous en sortons comme les championnes que nous sommes et c'est exactement ce que je veux.

Lorsque les dernières notes résonnent, il y a d'abord un moment de silence qui me fait craindre de n'avoir pas été à la hauteur. C'est d'autant plus déstabilisant que j'étais certaine d'avoir fait une chouette prestation. Puis, soudain, c'est une explosion d'applaudissements et de cris. Les gens se lèvent et nous avons droit à une véritable *standing ovation.*

Quand je jette un rapide coup d'œil vers la table des El Khouri, Nahel est debout et frappe dans les mains à tout rompre, mais je laisse glisser mon regard sur lui comme si je ne le connaissais pas. Bien fait pour sa poire ! Maintenant, il sait ce qu'on peut ressentir à être ignoré comme un malpropre et il comprendra ce que j'ai enduré durant toute la soirée.

À l'issue du concours, Carole et moi remportons le premier prix, si bien que nous devons à nouveau interpréter la chanson. Cette fois, nous sommes bien plus détendues et notre performance n'en est que meilleure. *Yes !* Prends ça dans les dents, Nahel de malheur ! J'ai réussi à te battre dans ton domaine de prédilection.

En bons hypocrites qu'ils sont, tous les membres de la famille se lèvent pour nous féliciter. Mais nous ne leur accordons pas un mot, pas un sourire. Non, nous nous étreignons toutes les deux, trop contentes d'être allées au bout de ce challenge et d'avoir gagné. Mon futur ex-petit ami vient dans ma direction et, quand je l'aperçois, je lui tourne purement et simplement le dos.

Puis, c'est Lamia qui s'approche. Je l'observe d'un air mauvais. À sa mine pincée, je comprends qu'elle s'oblige à nous complimenter, mais c'est à contrecœur. Alors, dans un accès de colère, je l'enlace et murmure de manière à ce qu'elle seule m'entende.

— Tu peux être fière de toi, tu as mis la pagaille dans mon couple. J'espère que tu jubiles et que ta méchanceté te tiendra chaud l'hiver. Parce que, pour tout te dire, je te trouve pathétique. Ne t'inquiète pas, je vais partir très bientôt et ne jamais revenir. Mais en attendant, je t'interdis de m'adresser la parole. Ouvre une seule fois ta bouche de vipère pour cracher ton venin et je jure devant Dieu que je te ferai la peau. Je ne suis pas violente, mais avec des enflures dans ton genre, je pourrais le devenir.

À ces mots, elle sursaute, mais ne répond pas. J'ai le plaisir de la voir rougir furieusement. D'ailleurs, j'en ai ma claque de tout ce cirque. Je rentre. Sincèrement, est-ce que vous auriez envie de vous obliger à faire semblant de vous amuser avec cette bande de faux-culs, juste parce que c'est le réveillon de la Saint Sylvestre ? J'ai tenté de faire tous les efforts dont j'étais capable, mais là, j'en ai marre !

Je me dirige vers Carole, pour lui souffler à l'oreille mon intention de rentrer. Elle fronce les sourcils, jette un regard alarmé à Lounis, puis à Nahel qui se trouve non loin de moi, et finit par acquiescer, comprenant que rien ne me fera changer d'avis.

Alors que je suis sur le point de m'éloigner, une poigne ferme me retient par le bras. Si c'est James, je lui saute à la gorge, parce que ma patience vient d'atteindre ses limites.

À ma grande surprise, je découvre qu'il s'agit d'Elie El Khouri.

— Madeleine, accepteriez-vous d'illuminer la soirée d'un pauvre vieillard, en dansant avec lui ?

Son sourire, le premier que je vois sur son visage, me désarçonne. En fait, c'est à ce moment précis que je prends conscience de sa ressemblance avec Lounis et Nahel.

Cet homme est, tout comme ses fils, un séducteur. J'ai envie de partir, mais en même temps, comment puis-je refuser de lui accorder une danse quand il m'héberge dans sa maison depuis près d'une semaine ? Même si le séjour s'est révélé catastrophique, il n'en reste pas moins que je lui suis redevable.

J'acquiesce d'un petit mouvement de tête et il m'entraîne vers la piste où l'orchestre est en train de jouer une chanson de Sinatra. Quand il me prend dans ses bras, je suis super mal à l'aise. Pour tenter de surmonter cette sensation désagréable, je regarde autour de moi, par-dessus son épaule.

Mes yeux se posent sur Nahel, qui se tient non loin de nous. Tout, dans sa posture, évoque la tristesse et le découragement. Un petit pincement au cœur me saisit, mais je m'oblige à l'ignorer. Ce serait trop facile, non ? Toute la soirée, il a agi comme si je n'existais pas et, maintenant, sous prétexte qu'il a un air de chien battu, je devrais faire comme si de rien n'était ? Hum, hum, pas mon genre.

— Je vous ai observée durant le repas, murmure Élie à mon oreille. J'ai compris à quel point le fait de voir mon garçon flirter avec une autre femme vous blessait. Mais en vérité, c'est moi qui lui ai demandé de ne pas lui tourner le dos.

— Pourquoi avez-vous fait une chose pareille ?

— Je dois signer un contrat très important avec le père de cette jeune personne et je ne veux pas que quoi que ce soit vienne contrecarrer ce projet. Je sais que Lilly aime beaucoup mon fils et je sais aussi qu'elle est la prunelle des yeux de son papa. Ceci explique cela.

Bon sang, famille de barges ! Et puis, cela ne change pas le fond du problème, c'est-à-dire la froideur de Nahel à mon égard, bien avant cette soirée à la con. D'ailleurs, il aurait tout simplement pu me faire part de la situation à notre arrivée. Je n'aurais pas fait de drame, je sais me tenir. Pourtant, je suppose que j'aurais été assez contrariée pour piquer une colère. De toute façon, dès qu'il s'agit de lui, je perds tout sens commun.

— Et ?

— J'ai vu ce que vous avez fait de votre bague. J'ignore ce que Lamia a pu vous dire pour provoquer une telle réaction, mais j'en suis désolé. Ne croyez pas tout ce qu'elle raconte. Nahel avait raison, l'autre jour. Ma fille n'est pas une mauvaise personne, mais elle est profondément malheureuse.

— Que voulez-vous que ça me fasse ? répliqué-je, avec une certaine brusquerie. Je ne la connais pas et le peu que j'en ai découvert ne me donne aucune envie de creuser.

— Nous avons probablement mérité une telle réaction. Ma famille est en train de se déliter et j'en suis le premier navré. Notre accueil a été lamentable.

— Ce n'est pas moi qui vous contredirai.

Il émet un petit rire, visiblement gêné par ma franchise. Eh bien, tant pis pour lui, je m'en fiche ! Je ne les reverrai sans doute jamais, tous autant qu'ils sont.

— Ce que vous avez fait pour Carole est formidable. Vous lui avez permis de prendre sa revanche et elle en avait besoin.

— Je ne comprends pas, monsieur El Khouri…

— Élie, m'interrompt-il.

— Élie. Si vous savez que votre femme et vos filles se comportent mal avec elle, pourquoi n'intervenez-vous pas ?

— Ah, c'est une bonne question. Sans doute, parce que toutes ces histoires m'ennuient profondément.

— Je trouve cette réaction, typiquement masculine, très lâche. Un jour, à force de vexations, Carole quittera Lounis. Et ce jour-là, vous aurez devant vous votre fils qui en sera dévasté. Je ne peux pas croire que vous y serez insensible. Et vous songerez au fait que vous auriez pu

arranger les choses, avant que ce drame n'arrive. Vous vous en voudrez terriblement, mais il sera trop tard.
— Pour l'instant, c'est plutôt vous que je vois agir ainsi.
— Pardon ?
— Vous allez le quitter, je le sens. Je l'ai lu dans votre regard, quand vous avez enlevé votre bague de fiançailles.
— Je, je…
— Sachez, Madie, que j'ai toujours un œil sur les comptes de mon fils, histoire de m'assurer qu'il ne dépense pas mon argent à mauvais escient. Quand j'ai vu qu'il avait retiré une très forte somme, je l'ai aussitôt contacté. Il m'a alors avoué qu'il désirait offrir un bijou à son amoureuse. Je crois que ce jour-là, si je n'avais pas été assis, je me serais retrouvé les quatre fers en l'air ! ajoute-t-il avec un petit rire ironique.
— Pour quel motif ?
— Nahel, vouloir épouser une fille ? C'était impossible ! Mon garçon a de nombreuses qualités, mais celles qui feraient de lui un bon mari n'en font certes pas partie. C'est pour cette raison que je vous ai attendue à Denver. Je redoutais qu'il soit tombé sur une mangeuse d'hommes, une femme qui en aurait surtout après la fortune familiale. Déjà, quand il est arrivé, je trouvais qu'il avait beaucoup changé. Lui qui passait ses nuits en discothèque, à boire et je ne sais quoi d'autre, n'est que très peu sorti, si ce n'était pour skier avec son frère. Il n'a quasiment pas consommé d'alcool. Là, je me suis dit que

vous étiez une espèce d'illuminée, faisant partie d'une secte. Surtout après ce que Lounis m'avait expliqué au sujet de votre famille.

Je me raidis à ces mots, mais garde le silence. En moins de cinq minutes, cet homme m'a plus parlé qu'en quelques jours. Je ne mets pas sa sincérité en doute, même si je trouve que son attitude est limite, surtout envers Nahel.

— Et puis, vous êtes apparue en haut de cet escalator. Vous étiez lumineuse et d'une telle beauté ! En fait, vous m'avez rappelé mon épouse, avant que l'argent n'en fasse cette créature snob qui ne jure que par le regard des autres. J'ai été immédiatement sous le charme…

— Monsieur El Khouri, protesté-je, mal à l'aise.

— N'y voyez rien d'équivoque, Madie, je ne vous fais pas d'avances. J'adore ma femme et, si j'ai déjà fauté ici et là, elle est la seule à avoir su toucher mon cœur.

Je plisse les yeux et le fusille du regard. Est-il en train de m'expliquer qu'il trompe régulièrement son épouse ? Et il me raconte ça, à moi ? Oh, mais ils sont tous complètement fêlés dans cette famille !

— Je voudrais me cacher dans un trou de souris, admets-je, horriblement gênée.

— Ne le quittez pas, m'interrompt-il d'une voix grave.

Je me raidis aussitôt. Je n'ai pas envie que cet homme, un inconnu pour moi, me dicte ma conduite.

— Ma vie privée ne vous conc…

— Madie, je vous en conjure, ne le laissez pas tomber. Nahel n'est pas facile, je le sais. Mais il me semble qu'il n'a jamais été aussi serein, si bien dans sa peau et dans sa tête, que depuis qu'il est avec vous.

Il y a une telle supplication dans sa voix, que j'en suis profondément troublée. Mais cela ne change rien.

— Élie, vivre avec Nahel, c'est comme être en permanence sur des montagnes russes. Et je dois admettre que je suis fatiguée. Si fatiguée…

— Je vous en prie, Madie, restez avec lui. Je sais que vous avez entendu les propos d'Aïda. Mais ce qu'elle a dit est faux.

— Mais pourqu…

— Sami est mort, parce que ma femme et moi-même, nous nous sommes montrés négligents. Ida ne l'a pas supporté, elle n'a pas voulu assumer. Alors, elle a préféré rejeter la responsabilité de ce drame sur Nahel, car il était avec son petit frère, à ce moment-là. Elle lui a reproché cet accident de vive voix. Ce n'est arrivé qu'une fois et Ida a regretté ses mots au moment où elle les a prononcés. Pour ma part, je n'ai rien fait pour le défendre. C'est à partir de la mort de Sami qu'il est parti en vrille. Lounis a tenté de l'aider, j'ai également essayé. Mais il n'y avait rien à faire, il était trop rebelle, trop violent. Et puis, vous êtes apparue et, en quelques semaines, vous avez accompli l'exploit de lui faire remonter la pente. Vous avez réussi là où nous avons tous échoué. Alors, une fois de plus, ne le quittez pas. Si vous lui tournez le dos, je ne donne pas cher de sa peau.

Je fronce les sourcils, perplexe. Cet homme m'octroie un pouvoir que je n'ai pas, s'en rend-il seulement compte ? Il vaut mieux que je lui explique immédiatement que je n'ai aucune influence sur Nahel, contrairement à ce qu'ils semblent tous penser. D'ailleurs, son attitude de ce soir ne les a-t-elle pas éclairés ?

— Monsieur El Khouri, je.... commencé-je, avant d'être interrompue par une voix rocailleuse que je ne connais que trop bien.

— J'aimerais danser avec ma compagne, papa.

23

Nahel

Voir mon paternel étreindre Madie, une seconde de plus, est au-dessus de mes forces. Je sais qu'elle est en colère, même si j'estime que je n'ai rien fait pour mériter ça. Je pensais qu'elle m'accordait sa confiance, qu'elle comprendrait que ce n'était pas de gaieté de cœur que je restais avec cette cruche de Lilly, qui me pollue chaque fois qu'elle est à proximité. J'ai fait la connerie de coucher avec elle, il y a trois ans de cela et, depuis, elle ne me fout plus jamais la paix quand je suis à Aspen. C'est fatigant, parce que rien ne me donnerait envie de remettre le couvert avec elle. Cette nana est refaite de partout et, en plus, c'est un super mauvais coup.

Je sais que j'aurais dû expliquer de quoi il retournait à Madie, mais l'autre sangsue ne me lâchait pas. Puis, j'ai vu sa moue dégoûtée et ça m'a carrément mis sur les nerfs, si bien que c'est exprès que j'ai donné l'impression de faire du gringue à Lilly. Vous vous demandez sans doute pour quelle raison je me suis foutu en pétard. Eh bien, si mes souvenirs sont exacts et ils le sont, elle avait promis de faire des efforts et de ne pas se fier aux apparences. Elle avait aussi juré de me faire confiance. Or, ce soir, j'ai compris que c'était loin d'être le cas. Au moment où j'ai voulu la retrouver à table, elle a rejoint la scène. Quand je vous disais que je me doutais qu'il y avait anguille sous roche. C'était couru ! J'aurais juste aimé qu'elle m'en parle, qu'elle partage ça avec moi. Mais elle ne l'a pas fait.

Puis, elle a ouvert sa bouche divine et s'est mise à chanter. Et là, *Oh My God*, j'ai été soufflé. Putain, mais jamais je n'aurais imaginé qu'elle était capable d'une telle prouesse. Sa voix est forte, un peu voilée, et terriblement sensuelle.

Les paroles de cette chanson m'ont touché, parce que j'avais le sentiment qu'elle les interprétait pour moi et seulement pour moi. Elle me remerciait et je me faisais l'effet d'être un imposteur de première. Si elle supposait que je pouvais avoir fait tout ça pour elle, alors elle se mettait le doigt dans l'œil et bien profondément. Pourtant, pendant quelques minutes enchanteresses, je me suis pris à rêver…

Seulement, la réalité s'est brutalement rappelée à mon bon souvenir, quand j'ai remarqué qu'elle ne portait plus sa bague. Or, j'étais sûr qu'elle l'avait à son annulaire au moment où nous sommes partis. Pour quelle raison, vous demandez-vous ? Eh bien, Lamia et ma mère n'ont cessé de fixer ce bijou durant tout le temps où nous avons attendu la limousine, dans le hall du chalet. Voilà pourquoi je n'avais aucun doute.

À cet instant précis, j'ai compris qu'une fois de plus, elle était sur le point de prendre la tangente. Et putain, je suis fatigué, pour ne pas dire épuisé, de ces revirements de situation à répétition. Ce soir, je découvre une Madie que je ne suis pas sûr d'apprécier. Elle est super jalouse, c'est ça son problème. Et je ne sais pas comment on va pouvoir gérer notre vie de couple, si chaque fois que je discute avec une nana, elle s'imagine que je la trompe et se fait toutes sortes de films.

À sa décharge, je suis au moins aussi possessif qu'elle. Mais il n'en reste pas moins que cela complique sérieusement les choses, vous en conviendrez. Cela ne m'a pas empêché d'être à nouveau paniqué et d'avoir du mal à respirer, tellement j'étais angoissé.

Madie et Carole ont gagné et, franchement, elles le méritaient amplement. Par contre, quand juste après l'annonce des résultats, Lounis s'est approché de moi pour m'expliquer que ma peste de frangine s'était fait un malin plaisir de foutre la merde, selon notre cher papa qui l'en avait informé, j'ai vu rouge. Clairement, ce n'est pas demain que j'adresserai de nouveau la parole à cette conne !

Puis, mon père a voulu prendre les choses en main. Je ne sais pas ce qu'elle lui a fait, mais depuis le début j'ai l'impression qu'il a un gros faible pour mon ange blond.

Cela n'a pas échappé à ma mère et c'est ce qui explique pourquoi elle est si peu aimable avec mon invitée.

Étrangement, je ne vois rien de tordu dans le fait qu'il la trouve belle, parce que c'est tout simplement la vérité. Contrairement à James, qui est une enflure de première, il n'a jamais eu le moindre geste déplacé à son encontre. Et je suis certain que s'il lui a proposé de danser avec lui, c'était uniquement pour lui parler de moi. Pourvu qu'il n'aille pas balancer trop de dossiers, du genre que je me drogue ou que j'ai été atteint d'une dépression durant plusieurs années.

Non loin, j'aperçois ma mère qui est en train de tirer la tronche et Aïda qui fait une scène à son mec. En petit con mesquin que je suis, je lui ai raconté ce qui s'était passé au chalet. D'abord, elle n'a pas voulu me croire. Mais quand James, qui était à côté d'elle, s'est mis à rougir comme une midinette, elle a compris que je disais la vérité. Ah, ils se sont tous donné le mot pour pourrir le séjour de Madie ? Eh bien, maintenant, c'est à moi d'agir de même. De toute façon, mon aînée est une teigne de première.

Pour autant, je n'aurais jamais imaginé qu'elle oserait me reprocher la mort de Sami, devant tout le monde. Ça, c'était vraiment un coup bas ! Alors, quitte à remuer la merde, je me mets à son niveau et je renvoie coup pour coup.

Toujours en train de faire le pied de grue au bord de la piste, même si trois nanas m'ont déjà proposé de danser avec elles, je ronge mon frein. Il faut que j'arrange les choses et fissa. Je n'ai pas envie de continuer à me rendre malade ainsi, à chaque incident.

Malgré moi, mes pas me portent vers le couple atypique qu'elle forme avec mon père. Je dois admettre que celui-ci est encore un très bel homme, du genre de ceux qui font tourner bien des têtes. En fait, Lounis et moi, nous lui ressemblons beaucoup. Il a de l'allure, de la prestance, et cette assurance que confèrent l'argent et le pouvoir.

Je sais qu'il a déjà eu plusieurs aventures, c'est le style à se taper ses nouvelles secrétaires, mais je suis persuadé qu'il aime sincèrement ma mère. Elle semble l'accepter, mais dans le fond je crois que ses écarts de conduite la blessent profondément. Remarquez, depuis la mort de Sami, elle n'est plus la même. Si je comprends que cela a dû être terrible pour elle, je regrette juste qu'elle ait oublié ses quatre autres enfants au passage. Et puis, il y a ce contentieux entre nous qui est hyper lourd et dont ni elle ni moi ne voulons parler.

Arrivé à la hauteur de Madie, je murmure à l'oreille de mon daron.

— J'aimerais danser avec ma compagne, papa.

Aussitôt, Élie recule et la libère, avant de regagner la table où maman l'attend avec une grimace contrariée.

— Ça va ? demandé-je prudemment, tout en l'enlaçant.

L'orchestre est en train de faire une pause, si bien qu'une bande-son est diffusée. Là, tout de suite, nous évoluons sur *« Photograph »* d'Ed Sheran.

— Pas vraiment, admet-elle avec cet air triste que je déteste.

— Pour quelle raison ?

— Comme si tu ne le savais pas…

Très bien, cette fois, j'en ai marre et j'ai vraiment besoin d'une clope. Je l'attrape donc par la main et l'entraîne vers une terrasse, qui donne sur l'arrière du bâtiment. En la voyant frissonner, je retire ma veste pour la poser sur ses épaules.

— OK, c'est quoi ton problème ? je m'enquiers, bien décidé à crever l'abcès. Je sens que tu es pleine de reproches, alors crache le morceau, qu'on s'explique un bon coup et qu'on passe à autre chose !

Madie regarde nerveusement autour d'elle. Ça et là, des invités fument vite fait. Je sors mon paquet de la poche de mon pantalon et allume une blonde en poussant un soupir de contentement. C'est alors qu'elle avance la main pour m'en piquer une et la glisser entre ses lèvres, attendant que je lui présente le briquet.

— Madie ! la grondé-je, gentiment. Tu ne devrais pas commencer. Bientôt, tu ne pourras plus t'en passer.

— Oh, arrête de faire un drame pour rien du tout. C'est ma deuxième cigarette en un mois, je suis encore bien loin de l'addiction, non ?

Mais tu n'imagines même pas à quel point les choses vont vite quand tu mets un doigt dans l'engrenage. Plutôt que de le lui dire à voix haute, je me tais et tends la flamme.

— J'apprécie la sensation de brûlure dans ma gorge, le fait d'avoir la tête qui tourne un peu. Et puis, j'en avais besoin.

À l'intérieur, j'entends les premières notes de *« Magic »* du groupe Coldplay. J'aime bien…

— Madie, qu'est-ce qui ne va pas ?

— C'est à toi que je devrais demander, non ? Depuis trois jours, tu disparais durant des heures, tu me tiens à distance. Je ne sais même pas si tu m'as embrassée au cours des dernières soixante-douze heures. Si je te fais chier, dis-le et je reprends le premier vol. Mais apprendre que tu as passé ton temps à skier avec l'autre pétasse, ça, je ne l'accepte pas ! Pas quand c'est ta frangine qui balance la bombe.

Je reconnais qu'elle n'a pas tout à fait tort. Ce n'était pas volontaire de ma part, mais je ne voulais pas lui donner l'occasion de me poser toutes les questions qui doivent lui brûler les lèvres, depuis qu'Aïda a crié cette saloperie dans un élan de colère. Non, je refuse que Mad voie à quel point le mec qu'elle a choisi, qu'elle considère comme son prince, est une enflure. Parce que, face à elle, je ne pourrai pas mentir et elle comprendra vite fait que je suis effectivement responsable de la mort de mon frère.

— Je sais ce que tu es en train de faire, Nahel.

— Et je fais quoi, d'après toi ?

— Tu coupes court à tout dialogue, parce que tu as peur que je m'intéresse de plus près à ce que ta sœur a prétendu.

Je sursaute, comme pris en flag. Super, j'avais oublié que ma gonzesse était perspicace et qu'elle était loin d'être bête. C'est bien ma veine, tiens ! Une blonde qui n'en est pas une !

— Et tu veux que je te dise ? poursuit-elle, inconsciente de mon malaise. Je suis déçue. Mon Dieu que je suis déçue !

— Comment ça ? parviens-je tout juste à articuler.

— Tu devrais me connaître bien mieux que ça. Tu aurais dû savoir que ce n'est pas mon genre de tirer les vers du nez à quelqu'un. Peut-être qu'un jour tu aurais eu envie de m'en parler, ou peut-être pas, mais j'aurais respecté ton choix, comme je l'ai toujours fait. Que tu ne l'aies pas compris me navre bien plus que cette soirée nullissime.

Elle a raison sur toute la ligne. Madie est le tact et la discrétion incarnés. Jamais elle n'a enquêté sur moi dans mon dos, jamais elle n'a ragoté, et jamais elle ne m'a poussé à lui avouer mes petits secrets. Cette fille est une

bénédiction et j'ai encore une fois merdé, même si pour le coup, je ne suis pas le seul.
— Et toi ? Tu crois que tu vaux mieux ? contrattaqué-je immédiatement. Tu peux parler de confiance, mais tu n'es toujours pas capable de penser que si je discute avec une meuf, ça ne signifie pas que je veux la sauter.
— C'est pas faux, finit-elle par concéder.
— Exact, Perceval.
Je fais référence à cette série qui me fait hurler de rire et que j'adore regarder avec Mad dans mes bras.
— Je suppose que si Lamia ne m'avait pas raconté que tu avais passé les trois derniers jours à skier avec cette fille, j'aurais sans doute réagi moins vivement.
— Moins connement, tu veux dire !
— Nahel, je…
— Tu as purement et simplement retiré la bague que je t'ai offerte ! Tu ne peux pas juste venir me voir et exiger des explications, sans monter sur tes grands chevaux ? Je te jure, Mad, que si tu n'apprends pas très vite à dominer cette jalousie dévorante, notre vie va se transformer en un enfer de chaque instant. C'était si facile de me demander mon emploi du temps de ces derniers jours, si c'est ce qui te dérangeait !
— Je ne veux pas devenir comme ça, murmure-t-elle au bord des larmes. Je refuse d'être une femme possessive à qui son mec est toujours en train de devoir rendre des comptes. Je n'ai jamais été aussi possessive et je ne

comprends pas ce qui m'arrive. Mais avec toi, c'est comme si tout cet aspect raisonnable de ma personnalité était balayé par des sentiments exacerbés.

— Alors tu n'as qu'une solution, ma greluche, c'est de me faire confiance et d'arrêter d'imaginer le pire, dès qu'il est question de nanas. Je suis conscient d'avoir une réputation catastrophique et je l'assume. Mais dans le cas présent, je n'ai rien fait de mal et je trouve ta jalousie particulièrement déplacée.

— Parce que tu ne l'es pas, toi ?

— Bien sûr que si et tu le sais. Mais j'y travaille, même si c'est compliqué, j'admets pour lui faire comprendre que ce n'est pas plus facile pour moi.

— Dans ce cas, pourquoi m'as-tu ignorée toute la soirée ?

Je sens, au léger tremblement de sa voix, qu'elle a vécu mon attitude comme une trahison. Quelle connerie !

— Madie, j'ai rendu service à mon père, parce qu'il me l'a demandé. Cette meuf ne m'intéresse pas le moins du monde.

— Tu as déjà couché avec elle ?

Je ne réponds pas, mais baisse la tête. Il me semble que la vérité ne ferait qu'aggraver les choses. Pourtant, elle n'est pas dupe et comprend immédiatement.

— Oh, merde, Nahel ! Y aura-t-il un jour un endroit où nous irons et où tu n'auras pas sauté une fille ? Parce que je me pose sincèrement la question. Où que nous nous rendions, nous croisons sans cesse une de tes ex et ça devient vraiment pénible.

— Mad, arrête… Oui, j'ai couché avec elle, il y a trois ans de cela. C'est arrivé une fois et ne s'est jamais reproduit.

— J'en ai marre !

— Mad…

Je tente de la raisonner, en le prenant par les bras pour l'empêcher de se barrer, parce que tout en elle me crie qu'elle est sur le point de se tirer.

— Tu es la seule avec qui je fais l'amour sans capote, tu es la seule avec qui mon plaisir passe après le tien, tu es la seule à être gravée sur ma peau.

— Quoi ?

Madie ouvre de grands yeux et plisse le front, ne saisissant pas à quoi je fais référence.

— Très bien. Il y a trois jours, j'ai fait du ski avec Lounis et Lamia. Lilly nous a croisés, elle est restée avec nous durant l'après-midi et rien de plus. Compris ?

— Euh… oui.

— Parfait. Donc, le sujet est clos. Avant-hier et hier, j'étais chez un pote.

— Un pote ?

— Oui, c'est un mec qui tient une boutique de tatouages à Glenwood Springs. Il s'appelle Dave et nous nous connaissons depuis longtemps. C'est lui qui est l'auteur de la plupart des dessins sur mon corps.

— Tu en as fait un de plus ?

— Deux, pour être précis.

Après avoir jeté un coup d'œil autour de moi, afin de vérifier que nous sommes bien seuls, ce qui n'est pas le cas, je l'entraîne vers un recoin du balcon, un endroit plongé dans l'ombre, où nous sommes protégés des autres invités qui flânent à l'extérieur, par une canisse en bois tressé.

Baissant la voix, afin de n'être entendu que par elle, j'allume la lampe de poche de mon téléphone et le lui tends. Elle s'en saisit, tandis que je déboutonne la manche de mon bras droit. Bon sang, il fait un froid de canard et je ne porte que ma chemise, puisque ma veste repose sur les épaules de Madie. Je relève le tissu immaculé et lui présente l'intérieur de mon avant-bras. Sur ma peau, un long pansement blanc est collé. Avec délicatesse, je le retire doucement.

24

Madie

En cet instant, j'ai l'impression que mes yeux vont sortir de leurs orbites. Sous mon regard ébahi, la peau rougie de son bras laisse apparaître une écriture élégante sur une hauteur d'au moins cinq centimètres. *Madie.*

Une boule se loge dans ma gorge, tellement je suis émue par ce que je vois. Oui, même si j'ai toutes les peines du monde à m'en persuader, ce garçon m'aime vraiment.

— Tu as parlé d'un second tatouage, soufflé-je, bouleversée.

Nahel déboutonne alors sa chemise. Sur son flanc gauche, juste en dessous de son téton, un autre pansement. À nouveau, il l'arrache délicatement. J'approche le téléphone pour mieux l'observer dans la pénombre. Quand il l'enlève, je ne peux retenir un petit cri de stupeur. Il s'agit d'un dessin, comme un parchemin. À l'intérieur, je peux lire, dans la même écriture que celle sur le bras, *Madie for ever* et des chiffres romains.

— C'est la date du jour où je t'ai vue pour la première fois.

Mon Dieu, je suis tellement chamboulée que je ne sais pas quoi dire. Une fois de plus, j'ai pensé le pire de lui. J'ai supposé qu'il s'était lassé de moi et que je ne lui suffisais plus, alors que c'est totalement faux.

— Maintenant, je t'ai dans la peau, au sens propre comme au sens figuré.

Incapable de répliquer, je me jette sur lui et colle ma bouche à la sienne. Aussitôt, il m'enferme dans le cocon de ses bras et me répond avec fougue.

— Je t'aime tellement, Nahel…

— Moi aussi, je t'aime. Je n'aime que toi. Mais il faut que tu arrêtes de vouloir me quitter tous les quatre matins. Je te jure que c'est émotionnellement très pénible, supplie-t-il d'une voix enrouée.

— Je sais.

Une sensation qui ressemble fort à de la culpabilité m'envahit, tel un raz-de-marée. Le fait est que Nahel est déjà terriblement perdu, il n'a pas besoin que j'en rajoute une couche. J'ai été témoin de ses crises de panique et je n'ignore pas à quel point il lui est difficile de les contrôler. Je réalise également, en cet instant précis, que celles-ci ont souvent eu lieu suite à une de nos innombrables disputes, quand il pensait que j'étais sur le point de rompre. Et il n'avait pas tort, dans le fond. Cent fois, j'ai voulu le quitter, sans jamais y parvenir. Alors, pourquoi ne pas admettre tout simplement que c'est mission impossible et qu'il doit forcément y avoir un autre moyen pour que nous puissions nous en sortir. Mais ensemble, et pas en nous déchirant l'un l'autre.

Bon sang, il a quand même fallu que nous en arrivions là pour que je comprenne enfin. Ce n'est pas trop tôt ! Pourtant, la vérité se résume à pas grand-chose : Nahel m'est indispensable comme l'air que je respire, et la réciproque est vraie. Il a besoin de moi.

— J'ai envie de toi, ici et maintenant.

Je ne parviens pas à croire que c'est moi qui ai prononcé ces mots. Comment la fille timide et réservée, timorée et pudique, a-t-elle pu se transformer en une chose assoiffée de sexe ?

Il ouvre de grands yeux étonnés, avant de m'adresser un sourire salace.

— Oh la coquine ! souffle-t-il, en s'approchant jusqu'à me coller contre le mur, dans le coin le plus reculé de la terrasse.

Puis, ses bras se resserrent autour de moi et ses mains saisissent mes fesses pour les presser contre lui. Mon Dieu, qu'est-ce que ce contact m'a manqué !

— Tu veux baiser ici ? s'enquiert-il à mon oreille, sans doute pour être certain d'être bien sur la même longueur d'onde que moi.

— Oui, grogné-je, tandis que ses dents se plantent dans mon lobe.

Quand sa bouche se pose sur la mienne, je suis déjà en transe. Ma culotte est humide et la respiration saccadée de mon amant m'excite au-delà des mots, au-delà de tout.

— Chuuutttt, fait-il en embrassant ma mâchoire avant de rejoindre mes lèvres entrouvertes, que sa langue envahit immédiatement.

Sans perdre de temps, sa main se faufile par la fente de ma robe, tandis que je m'attaque à la boucle de sa ceinture. Une fois la braguette dézippée, je baisse son pantalon juste un peu, de manière à libérer son pénis, sans pour autant que le tissu tombe à ses chevilles.

Ses doigts s'immiscent sous ma culotte et je l'entends grogner contre ma bouche, quand il réalise que je suis prête à le recevoir.

Après avoir regardé rapidement à droite et à gauche, il remonte ma robe sur mes hanches pour éviter de la déchirer et écarte le tissu de mon entrejambe, avant de caresser ma vulve humide. L'air frais qui frappe mon sexe décuple plus encore mon besoin effréné de lui.

— Accroche-toi, mon ange.

Puis, il me soulève en tenant mes fesses. Aussitôt, mes cuisses entourent sa taille et mes mains s'agrippent à ses épaules. Avant d'avoir eu le temps de dire ouf, je sens sa verge entrer en moi avec un soupir de bonheur.

À la seule force de ses bras, il me fait monter et descendre doucement. Mais très vite, cela ne nous suffit plus. Alors, il me colle contre le mur et se met à me pilonner en gémissant. Malgré le brouillard de pur plaisir dans lequel je suis plongée, je perçois un mouvement non loin de nous. En ouvrant les yeux, je vois Lilly qui est en train de nous observer, l'air atterré.

Je devrais me sentir honteuse de me donner en spectacle de cette manière, mais je ne le suis pas. Il n'y a aucune gêne, pas le moindre malaise. Au contraire, le regard de cette femme, convoitant celui qui est en train de me faire l'amour contre ce mur en soufflant des *« je t'aime »*, décuple la tension qui envahit mon ventre.

Après une ultime œillade chargée de défi, je baisse les paupières pour me laisser submerger par un orgasme dont la force me terrasse. Les spasmes sont violents, intenses, entretenus par ce sexe d'homme qui me pénètre. Et Dieu que j'aime ça ! Nahel me rejoint dans un grognement animal qui me donne des frissons de bonheur.

Quand je rouvre les yeux, la fille a disparu et c'est aussi bien ainsi. Le visage de mon amant est niché dans mon cou. J'ai perdu un escarpin dans le feu de l'action et je sens que les biceps crispés qui supportent tout mon poids ne vont pas durer très longtemps.

— On fait quoi ? demandé-je, saisie d'un rire nerveux que je ne parviens pas à maîtriser.

Il pouffe, avant de se redresser.

— C'est vrai que revenir dans la salle avec mon sperme qui dégouline entre tes jambes, ça ferait mauvais genre.

Dans la poche de ma veste, il y a des mouchoirs en papier. Tu peux les attraper ?

Nous passons les minutes suivantes à remettre de l'ordre dans nos vêtements et à nous nettoyer comme nous le pouvons, sans cesser de nous esclaffer. Le bonheur de nous être retrouvés, le soulagement d'avoir évité la catastrophe une fois de plus, nous donnent l'impression d'être beaucoup plus légers.

— Je veux le même, lancé-je, alors que Nahel est en train de glisser les doigts dans mes longues boucles blondes pour les recoiffer.

— De quoi parles-tu ?

— Du tatouage. Il m'en faut un également…

Il se redresse et me scrute avec une certaine gravité.

— Mad, un tatouage, c'est pour la vie. Tu es bien sûre que c'est ce que tu désires ?

— Nous aussi, c'est pour toujours, fais-je valoir sans détourner les yeux.

— Très bien, comme tu voudras.

— J'ai besoin d'être marquée par toi, tout comme tu l'es. Je ne sais pas si tu me comprends, mais il est vital pour moi de ressentir ce sentiment d'appartenance.

— Si, je comprends parfaitement.

Il réfléchit un instant, avant de demander.

— Tu me fais confiance ?

— Oui, absolument, murmuré-je, sans détourner les yeux.

— Tu me suivrais ?

— N'importe où…
— Très bien, alors c'est parti !

25

Dès le moment où je dis oui, Nahel m'entraîne dans le sillage de l'ouragan qu'il est. Mon Dieu, ce garçon est une vraie pile électrique !

Nous retournons dans la salle de bal, où il me somme avec rudesse de remettre illico ma bague de fiançailles, sinon il s'en chargera lui-même et ce ne sera pas beau à voir, selon ses propres termes.

Évidemment, je m'exécute avec un zèle qui lui redonne immédiatement le sourire. Puis, il se penche vers son père et discute quelques minutes avec lui. Élie hoche la tête et saisit son téléphone portable pour passer un coup de fil. Nahel se dirige ensuite vers Lounis et chuchote à son oreille. Ce dernier me regarde, surpris, avant de se fendre d'un sourire éblouissant.

Dix minutes plus tard, alors qu'il est plus de vingt-trois heures, nous nous retrouvons tous les quatre dans la limousine. Après un crochet par le chalet, durant lequel Nahel s'absente quelques minutes, nous reprenons notre route.

Jusqu'au moment où la portière s'ouvre et où j'aperçois un jet privé, sur le point de décoller, j'ignore ce qui se trame. Mais dans la mesure où j'ai choisi de lui faire confiance, je ne pose aucune question. Je vous jure que c'est super difficile, mais je me tiens à cette décision.

Dans l'avion, je craque, face à leurs regards joyeux. Confortablement nichée contre l'épaule de Nahel, j'ai l'impression qu'ils sont en train de rire d'une blague que je ne connais pas. Du coup, ça m'agace, et je finis par demander.

— Où allons-nous ?

Il y a quelque chose dans leur attitude qui me fait redouter le pire, mais moi aussi j'ai envie de plaisanter avec eux. Pourtant, alors que je m'attends à une révélation fracassante, Nahel jette un coup d'œil rapide à son téléphone portable.

— Neuf, huit, sept, six, cinq, quatre, trois, deux, un… bonne année, ma greluche préférée ! s'exclame mon DJ en me serrant dans ses bras pour m'embrasser avec emportement.

Je ris et accepte son baiser, avant de répondre.

— Bonne année, mon amour…

Nous étreignons chaleureusement Carole et Lounis, avant de sortir une bouteille de champagne du réfrigérateur. Au même instant, un steward nous apporte des amuse-bouches qui ont l'air plus appétissants les uns que les autres. Ça me change agréablement des huîtres !

Tout en portant un toast, mon petit ami lance à la cantonade.

— Nous avons particulièrement bien terminé l'année, énonce-t-il, ses sourcils se relevant avec malice.

Je rougis furieusement à l'évocation de notre aparté contre le mur.

— Et nous la commencerons encore mieux, puisque nous sommes en route pour Vegas.

— Quoi ? Las Vegas ?

— Ouaip, nous allons nous marier !

— Hein ?

Je suppose que je dois avoir l'air bête, mais ce qu'il vient de révéler me passe au-dessus de la tête. Quand il était question de noce, je voyais plutôt cela dans un avenir assez lointain. Vivre avec lui et porter sa bague de fiançailles me suffisait largement !

— Tu veux m'appartenir, c'est ce que tu as prétendu. Tu es prête à te faire tatouer mon prénom sur le corps. Donc, je présume que ça ne te pose aucun problème de me dire oui, pas vrai ?

— Mais comment est-ce possible ? On ne se marie pas comme ça !

— À Vegas, si. Il suffit d'un passeport, d'un extrait de naissance, et le tour est joué. Je viens de récupérer les documents au chalet. J'ai eu de la chance, parce que l'acte officiel nécessaire pour établir ton visa était glissé dedans, comme tous tes papiers importants.

À son air fort satisfait de lui-même, je ne peux m'empêcher de sourire. Tout ça pour ça ! Oh mon Dieu, quel tordu, ce mec ! Mais je l'adore et je suis, en cet instant, la femme la plus heureuse du monde. Et tant pis pour la raison, au diable les convenances ! Nous nous aimons, alors quelle importance que nous nous unissions tout de suite ou dans cinq ans !

— Je suis tout à fait d'accord avec toi et rien ne me ferait plus plaisir.

Pendant les trois heures que dure le reste du voyage, nous nous marrons et plaisantons, insouciants et ravis. À quatre heures du matin, nous atterrissons enfin à Las Vegas. Moins d'une heure plus tard, nous entrons dans une chapelle, après avoir traversé la ville, inondée de lumières, de gens faisant la fête et de cotillons en tous genres. C'est simplement magique, même si le type qui doit nous unir ressemble furieusement à Elvis et provoque le fou rire immédiat de Nahel, qui finit par nous contaminer également.

C'est donc en nous esclaffant comme des dingues, que nous nous disons oui. Pour l'aspect solennel, c'est raté, mais nous nous rattraperons au moment du mariage religieux. Juste avant d'entrer dans la chapelle, un bijoutier s'est présenté et nous a proposé plusieurs modèles d'alliances. Nous avons opté pour de larges anneaux en or blanc, sans fioritures.

Un quart d'heure plus tard, nous sortons de cet endroit, officiellement unis. Je n'arrive pas à réaliser tout ce qui vient de se passer, mais je sais une chose. Je suis une femme particulièrement chanceuse d’avoir trouvé un tel homme et d’en être aimée.

26

Quand je me réveille, il est encore tôt. Près de moi, Nahel dort tranquillement. Nous sommes revenus hier et vous n'imaginez pas mon bonheur quand j'ai pu m'allonger entre les draps de mon lit, aux côtés de mon *mari*. Oui, mon *mari* ! *Je ne peux toujours pas y croire*, songé-je, en admirant mon alliance, sur laquelle j'ai glissé la bague de fiançailles. Oh mon Dieu ! Nahel vient de m'épouser, alors que nous ne nous connaissons que depuis quatre mois à peine.

En bougeant pour m'installer plus confortablement, je ne peux retenir une grimace de douleur. Sur ma hanche, le pansement est en train de tirer. Sous la gaze et le sparadrap, s'étale l'inscription suivante, *Nahel for ever*, avec en chiffres romains, la date de notre première rencontre et celle de notre mariage. Le tatouage, situé dans le creux de mon aine gauche, a été effectué la veille de notre départ, par son ami.

À notre retour de Vegas, le soir du jour de l'an, nous avons été accueillis par le père de Nahel qui nous a souhaité beaucoup de bonheur. Je crois qu'il était soulagé, dans la mesure où il avait l'assurance que je ne laisserais pas tomber son fils et qu'il n'aurait pas à gérer une énième crise.

Sa mère a pesté, en expliquant que nous aurions au moins pu avoir la politesse de la prévenir avant, puis elle a fait une scène de jalousie à son mari, parce qu'il m'avait prise dans ses bras deux fois en moins de cinq minutes. Franchement, je ne savais plus où me mettre, tellement j'étais mal à l'aise.

Mais ce n'était rien par rapport à ce que j'ai ressenti, quand sa sœur m'a présenté un contrat prénuptial en exigeant que je l'antidate. Nahel est entré dans une rage folle, il s'est mis à hurler, puis a déchiré le document. Élie a tenté de le calmer, faisant valoir que Carole l'avait également paraphé et que c'était une manière de préserver la fortune de familiale.

Finalement, pour couper court à ce drame, c'est moi qui ai demandé à Lamia, l'avocate de la famille, d'en réimprimer un. Puis, je l'ai signé après avoir barré l'article concernant la pension alimentaire, en cas de divorce. Pas question pour moi de vivre aux crochets de ces gens, quoi qu'il arrive. Non, je ne suis pas à vendre et c'est en les défiant tous du regard que j'ai raturé le montant prévu, pour le remplacer par un zéro pointé.

Carole, qui est maintenant ma belle-sœur tout à fait officiellement, a levé un pouce pour m'encourager et Lounis a tapé dans le dos de son frère pour lui montrer sa satisfaction. Et vous savez ce que Nahel a fait ? Il m'a prise dans ses bras et m'a embrassée à perdre haleine devant toute la famille, avant de murmurer qu'il m'aimait plus que tout au monde. Et j'ai pleuré de joie, pour ne pas changer !

Mes yeux se posent sur sa main gauche, celle où scintille son alliance. Hier soir, nous avons convenu que pour le moment mes parents n'en seraient pas informés, en tout cas pas tout de suite. En contrepartie, mon mari a accepté de renouveler nos vœux cet été à Rochesson.

Madeleine Marie Eugénie El Khouri, je n'en reviens toujours pas et je sens qu'il me faudra beaucoup de temps pour prendre pleinement conscience de la folie que nous venons de commettre.

***

Après ce séjour inoubliable, dans tous les sens du terme, la vie reprend son cours, comme avant notre départ.

En ce mardi midi gris et froid, je me dirige vers le restaurant universitaire. Nahel a négocié avec son pote du cinéma que je puisse être en congé pendant les vacances de fin d'année. En contrepartie, j'ai accepté de travailler quasiment à plein temps jusqu'au dix-huit janvier, date à laquelle ma formation commencera. Pendant dix jours, je vais être absente tous les après-midi et les soirées, week-ends compris, mais ça ne me dérange pas. Sophie sera présente également et j'en suis ravie. Nous pourrons papoter ensemble, le temps passera beaucoup plus vite. Elle et Fred sont partis aux Caraïbes pour les fêtes et ont rejoint le père du meilleur ami de Nahel, qui possède une île là-bas. J'ai donc hâte de la retrouver. J'ai tant de choses à lui raconter et je veux connaître le moindre détail de leur escapade. Pour tout dire, elle m'a manqué et j'en suis la première étonnée. Alors que je me croyais proche de Stéphanie, je réalise qu'un lien autrement plus solide s'est noué entre So et moi.

Au pied du bâtiment abritant le restaurant universitaire, Nahel m'attend, les mains enfoncées dans les poches de sa doudoune noire. Dès qu'il m'aperçoit, un large sourire fend son visage et je me sens aimée, en cet instant, comme jamais.

À peine suis-je arrivée à sa hauteur, qu'il me prend dans ses bras, sans tenir compte des regards curieux autour de nous, et m'embrasse avec fièvre. Jamais je ne me lasserai de cet homme, *mon mari.*

Main dans la main, nous nous dirigeons vers la cafétéria, ce lieu emblématique où nous nous sommes rencontrés pour la première fois. J'ai l'impression que c'était il y a une éternité, alors que ça ne remonte qu'à quelques semaines.

— Mad, je les ai prévenus dimanche, avant notre retour. Alors pour les vannes à la con, s'il te plaît, ne fais pas gaffe, me met en garde Nahel, au moment où nous entrons dans la pièce.

Je me dirige vers la file, pour récupérer de quoi manger, tandis que ma moitié part vers la table, accueilli par les applaudissements et les sifflets de ses amis. Mais à quoi est-ce que nous nous attendions au juste ? La discrétion n'a jamais été leur fort et il n'y avait aucune raison pour que ce soit le cas aujourd'hui. Alors que je patiente, je vois Nahel exhiber son alliance sous leur nez en riant. Pourquoi ai-je le sentiment que je vais me faire sacrément chambrer quand j'arriverai près d'eux ?

Un plateau chargé de victuailles, il faut bien nourrir son homme, je me dirige vers mes amis. Les occupants des tables voisines, qui doivent avoir forcément compris de quoi il retourne, me jettent des regards curieux pour certains, mauvais pour d'autres –mais ça, ce sont principalement les filles–. Marié ou pas, Nahel reste le mec le plus séduisant de la pièce.

À peine arrivée, ils me sautent dessus à tour de rôle, et m'embrassent pour me féliciter et me saluer par la même occasion.

— Bravo ! s'exclame Steph avec une drôle de tête. Tu as accompli un miracle, Mad, une fois de plus ! C'est à se demander ce que tu lui as fait pour parvenir à un tel résultat ?

Je la scrute, un bref instant, et ce que je découvre me déstabilise. Je lis de la colère, de l'amertume et de la déception dans son regard.

Soudain, je me remémore ses paroles, la première fois que je me suis rendue au club avec elle. Si mes souvenirs sont bons, et ils le sont, elle m'avait expliqué avoir eu une aventure avec mon DJ. Elle prétendait à l'époque que tout était fini entre eux et qu'elle était bien contente de figurer parmi ses amies et non ses plans cul.

Mais à y regarder de plus près, j'ai l'impression que ses sentiments sont bien plus ambigus qu'elle ne veut le laisser croire. J'ignore si elle est encore amoureuse de lui et j'espère pour elle que ce n'est pas le cas, mais il me semble qu'elle est tout de même très attirée par cet homme, qu'elle l'est probablement depuis le début. N'a-t-elle pas évoqué la baguette magique qu'il avait entre les jambes ?

Pour la première fois depuis que je suis en couple avec lui, je ne m'en formalise pas. C'est moi qu'il a épousée et non elle. S'il avait voulu être avec cette fille, il le serait depuis fort longtemps. N'est-ce pas ?

Le sourire de So est autrement plus franc et plus sincère. Elle a l'air très contente pour moi, mais en même temps, depuis qu'elle est enfin avec Fred, elle rayonne. Finie l'humeur maussade qu'elle arborait en permanence. En fait, elle est tout simplement heureuse avec l'homme qu'elle aime et j'en suis ravie pour elle.

Nous nous mettons à manger tranquillement, acceptant avec stoïcisme les blagues vaseuses dont nous faisons l'objet, du genre *« Quand vous aurez un petit, vous m'en mettrez un de côté ? »*, *« Je suis sûr qu'il s'est marié, parce qu'elle est en cloque et que, dans neuf mois, il va falloir qu'on raque pour le baptême. Faites chier, vous deux, j'ai plus une thune ! »*, et j'en passe et des meilleures.

Après le repas, vient le moment des cadeaux. Apparemment, tous se sont donnés le mot pour nous offrir quelque chose. Vince a choisi des torchons de vaisselle. *Ce n'est pas très classe, mais cela peut s'avérer utile, c'est sûr*, songé-je avec ironie. So a été plus fleur bleue, puisque nous recevons un set de petit-déjeuner avec deux belles tasses rouges sur lesquelles sont dessinés des cœurs blancs et comportant l'inscription *« just married »*. Je la remercie avec effusion, parce que ça me semble tellement plus romantique que les torchons de cuisine !

Puis, c'est au tour de Steph et de Val de me tendre leur paquet. Quand je l'ouvre avec un grand sourire, je n'imagine pas ce que je vais découvrir. Toutefois, en sortant une boîte dans laquelle se trouve un ustensile en caoutchouc noir qui a tout d'un sexe d'homme, je ne peux m'empêcher de froncer les sourcils. Mais quel drôle de présent ! Et que veulent-ils que je fasse avec ça ? C'est vraiment n'importe quoi ! Même Nahel s'est figé à mes côtés et la joyeuse ambiance est retombée.

— Nous avons pensé que cela pourrait s'avérer utile, si Nahel avait des défaillances. En général, quand il est bourré, la machine marche moins bien, même s'il peut se montrer étonnant, commence Stéphanie, l'air mauvais.

Wow, wow, wow, qu'est-ce qu'elle nous fait, elle ?

— Steph, menace mon mari entre les dents.

De toute évidence, il n'apprécie pas plus ce présent que moi !

— Et puis, si les orgies lui manquent, il peut s'en servir avec toi, enchérit Val, lugubre.

— Quoi ? fais-je, d'une voix blanche.

— Ben oui, à une époque, leur sport favori, à lui et à Fred, c'était de se taper une nana en même temps et d'organiser des partouzes géantes. Mais attention, Nahel a systématiquement baisé par devant, il n'a jamais voulu enculer qui que ce soit. Il n'aime pas ça apparemment, mais je suppose que je ne t'apprends rien. En fait, il nous a expliqué un jour qu'il avait l'impression de patauger dans la merde, ce qui n'est pas complètement faux. Ceci dit, il pourra toujours te fourrer le sex toy dans le fion pour se faire plaisir, ajoute-t-il avec une méchanceté que je n'imaginais pas de sa part.

— Putain, Val, si tu ne fermes pas ta gueule tout de suite, je te jure que je vais te faire ravaler tes dents jusqu'à ce qu'elles te sortent par le trou de balle, c'est clair ? rugit Nahel, tandis que je garde le silence.

— Ce qui ne fait aucun doute, puisque tu t'y connais en trous du cul, pas vrai Nahel ? s'exclame Steph, de toute évidence furieuse.

Par réflexe, je lâche l'objet comme s'il me brûlait les mains et me tourne, très pâle, vers Val.

— C'est quoi ton problème ? demandé-je calmement.

— Je ne peux pas croire que tu aies épousé ce débauché, quand tu aurais pu vivre une belle histoire avec moi. Putain, Mad, ça fait des mois que j'attends qu'il se lasse pour sortir avec toi et, maintenant, j'apprends que tu viens de te marier avec lui ! Tu te rends compte de ce que ça m'a fait, alors que je suis dingue de toi depuis des semaines ?

Choquée sans commune mesure, je ne sais pas quoi répondre. Mais il faut bien que je mette les choses au clair, sinon je ne vais plus jamais pouvoir le regarder en face.

— Val, murmuré-je avec tout le calme dont je suis capable, même si je n'étais pas avec Nahel, je n'accepterais pas de sortir avec toi. Tu ne me plais pas. Est-ce que tu peux comprendre ça ?

J'ai essayé de lui parler posément, en faisant abstraction de l'insulte qu'il m'a balancée. Envenimer la situation ne servirait à rien. Mais près de moi, la tension qui a gagné le corps de Nahel m'alarme aussitôt. Il est à deux doigts d'exploser et je ne sais pas quoi faire pour le calmer. Même la main que je pose sur sa cuisse ne semble avoir aucun effet sur lui. Seigneur, mais comment les choses ont-elles pu dégénérer ainsi ?

— J'espère que tu as conscience que ce mec te rendra horriblement malheureuse. Il te trompera, il va boire et se droguer, tu ne pourras rien faire pour l'en empêcher ! Et un jour, il te quittera après avoir fracassé toute ta vie, poursuit-il, avec un cynisme qui me fait froid dans le dos.

— Putain, Val, ta gueule ! s'écrie Vince, qui paraît également inquiet que la situation ne parte en vrille.

— La ferme, Vince ! Depuis que Madie est dans la bande, c'est le bordel, fait remarquer Steph, il n'y a que toi pour ne pas t'en être rendu compte !

Machinalement, je me tourne vers So pour quêter son soutien et elle me sourit avec gentillesse, même si Fred et elle ne semblent pas plus rassurés que moi.

— Ouais, fait Val dans une dernière provocation. Il va bien t'enculer et si ça fait mal, ne viens pas pleurer chez moi, je t'aurais prévenue !

Cette ultime insulte est la goutte qui fait déborder le vase et, dans la seconde qui suit, j'entends un bruit de métal. Nahel s'est levé tellement vite que la chaise est tombée en arrière. À peine ai-je le temps de tourner la tête, que déjà il est passé derrière moi et s'est jeté sur lui. Ils chutent tous deux lourdement et commencent à se battre.

— T'es contente de toi, espèce de connasse ? hurle Steph, en me pointant du doigt. Depuis que tu es là, tout part en couille et c'est à cause de toi ! On était bien avant, on n'avait pas besoin de ta petite gueule d'ange pour foutre la merde !

— Ta gueule, Steph ! lance Sophie, tandis que Fred et Vince s'avancent pour tenter de retenir Nahel. Elle n'a rien fait de mal, ne sois pas de mauvaise foi !

Parce que je ne sais pas quoi répondre aux paroles si méchantes de celle que je prenais, à tort, pour mon amie, je lui fais un doigt d'honneur, avant de porter mon attention sur la scène apocalyptique qui se déroule près de moi.

Nahel vient d'envoyer Vince, qui voulait juste le séparer de Val, dans la table voisine avec fracas. Fred, tout musclé qu'il est, ne parvient pas à le maîtriser à lui seul. *Mon Dieu, faites quelque chose, je vous en supplie, faites quelque chose !* Je déteste ce déchaînement de violence, je ne peux pas croire que mon mari, celui que j'ai épousé, il y a quelques jours à peine, en soit à l'origine.

Sans doute, parce que je suis persuadée qu'il n'y a que moi pour réussir à le calmer, je m'approche de lui et pose ma main sur son épaule. À force de me faire traiter de miracle, j'ai vraiment fini par penser que j'en suis un. Sauf aujourd'hui, étant donné que ce geste est loin d'apaiser Nahel.

Au sol, Val est inconscient et je commence sérieusement à flipper, lorsque je réalise que mon amoureux ne cesse pas de le frapper, quand bien même il est incapable de répliquer.

— Nahel ! Stop, tu vas le tuer !

Aucune réaction.

— NAHEL ! Je t'en supplie, arrête ça !

Alors, il pivote enfin vers moi. Son visage est blême et crispé. Son regard, comme fou, ne semble même pas me calculer.

Je l'agrippe par l'épaule, encore convaincue que je peux l'aider. Mais pour être tout à fait honnête, je ne reconnais pas l'homme que j'aime dans ce type qui fait preuve d'une violence inouïe. Jamais je n'ai vu une personne s'acharner autant sur autrui. Et c'est réellement flippant. J'ai toujours su que Nahel était sombre, à fleur de peau, et qu'il avait tendance à s'énerver facilement. Mais là, cette férocité me glace le sang.

— Barre-toi, Mad, tu n'as rien à faire ici, grogne-t-il avec hargne. Dégage !

— Mais, Nahel, il faut que tu arrêtes ça tout de suite, tu vas le tuer !

— Et alors ?

— Je t'en prie…

— FOUS-MOI LA PAIX ET CASSE-TOI !

La rudesse et la cruauté de ses propos me blessent plus que vous ne pouvez l'imaginer. Je lâche son épaule comme si je m'étais brûlée, chope mon sac et ma veste au passage, et quitte cet endroit sans un regard en arrière.

Arrivée devant les hautes portes vitrées du hall d'entrée, la vue brouillée par les larmes et les jambes tremblantes, je m'arrête un instant. Où aller ? À la maison ? Pas question.

Soudain, deux bras féminins m'enlacent la taille et me poussent vers la sortie.

— Viens, Madie, fait So avec gentillesse.

Elle m'entraîne vers un banc situé sur le parvis, celui-là même où Nahel m'a demandée en mariage. Le bois est humide et froid sous mes fesses, mais je m'en fiche.

Mon amie me tend une clope que j'accepte avec reconnaissance, tout en essuyant mes yeux à l'aide d'un mouchoir en papier. Mes mains tremblent tellement que je suis obligée de m'y reprendre à trois fois.

— Tu peux m'expliquer ce qui vient de se passer ? demandé-je, entre deux sanglots.

Je tire une taffe, mais cela ne me donne pas l'impression de me sentir mieux, au contraire. Maintenant, en plus de tout le reste, j'ai la tête qui tourne. Génial !

— Mon Dieu, toute cette brutalité ! hoqueté-je, en tentant tant bien que mal de réguler mon souffle.

— Je sais, compatit-elle, alors que ses mains me caressent le dos pour m'apaiser.

Malheureusement, je suis tellement tendue et à cran, que ça ne marche pas le moins du monde.

— J'ai eu l'impression de me trouver face à un étranger. Cette brute qui était en train de frapper si violemment son ami ne peut pas être le garçon que j'aime. Celui qui m'a soignée, celui qui est toujours là pour moi quand j'ai besoin de lui.

— Si, Mad, il s'agit du même mec. C'est juste que son côté obscur vient de prendre le dessus et l'a rendu incontrôlable.

— C'est déjà arrivé auparavant ?

— Oui, admet-elle. Mais depuis que vous étiez ensemble, il n'avait plus craqué.

— Alors, pourquoi aujourd'hui, tu peux me le dire ? je m'enquiers entre deux sanglots.

Je me sens coupable, même si dans le fond j'ai conscience de n'y être pour rien. Cela ne m'empêche pas d'avoir du mal à respirer, en raison de l'énorme poids qui me comprime le cœur.

— Madie, ça n'a rien à voir avec toi. Les insultes de Val ont peut-être été l'élément déclencheur, mais ça couvait entre eux depuis un moment.

— Pourquoi ?

— La rivalité, je suppose. Tu comprends, Vince et Val étaient les meilleurs potes du monde depuis la maternelle. Quand Vince a commencé à se rapprocher de Fred et Nahel, Val a automatiquement été intégré à la bande. Je crois que Nahel ne l'a jamais vraiment apprécié, mais il aimait bien Vince, alors il a laissé faire.

— Et Steph ?

J'ai une boule à la gorge en posant cette question, mais j'ai besoin de savoir.

— Elle, c'est la cousine de Val.

— Ah bon ?

Je n'étais pas au courant et je suis très étonnée que personne n'ait jugé utile de m'en parler.

— Quand je l'ai rencontrée, elle sortait avec Vince. Mais du jour où elle a croisé le chemin de Nahel, tout a changé. Elle a quitté son mec, immédiatement après. Ceci dit, Vince est loin d'être un enfant de chœur, donc je suppose qu'il devait y avoir autre chose. Ils sont d'ailleurs demeurés amis, ce qui a fait qu'elle a pu continuer à fréquenter la bande.

— Et Nahel est sorti avec l'ex de son pote ? C'est un peu glauque, non ?

— Au début, il ne voulait rien savoir. Mais elle l'a tellement allumé, tellement chauffé, qu'il a fini par céder. Je crois qu'ils ont dû être ensemble pendant deux ou trois jours en tout et pour tout, ce qui était déjà un record pour Nahel. Quand elle a compris qu'il était sur le point de la lourder comme les autres, Steph a décidé de rester amie avec lui. Il a accepté, parce que c'était la cousine de Val et qu'elle savait des choses qui…

— Quelles choses ?

— Je ne peux pas t'en parler et il vaudrait mieux pour toi que tu ne l'apprennes jamais.

Sérieusement ? Elle est en train de me dire que tous autant qu'ils sont, ils ont des secrets que personne ne doit connaître ? Mais c'est le meilleur moyen de me donner envie de creuser !

Des sirènes, qui se rapprochent, coupent court à mes pensées.

— Je présume que Steph a imaginé qu'un jour Nahel finirait par se poser et elle voulait être là quand ça arriverait, parce qu'elle avait l'espoir que ce serait avec elle.

— Pourquoi a-t-elle joué à être mon amie, dans ce cas ?

— Réfléchis un instant, Mad. En étant ta copine, elle se trouvait aux premières loges et pouvait même t'influencer, si tu lui demandais conseil.

Je fronce les sourcils, perplexe. J'ai quand même beaucoup de difficultés à y croire.

—Souviens-toi, So, au supermarché. C'est elle qui m'a recommandé de le rappeler. À quoi cela rimait-il ?

— D'après ce qu'elle m'a raconté, un soir où elle était complètement torchée, elle avait pigé que tu étais devenue une véritable obsession pour Nahel. Il était vraiment mal à ce moment-là. Elle s'est dit que s'il sortait avec toi, tu connaîtrais le même sort que toutes les autres et qu'il se lasserait bien vite, surtout quand il aurait compris que tu n'étais pas du genre à coucher. Ce qu'elle n'avait pas escompté, c'est que tu es loin d'être l'oie blanche ennuyeuse qu'elle croyait et, qu'en plus, Nahel t'a vraiment dans la peau.

— Mais je…

Cette fois, les bruits stridents se sont arrêtés tout près de nous et des policiers en uniforme entrent en courant dans le restaurant universitaire, suivis de près par des ambulanciers du SAMU.

— Putain de merde ! jure mon amie, soudainement crispée.

Je comprends alors –oui, oui, vous avez raison, je suis super lente à la détente–, que tous ces gens sont là à cause de la bagarre.

Aussitôt, je me redresse et tente de me lever pour retourner vers le bâtiment. Nahel a besoin de moi et il faut que j'y aille. Même si le monstre de violence en lequel il s'est transformé me fait terriblement peur, je ne peux pas le laisser tomber. Je sais qu'il ne me ferait jamais de mal et je veux retrouver le garçon tendre et passionné que j'aime. *Mon mari.*

— Tu es folle ? Reste ici, tout de suite !

— Je ne peux pas agir ainsi, je dois l'aider, tenté-je de protester.

So me retient par le bras et sa poigne est ferme.

— Si tu retournes là-bas, ils t'embarqueront avec les autres. Tu te rends compte de ce que ça signifie ? Tes vieux vont être mis au courant et tu auras tout un tas d'ennuis. En plus, quand les flics les auront arrêtés, il faudra que nous puissions les faire sortir. Alors, reste près de moi et ne bouge pas.

Je suppose que la mention de mes parents suffit à me calmer et, à contrecœur, je reprends ma place. Quelques instants plus tard, les ambulanciers repartent avec un brancard sur lequel gît Val. Son visage est tuméfié et il est inconscient, si bien que ma main se crispe sur celle de So.

— Tu crois qu'il est mort ou un truc comme ça ?

— Non, Mad, il n'aurait pas besoin d'un masque à oxygène, si tel était le cas. Par contre, il est salement amoché. Nahel n'y est pas allé avec le dos de la cuillère !

Juste derrière, les flics évacuent Nahel, Fred et Vince. Ce dernier a un œil au beurre noir. Menottes aux poignets, ils se dirigent vers la fourgonnette de la police. Fred nous aperçoit et nous fait un discret signe de la tête, tandis que Nahel, visage baissé, semble inconscient de tout ce qui se passe autour de lui.

Arrivé au niveau du véhicule, Vince discute un instant avec les officiers qui finissent par retirer ses bracelets métalliques et le relâcher. Dès qu'ils sont tous partis, il se dirige vers nous.

— Ils ont accepté de me laisser libre pour que je puisse soigner mon cocard. Mais je dois me rendre au commissariat pour déposer dans l'heure qui vient, nous informe-t-il. Je ne peux même pas me débiner, parce que ces cons ont tous mes papiers et ma carte bleue.

— Et nous, on fait quoi ? s'enquiert mon amie, alors que nous nous levons pour lui faire face.
— Vous venez avec moi. Il faudra bien les faire libérer, n'est-ce pas ?
— Et Val ? questionné-je. Il n'est pas trop blessé ?
— Je crois que ça va aller. Il n'était pas totalement inconscient, quand ils l'ont emmené.
— Où est Steph ? demande alors Sophie, tout en regardant autour d'elle.

Elle a raison, où est cette faux jetonne ? Vince se crispe un peu, avant de révéler.
— Je ne sais pas. Elle avait disparu quand les keufs sont arrivés, mais je la soupçonne de les avoir appelés. À moins que ce ne soit le directeur du restaurant universitaire. Il y a eu un peu de casse…
— Vous faites chier ! s'exclame So en secouant la tête. Maintenant, il ne voudra plus jamais nous laisser manger ici et il faudra de nouveau trouver un autre endroit. C'est pénible à la fin !
— Eh, mais je n'y suis pour rien. T'as qu'à dire ça à Nahel et à Val !
— T'inquiète, je ne vais pas me gêner et ils entendront parler du pays.

Puis, tous deux se tournent vers moi, qui suis toujours hébétée, sous le choc des récents évènements.

— Allez, viens Mad, il faut sortir ton mari de cette galère, fait Vince, en me prenant par le bras pour m'entraîner à sa suite.

27

Nous arrivons aux abords du commissariat, environ une heure après l'arrestation. Vince y est sans doute déjà, mais So et moi devions récupérer les passeports de nos hommes. Au moment de partir, nous n'avons pu nous empêcher de fumer une clope pour tenter de calmer notre nervosité. Puis, il a fallu que je conduise la voiture de Nahel. Ce n'est pas la première fois, bien sûr, mais depuis notre périple à Paris, je ne m'en suis plus jamais servie, alors je n'étais pas trop rassurée en m'installant derrière le volant. En fait, c'est une idée de So qui est persuadée qu'après avoir été relâchés, ils n'auront pas forcément envie de se taper le trajet du retour en tram, même si ce n'est pas trop éloigné.

Devant les portes coulissantes qui mènent à l'intérieur du bâtiment, Vince est déjà en train d'attendre. Son cocard a encore enflé et je lui tends un sachet de petit-pois surgelés, que j'ai sorti de mon congélateur juste avant de partir, en pensant qu'il en aurait sans doute besoin.

Aussitôt, il s'en saisit pour l'appliquer sur son œil et me remercie avec effusion.

— Alors ? demande Sophie avec empressement. Tu as des nouvelles ?

— Ouais et elles ne sont pas excellentes. Si Val porte plainte, ils dormiront en taule ce soir et y resteront en attendant leur jugement.
— Merde !
— Qu'arrivera-t-il s'il ne le fait pas ?
— Ils seront entendus tout simplement et, s'ils acceptent de payer les dégâts qu'ils ont occasionnés à la cafet, ils devraient s'en tirer à bon compte.
— Et Val a déjà pris sa décision ? questionné-je, avec impatience.
— Non. Apparemment, il est encore à l'hôpital. Les flics vont passer là-bas d'ici une demi-heure, d'après ce que j'ai cru comprendre.
— Très bien, alors il n'y a pas de temps à perdre. Nous devons le voir avant eux. Dans quel établissement se trouve-t-il ?
— Au NHC[2]
— OK, c'est tout près d'ici. Allez, on fonce, décidé-je, en repartant en sens inverse.

Ce n'est pas la peine pour nous de reprendre la voiture, car l'hôpital n'est pas très loin et on mettrait un temps fou à se garer, aussi bien à l'aller qu'au retour.

Nous nous précipitons donc, tous les trois, vers les quais que nous longeons au pas de course. Arrivés à l'accueil, nous demandons à parler à Val. Heureusement que Vince est avec nous, parce que je ne connaissais

---

[2] *Nouvel Hôpital Civil.*

même pas le nom de famille du blessé. Je pense que son œil au beurre noir a facilité les choses, car quand la jeune femme l'a vu, elle nous a très vite communiqué le renseignement.

Dans l'ascenseur, je me tourne vers mes amis.

— Et si Steph est avec lui, on fait quoi ?

— Je m'en charge, décrète Sophie d'un air déterminé. Oh oui, je vais coller une de ces raclées à cette petite fouteuse de merde !

— Pour que je sois obligée de te récupérer également au commissariat ? m'exclamé-je avec un regard horrifié. Et que je doive lui cirer les pompes, afin qu'elle ne porte pas plainte ? Très peu pour moi ! Alors tu te tiens bien, s'il te plaît.

Vince se met à rire, avant de murmurer.

— Il y a tout d'un petit dictateur en toi ! Moi qui te prenais pour une souris inoffensive, je suis sur le cul. En attendant, elle a raison, ajoute-t-il en se tournant vers So. Si on a une chance de faire en sorte que Val change d'avis, Steph ne fera pas de quartier. C'est une killeuse, cette nana ! J'en sais quelque chose, je suis sorti avec elle.

Le ding, qui résonne dans la cabine, indique que nous arrivons à notre étage. Après avoir croisé une infirmière, nous parvenons enfin devant la chambre où a été placé Val.

— Coucou, je murmure, la tête passée dans l'entrebâillement.

— Salut, Madie.

Il a une tronche à faire peur, avec des ecchymoses partout. C'est tout juste s'il peut parler. Vraiment, Nahel y est allé fort ! Quand bien même il m'avait insultée, il ne méritait pas d'être battu de cette manière.

— Comment tu te portes ? demandé-je, en entrant et en m'installant près de lui sur le bord du lit.

Il essaie de sourire, mais émet un gémissement de douleur. Après avoir entendu du bruit, il se tourne et se fige en apercevant les deux autres.

— Je vois que les renforts ne sont jamais loin.

C'est moi, ou je sens comme un reproche dans sa voix ?

— Ce sont aussi tes amis, je tente de temporiser. Val, nous sommes tous inquiets pour toi.

— Mais bien sûr…

— Comment peux-tu penser que ton état nous laisse indifférents ? Mais pour qui tu nous prends ? Tu fais partie de la bande enfin ! S'il t'arrivait quoi que ce soit, nous en serions tous affectés.

— T'as vu ma gueule ? C'est à ton mec que je la dois !

Il chuchote, mais je sens une réelle colère dans sa voix.

— Ce que Nahel a fait est impardonnable et je te jure que j'ai vraiment essayé de l'arrêter.

— En même temps, intervient So, tu as toi aussi été fort dans les insultes. En t'en prenant à Madie, tu savais bien qu'il pèterait un plomb. C'était couru d'avance et ne fais pas comme si tu n'étais pas au courant !

Il ferme les yeux, mais je le sens soudain gêné. Je saisis alors sa main et la serre. Aussitôt, il me rend mon étreinte, ses doigts s'entrelaçant aux miens.

— Qu'est-ce qui a changé, Val ? Il y a encore quelques jours, quand tu piquais Nahel à mon sujet, c'était marrant, et on en riait tous, lui le premier. Mais jamais tu n'as balancé des horreurs comme celles que tu as sorties aujourd'hui.

— Mais tout ce que j'ai dit est vrai, Madie.

— Je le sais. Sophie m'en avait déjà plus ou moins touché un mot. Et puis, je te rappelle que j'ai assisté à ses exploits, au club et chez Fred.

— Et tu l'as épousé quand même ?

— Oui, parce que je l'aime follement. Et toi aussi, je t'aime. Tu es ce qui s'apparente le plus à mon meilleur ami. Et je sais que Nahel t'apprécie beaucoup. Il ferait tout pour toi.

— C'est des conneries, ça !

Je plisse les paupières, avant de le fixer avec mécontentement.

— Tu ne devrais pas prendre les propos de Steph pour argent comptant.

Il se racle la gorge, mal à l'aise, et détourne la tête, mais sans lâcher ma main.

— Val, intervient Vince, en approchant du lit à son tour. S'il t'arrivait quoi que ce soit, Nahel et Fred feraient n'importe quoi pour te sortir de la merde. Je trouve que ta mémoire est bien défaillante, parce qu'ils t'ont hébergé gratuitement pendant plus de six mois, quand tes parents t'ont fichu à la porte. Et Steph, elle était où pendant ce temps ? Elle n'a jamais levé le petit doigt pour t'aider, alors que c'est ta cousine. Pourtant, tu te laisses systématiquement influencer par cette nana. Réfléchis un peu, mec, et repense à toutes les fois où ces deux gars t'ont sauvé la mise. Tu ne peux pas les foutre dans la merde comme ça et tu le sais. Tu serais vraiment un bel enfoiré, si tu portais plainte contre eux.

Lui et So quittent ensuite la chambre, après m'avoir fait un petit signe. Nous ne pouvons en aucun cas nous éterniser, puisque la police doit arriver d'une minute à l'autre.

— Val, je t'aime. Je t'aime vraiment beaucoup. Mais si tu répètes encore une fois ce que tu m'as dit à midi, je te promets que c'est moi qui m'occuperai personnellement de ton cas. Ce n'est pas ta tronche que je fracasserai, mais tes couilles, murmuré-je en souriant. Et je te jure que tu ne pourras même plus rêver de me faire quoi que ce soit. T'as bien compris ?

— Oui, j'ai pigé. Et je suis désolé. Je reconnais que j'ai poussé trop loin la provoc. Mais j'étais tellement déçu que tu te sois mariée avec lui. Réaliser que ça me privait de tous mes espoirs d'une histoire avec toi, m'a rendu fou.

— Val, ce que tu n'as pas l'air de vouloir admettre, c'est que tu n'as jamais eu la moindre chance. Tu es un mec trop bien pour m'intéresser. Je n'aime que les bad-boys.

— Je suis déçu !

— Je sais, mais je suis loin d'être la perfection incarnée que vous imaginez tous.

— Madie, une bagnole de flics vient de s'arrêter, il faut y aller, murmure Vince depuis le couloir.

Sur un coup de tête, je me penche vers mon ami blessé et mes lèvres effleurent doucement les siennes, comme la caresse d'une plume.

— Tu es un mec bien, Val. Reste-le, je souffle, tout contre sa bouche.

Lorsque j'arrive sur le seuil de la pièce, je pivote vers lui et ajoute, juste avant tourner le dos.

— Si tu as le malheur de raconter ce qui vient de se passer à Nahel, je nierai et je dirai que tu as été victime d'hallucinations !

Je l'entends pouffer une seconde, puis gémir de douleur l'instant d'après. Sans demander mon reste, je file, tandis que Vince et So retiennent la porte coulissante pour moi.

— Grouille, merde ! s'écrie son amie, tandis que Vince, ses petits pois toujours posés sur l'œil, trépigne d'impatience.

Je ne peux pas empêcher un éclat de rire nerveux de me gagner, alors que je pénètre dans la cabine. Au moment où les battants se referment, je vois deux policiers en uniforme sortir de l'ascenseur d'à côté. Eh bien, c'était moins une ! Incroyable que dans une situation aussi dramatique, nous trouvions encore le moyen de nous marrer !

Vous devez sans doute vous demander pourquoi j'ai fait un bisou à Val. Vous devez peut-être même penser que je suis une garce, parce que je trahis mon mari et que je pactise avec l'ennemi à qui je donne de faux espoirs. Eh bien, vous avez tort, laissez-moi vous le dire !

J'ai fait ça pour Nahel. Je vois bien d'ici vos ricanements et vos sarcasmes, mais c'est la vérité. Val n'est pas un mauvais bougre, c'est surtout un garçon terriblement malheureux. Il a fait une fixation sur moi, dès le moment où il a compris que Nahel était intéressé. C'est le propre de l'homme que de se sentir toujours insatisfait et de vouloir à tout prix ce que possède son voisin, au point d'en faire n'importe quoi. Alors, pendant trois secondes, je lui ai donné l'impression que lui aussi avait eu quelque chose. Cela atténuera sûrement sa frustration, du moins je l'espère. Il a, je pense, compris qu'il n'obtiendra jamais plus, ni autre chose de moi, que ce qui vient de se passer.

— Tu crois qu'il va porter plainte ? demande Sophie à Vince, tandis que nous nous dirigeons vers le commissariat.

— Naan ! Je suis certain qu'il n'osera pas. Madie l'a complètement retourné et je ne vois pas comment il pourrait faire un truc pareil à Nahel. Il a beau l'envier, il le kiffe quand même.

Lorsque nous nous présentons dans le hall d'accueil du poste de police, je n'en mène pas large. C'est la première fois de ma vie que j'ai affaire aux forces de l'ordre et ça me fait un drôle d'effet. L'hôtesse m'indique que seuls les membres de la famille sont autorisés à prendre des nouvelles et à voir les personnes en interrogatoire.

Après avoir hésité un bref instant, je sors le certificat qui se trouvait dans mon passeport, et déclare à la jeune femme.

— Vous ne comprenez pas, madame, Nahel El Khouri est mon mari.

28

Nahel

Assis, seul dans cette salle d'interrogatoire, depuis plusieurs heures, je passe les mains sur mon visage avec lassitude. Comment les choses ont-elles pu dégénérer ainsi ? Franchement, j'ai beau me poser la question, je ne trouve aucune réponse cohérente. Tout allait pour le mieux, lorsque nous sommes arrivés. Les cadeaux étaient rigolos, jusqu'à ce que Steph et Val offrent ce putain de sex-toy répugnant à Madie. Je soupçonne d'ailleurs Steph d'être à l'origine de toute cette histoire. Val est un connard, mais il n'est pas mauvais dans le fond. Il est simplement super influençable.

Je savais qu'il fallait que je me méfie de cette nana et je savais qu'elle était toujours amoureuse de moi, mais je n'ai pas réagi. Pour une fois, une seule, je n'ai pas écouté mon instinct. Résultat : tout est parti en couille.

Je n'ose même pas imaginer dans quel état se trouve Mad. La pauvre ! Quand elle a voulu m'arrêter, je m'en suis pris à elle, me montrant brutal et excessif. Un vrai salaud, voilà ce que j'ai été ! Plutôt que de dominer mes pulsions, je les ai laissées surgir et me contrôler. Englué dans cet accès de rage, que je connais si bien, et qui peut s'avérer totalement dévastateur, j'ai cogné encore et encore, quand bien même Val était dans l'incapacité de se défendre.

Avec le recul, je réalise qu'il ne l'a même pas fait, ce qui est étonnant quand on y réfléchit. Il s'est juste laissé foutre des baffes dans la gueule, sans riposter.

Un autre élément m'interpelle, maintenant que j'ai retrouvé mon calme. J'ai compris, presque depuis le début, qu'il a le béguin pour Mad. Il ne s'en est d'ailleurs jamais réellement caché. Nous chambrer était devenu un rituel, une sorte de blague entre nous et, avec le temps, je trouvais ça marrant.

Or, aujourd'hui, il n'y avait strictement rien de drôle dans ses paroles. Non, c'était ignoble et volontairement insultant, comme s'il avait cherché à me provoquer, en sachant très bien ce qui suivrait. Il me connaît parfaitement et a déjà été témoin de mes accès de violence. Le fait d'avoir évoqué ces putains de partouzes et d'avoir suggéré que je puisse enculer Madie avec cette horreur en caoutchouc m'a fait voir rouge.

Mais tout bien considéré, traiter ma femme de cette manière, faire référence à des épisodes de ma vie dont je ne suis pas très fier, était le meilleur moyen de se prendre une branlée. Alors quoi ? Tout cela était-il prémédité ? Dans quel intérêt ? Par ailleurs, quel est le rôle de Steph là-dedans ? Elle n'a pas été interrogée, n'a même pas été embarquée. Où se trouvait-elle, quand nous étions dans le panier à salade, Fred et moi ?

Je me masse les tempes, en proie à un début de migraine. Toutes ces questions, pour lesquelles je n'ai aucune réponse, me donnent le tournis.

Alors que je m'apprête à me lever, histoire de me dégourdir les jambes, un type que je n'ai jamais vu pénètre dans la pièce.

— Monsieur El Khouri, fait-il, après s'être installé en face de moi. Cet entretien est un interrogatoire et sera filmé par nos caméras. Vous comprenez ?

Aussitôt, je me hérisse. Bon sang, je ne suis pas encore complètement débile et, comme je déteste les keufs, je ne peux m'empêcher de riposter avec agressivité.

— Je ne suis pas demeuré et je maîtrise parfaitement le français.

— Oh, ne jouez pas à ce petit jeu avec moi. Vous n'êtes pas en position de la ramener !

À ces mots, je me calme, sans pour autant baisser les yeux. S'il y a bien une chose que j'ai apprise, c'est qu'il ne faut jamais montrer qu'on a peur.

— Je n'ai pas droit à un avocat ?

— Mais vous n'êtes inculpé de rien, Nahel. Valentin Hertz ne désire pas porter plainte contre vous.

Je retiens in extrémis le soupir de soulagement qui m'envahit, lorsque je prends conscience de ce que vient de me révéler le flic.

— Comment va-t-il ?

— Pas trop mal, étant donné les circonstances. Vous ne l'avez pas loupé, dites-moi. Ses blessures auraient pu être autrement plus graves.

— S'il ne porte pas plainte, qu'est-ce que je fous là ? Je peux partir, non ?

— Pas si vite. Il y a une procédure en cours. Nous avons contacté votre frère qui nous a confirmé que vous prendriez en charge les dégâts occasionnés au restaurant universitaire. Est-ce vrai ? En avez-vous les moyens ?

— Oui, je paierai. Enfin… mon père le fera.

— Ah oui, j'ai cru comprendre qu'il est diplomate.

— C'est ça.

— Pour clore le dossier, je dois tout de même vous poser quelques questions. Donc, qu'est-ce qui a déclenché la bagarre ? Il y a bien eu un motif, non ?

J'observe le flic, en plissant les yeux. Son allure physique me dit quelque chose, même si je suis certain de ne l'avoir jamais rencontré. Toutefois, impossible de comprendre d'où provient cette impression dérangeante.

De plus, il se donne l'air sympa du mec qui a envie de discuter, alors que ce n'est absolument pas le cas. Son regard est acéré et dur. Aussitôt, je suis sur la défensive. Il s'apprête à essayer de me coincer, mais pas pour la bagarre. Ce qu'il veut, ce sont des aveux à propos de la came et du deal. Heureusement que nous nous sommes mis au vert, ces derniers temps, si bien que même chez Madie, il n'y a pas grand-chose. Juste de quoi assurer ma conso personnelle. La prochaine livraison doit avoir lieu jeudi, soit dans deux jours, et c'est un sacré coup de bol, vu les circonstances.

Décidant de jouer le jeu, mais sans jamais baisser la garde, je réponds à sa question. Après tout, je peux bien me mettre à table au sujet l'altercation avec Val. Par contre, concernant le reste, il n'aura rien. Que dalle !

— Il a insulté ma femme.

— Qu'a-t-il dit à votre petite amie pour provoquer votre colère ?

Je suis sur le point de le reprendre et de lui expliquer que Madie n'est pas ma nana, mais bel et bien mon épouse. Cependant, je me ressaisis immédiatement. Ne serait-ce pas la mettre dans le viseur des flics que d'étaler le lien qui nous unit ? Elle pourrait devenir mon maillon faible, même si elle ignore tout du business. Il faut, par conséquent, que je la protège.

— Alors, Nahel, qu'a-t-il dit ?

— Il a fait des allusions d'ordre sexuel insultantes, pour elle et pour moi. Du coup, j'ai pris un coup de sang.

— Pourquoi a-t-il fait une chose pareille selon vous ?

— Tout le monde, dans la bande, sait que Val est amoureux de ma copine. Il est déçu et en colère, parce qu'elle et moi, c'est plus sérieux qu'il ne le supposait.

— Et c'est vrai, c'est sérieux entre vous ?

— J'en suis pas sûr, tenté-je de biaiser. On est bien ensemble, on s'éclate et on s'entend bien. Pour le reste, je n'ai jamais été adepte du long terme. Mais il faut croire que je n'ai pas été assez expéditif à son goût.

— D'accord. Étiez-vous sous l'emprise de l'alcool quand c'est arrivé ?

Voilà, on y vient. Qu'est-ce que je vous disais ? C'était couru. D'ailleurs, je suis sûr que la prochaine question sera en rapport avec la dope.

— Vous voulez rire ? Il était à peine midi et demi ! J'ai beau aimer la vodka, je n'en bois jamais avant seize heures.

— Aviez-vous consommé de la drogue ? Fumé un pétard ?

Bingo, comme je l'avais prévu, il a fait riper la conversation sur la came. Bon, ben, il va falloir que je la joue fine, parce que sinon nous allons droit aux emmerdements, par le chemin le plus court. Ceci étant, j'ai plutôt l'habitude, ce n'est pas la première fois que je me retrouve dans une telle situation, donc je sais à quoi m'attendre.

— Non.

— Êtes-vous consommateur de stupéfiants ?

— De temps en temps.
— Qu'appelez-vous de temps en temps ?
— Il m'arrive de fumer un joint, de temps à autre. Pas plus.

Prétendre le contraire serait difficile, parce qu'il leur suffirait d'une analyse d'urines ou d'une prise de sang pour avoir la confirmation de ce mensonge.

— Donc, pas de cocaïne ou d'héroïne ?
— Jamais de la vie ! Je n'ai pas envie de ressembler à un débris.
— Met, crack ou autre ?
— Non, jamais.
— LSD ?
— Pas plus.
— Ecstasy ?

Je sais qu'il est au courant et il vient tout juste de comprendre que je m'en suis rendu compte. Son regard s'est montré un peu trop expressif, durant une seconde, et j'ai tout de suite perçu ce changement. Il ne demandait pas, il affirmait.

— C'est déjà arrivé, mais pas ces derniers temps.
— Si on vous faisait un test maintenant, il serait…
— Négatif, je termine à sa place.

Et de fait, aussi incroyable que cela puisse paraître, c'est la vérité. En effet, je n'ai plus pris de pilules bleues depuis presque trois semaines. De plus, nous savons tous que l'ecstasy n'est détectable que durant quarante-huit heures après la consommation. Pour le shit, c'est différent. Dans le cas d'un usage régulier, les traces peuvent mettre près de deux mois à disparaître. De toute façon, j'ai fumé ce matin et chaque jour que j'ai passé aux US chez mes parents, donc difficile de nier.

— Depuis combien de temps n'avez-vous plus pris d'ecstasy ?

Dans la mesure où il n'a aucun moyen de le savoir, je peux raconter ce que je veux, non ?

— Plusieurs mois.

— Vraiment ?

Il semble incrédule, mais je maintiens ma version des faits.

— Oui, vraiment.

— Et les pétards ?

— Je ne mentirai pas. Il m'arrive d'en fumer, mais c'est plutôt dans un cadre festif.

— Vous avez souvent l'occasion de vous retrouver dans *un cadre festif* ?

— Je mixe dans un club, au cas où vous ne seriez pas au courant.

— Et le deal ?

— Pardon ?

— Est-ce que vous dealez ?

— Non. Mon père est diplomate, comme vous l'avez si bien souligné, et il est riche à millions. Je n'ai donc aucun besoin de vendre pour consommer, mettez-vous bien ça dans le crâne !

Ce que je viens de lui expliquer se tient parfaitement. Avec Fred, qui se trouve dans la même situation que moi, nous avons toujours décidé de nous en tenir à cette version.

— Je vois…

Quoi, il voit ? Il ne voit rien du tout, oui ! Il n'a rien contre moi. Des suppositions et des soupçons, tout au plus… S'il croit m'impressionner avec son air imperturbable, il se goure sur toute la ligne.

— Et votre petite amie, comment s'appelle-t-elle déjà ?

— Je ne vous ai jamais révélé son nom.

Il me prend pour un bleu ou quoi ? Quelle buse, ce mec !

— Mais je vous le demande, Nahel.

— Je ne comprends pas en quoi vous êtes concerné, elle n'a rien à voir avec tout ça.

— Un peu quand même, puisqu'elle est le motif de cette bagarre. De toute façon, vous avez bien conscience que si je veux connaître son identité, cela me sera très facile, n'est-ce pas ?

J'hésite un instant, avant de révéler son nom. M'obstiner à le cacher ne ferait que souligner l'importance qu'a Madie pour moi.

— Madeleine.

— Madeleine ? Madeleine comment ?

— Madeleine Grangier.

— Où l'avez-vous rencontrée ?

Je pousse un gros soupir, pour bien lui montrer que ses questions me gonflent.

— Au restaurant universitaire.

— Depuis quand êtes-vous ensemble ?

— Quelques semaines…

— Eh bien, c'est un record, non ? J'avais plutôt cru comprendre que vous étiez adeptes des aventures sans lendemain.

— Des plans cul, vous voulez dire. Vous savez, vous ne me choquez pas.

— Qu'a cette fille, Madeleine, de si différent pour retenir votre attention aussi longtemps ?

— Elle est super belle, un vrai canon ! Elle est bonne au lit aussi. Et elle est sympa.

J'ai conscience d'être vulgaire et c'est volontaire. Une fois encore, je décide de ne pas montrer à ce type ce qu'il y a entre mon ange blond et moi.

— Et ça vous suffit ?

— Euh, ben… c'est déjà pas mal, non ? Y en a qui seraient contents de sortir avec elle, croyez-moi ! Val par exemple…

— Et il y en a qui tombent amoureux. Est-ce votre cas, Nahel ?

— De Madeleine ? Absolument pas. Je n'aime personne. Et comme je vous l'ai indiqué, je ne suis pas adepte du

long terme. J'ai vite besoin de voir ailleurs si l'herbe est plus verte.
— Est-ce déjà fini entre vous ?
— Disons que je commence à envisager la fin de notre relation. Comme toutes les nanas, elle est jalouse et chiante, et c'est vrai que ça me fatigue.
— À quel point ?
— Au point de songer sérieusement que, dans quelque temps, j'irai voir ailleurs si l'herbe est plus verte, me répété-je, imperturbable. Pourquoi se contenter toujours du même cul, quand il y en a des milliers d'autres à disposition, pour un mec comme moi ?
— En parlant d'herbe… est-ce que Madeleine en consomme ?
— Quoi ?
— Madeleine se drogue-t-elle ?

Je le regarde, comme s'il lui était poussé une corne en plein front. Ça se voit qu'il ne l'a jamais rencontrée !
— Non.
— Vous en êtes certain ?
— Plus sûr que ça, tu meurs… Elle ne boit pas, ne clope pas et ne se came pas. C'est le genre de nana super saine.
— Ça doit vous changer de Rosie et des autres.
— Ouais, sans doute. Je suppose que c'est ce qui m'a plu chez elle, l'attrait de la nouveauté.
— Est-ce que Madie sait que vous vous droguez ?

— Non, et je ne pense pas que le fait de fumer un joint de temps en temps fait de moi un shooté ou un junkie.

La porte s'ouvre et une nana –tiens, merde, c'est celle que j'ai baisée– passe la tête. Sans m'accorder le moindre regard, elle fait un signe à son collègue qui se lève et quitte la pièce aussitôt. Encore une qui doit l'avoir mauvaise, parce que je ne l'ai pas rappelée.

29

Madie

Après environ une heure d'attente, une jeune femme vient me chercher. Assise dans le hall, sur des sièges en métal inconfortables, en compagnie de So et de Vince, je me lève et leur jette un rapide coup d'œil, avant de lui emboîter le pas.

Alors que j'espère qu'on me permettra de le voir, je constate que je suis emmenée vers une salle dans laquelle elle m'ordonne de m'installer.

— Êtes-vous Madeleine Grangier ? demande la femme, en prenant place en face de moi.

— Oui.

— Je suis l'inspecteur Lorie Dejean.

— Qu'est-ce que je fais ici ? je m'enquiers avec perplexité.

— À vous de me l'expliquer…

— Je ne comprends pas. Où est Nahel El Khouri ?

— Vous êtes venue au commissariat pour lui, n'est-ce pas ?

— Oui, je…

Pourvu que Val n'ait pas cafté, pourvu que les flics ne soient pas au courant de notre petite visite-surprise. Je veux dire que nous avons quand même tenté de l'influencer pour le pousser à ne pas porter plainte. Je ne sais pas comment ça s'appelle, mais j'ai comme l'impression que ce n'est pas très légal.

Puis, la seconde suivante, les faits me frappent en pleine face. Mais bon sang, qu'est-ce que je fabrique au juste ? Depuis que j'ai rencontré Nahel, ma vie a pris un virage imprévu. Mais pas toujours dans le bon sens du terme, puisque me voici en train d'être questionnée par les forces de l'ordre, alors que je n'avais jamais eu affaire à elles. Parce que, soyons réalistes, vous aurez compris aussi bien que moi, il s'agit là d'un interrogatoire et non d'un simple entretien de courtoisie. Ce n'est pas pour râler, mais la tournure des récents évènements me fait carrément flipper !

— Lorsque vous vous êtes présentée à l'accueil, vous avez dit à ma collègue que vous étiez sa femme. J'ai beaucoup de difficultés à gober ça. Je peux bien supposer que vous êtes sa petite amie et encore, mais son épouse…

— Pourquoi avez-vous du mal à me croire ? Qu'y aurait-il d'étrange à être mariée ? Beaucoup de couples d'étudiants le sont, je ne vois pas quel est votre problème…

C'est vrai, ça ! Pourquoi personne ne veut imaginer que nous avons décidé de nous unir, parce que nous nous aimons et non pour une raison moins romantique comme un polichinelle dans le tiroir, traduisez une grossesse surprise ? De toute façon, Nahel n'est pas le genre de mec qu'on force à quoi que ce soit, enceinte ou pas.

— Je connais bien Nahel El Khouri. Je peux même prétendre que je le connais au sens biblique du terme, puisque nous avons passé une nuit ensemble, il y a quelques mois.

Je crois pouvoir dire qu'à ce stade de la conversation, je suis assise devant cette nana comme une conne, les yeux sortis des orbites et la mâchoire traînant par terre. Putain, c'est pas vrai ! Ce que j'en ai marre, mais ce que j'en ai marre ! Est-ce qu'il y aura un endroit où je pourrai aller, un jour, et où je ne tomberai pas sur un des innombrables coups de Nahel ? Parce que franchement, c'est vraiment, vraiment, vraiment très pénible. Inconsciente de mon malaise, ou alors parfaitement consciente de celui-ci, mais bien décidée à remuer le couteau dans la plaie et à verser de l'acide dessus, la jeune femme poursuit.

— Il avait été interrogé pour une histoire de trafic de stupéfiants sur le campus. Il m'a draguée en sortant de là. Il faut avouer que ce mec est magnétique et qu'il est difficile de lui résister.

À qui le dis-tu, connasse ? Quant à mon crétin de mari, je suis déjà en train de réfléchir à toutes les tortures que je pourrais tester sur lui. Vous croyez que ma religion

accepterait que je fasse appel aux méthodes de l'Inquisition ?
— Bref, nous avons fini chez moi. C'est un amant torride, qui sait parfaitement ce qu'il faut faire pour satisfaire pleinement une femme, et j'aurais adoré le revoir. J'aime d'ailleurs tout particulièrement les tatouages sur le dessus de son pied et ce dragon sur son flanc droit.

Oui, ben, si j'avais eu le moindre doute sur la véracité de cette histoire, il vient de s'envoler soudainement. Au fond de moi, j'avoue avoir espéré qu'il s'agissait là d'une manière de me provoquer, d'un mensonge éhonté pour me faire avouer ce que je n'ai pas envie de révéler. Or, dans ce cas précis, il faut avoir vu Nahel à poil pour connaître ces détails. Génial ! Je vous jure que quand je suis entrée dans le commissariat, j'étais loin d'imaginer que je me retrouverais à discuter des tattoos de mon mec avec une fliquette qui s'avère être une de ses ex.
— Mais il m'a clairement laissé entendre qu'il n'était pas intéressé, que je ne devais pas le prendre pour moi et que son truc c'était les plans cul et non les relations suivies, même si elles ne duraient que quelques jours.
— Que voulez-vous que ça me fasse ?

Je tente de rester digne et de ne pas flancher, parce que j'ai réalisé que tout ce qu'elle attend, c'est que je craque, que je pleure, et que je me mette à table.

— Donc, je croise ce serial baiseur en octobre et vous m'annoncez que vous êtes sa femme en janvier. Vous avouerez qu'il y a comme un problème.

Je sors le certificat de mariage de mon passeport et le lui tends. Je vois bien qu'elle a un mal fou à y croire et pourtant c'est la vérité. Elle ne peut que se rendre à l'évidence.

— Votre union n'est pas légale en France, il faudrait la faire retranscrire.

— Pardon ?

— Vous ne le saviez pas ? Pour l'heure, vous êtes bien mariés, mais vous ne l'êtes que dans le Nevada. Vous devez valider ce certificat en France, sinon il ne sera pas reconnu par les autorités.

Je n'étais pas au courant de ce détail, mais je me promets d'en discuter avec Nahel dès que nous aurons un moment et que j'en aurai fini avec tous les sévices que je compte bien lui infliger.

— Est-ce que c'est tout ? je m'enquiers, en récupérant mon précieux document. Parce que je ne sais pas du tout ce que je fais ici et de quel droit vous m'avez conduite dans cette salle pour me questionner. Je n'ai rien fait de répréhensible aux yeux de la loi.

— Il ne s'agit pas d'un interrogatoire, *madame El Khouri.*

Elle a volontairement mis un accent ironique sur mon nom et ça me hérisse le poil un peu plus, si tant est que cela soit possible. Très honnêtement, je suis à cran comme rarement.

— J'évoquerais plutôt une discussion entre femmes, poursuit-elle sur le même mode moqueur.

— À d'autres ! Qu'attendez-vous de moi ?

— Rien. Valentin Hertz n'a pas porté plainte, votre mari sera donc relâché sous peu et son ami aussi.

Je tente de cacher le soupir de soulagement qui me vient spontanément aux lèvres. Ouf, c'est déjà ça ! Je me serais mal vue lui apporter des oranges en prison.

— Dans ce cas… murmuré-je, prête à me lever.

— Restez assise, s'il vous plaît. Je voulais juste que vous sachiez à quel genre d'individu vous avez décidé de vous lier. Vous semblez être quelqu'un de bien, une jeune femme lisse et sans problèmes, pas vrai ?

Mais bien sûr ! Et rajoutez-en donc une couche ! Non contente de m'avoir fait part de son expérience sexuelle *inoubliable* avec mon mec, elle laisse maintenant très clairement entendre que je suis une souris inoffensive, comme dirait Vince, une nana terriblement ennuyeuse, quoi !

— Cet homme vous détruira, il est incapable de se retenir de sauter sur tout ce qui bouge. Alors, un petit conseil, mettez les voiles, avant qu'il ne soit trop tard.

Cette fois, je sens la colère me gagner et ce n'est pas bon. Ni pour moi, ni pour elle. Parce que nous savons tous que dans de tels moments, je deviens totalement incontrôlable.

— Quel est votre problème au juste ? lancé-je, avec un calme trompeur. Vous êtes furax parce qu'il n'a pas voulu de vous ?

— C'est un baiseur compulsif, le genre qui ne se contente pas d'une nana dans votre style !

Oh putain, je le crois pas, comme dirait si bien So. Cette bonne femme est jalouse, tout simplement. Décrétant que la plaisanterie a assez duré, je me lève, bien décidée à sortir de là. Toutefois, avant de lui tourner le dos, je ne peux m'empêcher de lui lancer, sur un ton assez condescendant, histoire de bien l'énerver.

— Il vous a peut-être baisée une nuit, mais c'est avec moi qu'il vit depuis plusieurs semaines et c'est moi qu'il a épousée. Pas vous.

Ma main est déjà sur la poignée de la porte, lorsqu'elle s'exclame avec rage.

— Il n'y a pas de quoi frimer d'être mariée à un trafiquant de drogue !

À ces paroles, je sens mon sang se glacer et tout mon corps se figer.

— Je ne crois pas un mot de ce que vous venez de dire ! m'écrié-je, les larmes aux yeux.

— C'est pourtant la vérité, assène-t-elle plus posément, en s'approchant de moi. Nahel El Khouri a un dossier judiciaire plus épais que l'annuaire du Bas-Rhin et celui du Haut-Rhin réunis. Il a dû quitter les États-Unis, parce qu'il aurait fini en prison là-bas et que tous les millions de son père n'auraient rien pu arranger à l'affaire. À Paris, il a été soupçonné, mais n'a jamais pu être confondu. Comme par hasard, tous les témoins se rétractaient au moment de signer leurs dépositions. Nous savons que monsieur le diplomate a fait en sorte de les dédommager substantiellement pour qu'ils perdent la mémoire. Et à peine arrivé à Strasbourg, il a recommencé. Je ne connais pas ses motivations, parce qu'avec le fric que lui donne son père, il n'a aucun besoin de dealer. Mais c'est un fait, ce gars se came depuis des années. Il a fait plusieurs cures de désintoxication, mais a toujours replongé. Ce n'est pas un junkie au sens propre du terme, dans la mesure où il se limite aux drogues douces. Il n'a pas le nez dans la poudre, ni de seringue accrochée à son bras.

Et pour cause, songé-je avec cynisme, *il a une peur maladive des piqûres.*

— Mais il n'en reste pas moins que c'est un grand amateur d'ecstasy et qu'il consomme des joints comme d'autres fumeraient des cigarettes. Ce que je dis, c'est pour vous. Ne gâchez pas votre jeunesse avec ce mec, il n'en vaut pas la peine et ne vous apportera que des ennuis. Jamais il ne pourra s'arrêter, il est trop tard pour lui.

Incapable d'écouter un mot de plus, je sors de la pièce et me précipite vers l'ascenseur. Mes mains tremblent tellement que je suis obligée de m'y reprendre à deux fois pour appuyer sur le bouton du rez-de-chaussée.

Tandis que je suis là, seule dans la cabine, toutes sortes d'images me reviennent en mémoire. Les yeux rougis des uns et des autres, les sautes d'humeur de Nahel, ses accès de violence qu'il semble ne jamais pouvoir contrôler, tout cet argent qu'il trimballe, et cette manie qu'il a de s'enfermer sur mon balcon pour fumer, refusant que je le rejoigne, parce qu'il paraît que c'est mauvais pour ma santé. Tu parles d'une connerie ! Il s'est bien foutu de moi !

Puis je repense aux paroles de So *« il vaut mieux que tu ne l'apprennes jamais »*. Ben ouais, maintenant, je sais de quoi il retourne et la chute est rude. J'ai l'impression qu'on vient de me jeter dans le vide sans parachute.

30

Nahel

Quelques minutes plus tard, le mec qui m'a interrogé revient dans la pièce. Comme j'en ai marre d'être assis ici sans raison, je demande.

— C'est bon ? Je peux partir ?

— Pas encore. J'ai deux ou trois questions supplémentaires à vous poser.

Aussitôt, je me raidis. Je lis dans ses yeux une satisfaction malsaine, qui ne me dit rien qui vaille. De plus, je commence à avoir mal partout et c'est mauvais. Il faudrait que je fume un pétard de toute urgence, parce que depuis ce matin, ça fait long.

Silencieux, j'attends qu'il reprenne sa place en face de moi.

— Vous m'avez menti, Nahel.

— Pardon ?

Aussitôt, je sens une boule se former dans mon estomac. Putain, mais de quoi parle-t-il au juste ? Tous nos clients sont sûrs et nous avons mis un bémol sur le business, ces derniers temps. Rien ne peut avoir filtré.

Mais après tout, suis-je si certain de la fiabilité de ceux qui achètent notre came ?
— À quel sujet ? demandé-je, malgré tout.

De fait, je préfère le laisser s'expliquer en premier. Je suis persuadé qu'il prêche le faux pour savoir le vrai. C'est une méthode vieille comme le monde, mais qui a fait ses preuves. Par contre, pas question que je tombe dans le panneau.

— À propos de votre petite amie. Madeleine, c'est ça ?

Putain, c'est quoi ce bordel ? De plus en plus tendu, j'attends la suite avec une angoisse galopante.

— Vous avez affirmé qu'elle n'avait aucune importance pour vous.

— Ce n'est pas ce que j'ai prétendu.

— Si, Nahel, c'est exactement ce que vous m'avez expliqué.

— Non, j'ai indiqué qu'elle était sympa et bonne au lit.

— Si elle n'est que cela, alors pourquoi l'avoir épousée ?

Bordel, mais comment ce connard peut-il être au courant ?

— Vous vous êtes mariés, il y a quelques jours, au cours d'un voyage à Las Vegas. Osez me prétendre le contraire !

Je me raidis. Il faut absolument que je trouve un os à lui faire ronger pour qu'il ne mesure pas l'importance qu'a Madie pour moi. S'il venait à le découvrir, il comprendrait tout de suite qu'elle est mon point faible et je ne peux pas me le permettre.

Puis, c'est l'illumination. L'idée de génie qui traverse mon cerveau enfiévré.

— Vous savez ce qu'on dit ? Ce qui se passe à Vegas, reste à Vegas. Nous ne sommes pas officiellement unis en France.

— Et vous n'avez pas l'intention de valider ce mariage ?

— Naan. C'était un coup de folie, une de ces conneries qu'on fait quand on est dans le feu de l'action.

— J'ai cru comprendre que vous aviez postulé pour une école de DJ à Londres. Comment ferez-vous si vous êtes accepté ?

— Comment ça ?

— Comptez-vous l'emmener avec vous ?

Ouais, je veux ! Mais ce crétin n'a pas besoin de le savoir.

— Jamais de la vie. En juin, je partirai comme prévu. Seul.

— Mais vous vous êtes malgré tout marié.

— Mon père est sans doute déjà en train de l'annuler. Et si ce n'est pas le cas, il s'en chargera à ce moment-là. De toute façon, je ne suis pas fidèle comme gars, je ne l'ai jamais été.

— Insinuez-vous que vous avez déjà trompé Madeleine ?

— Je n'insinue pas, j'affirme. Et c'est arrivé plusieurs fois, d'ailleurs.

— Est-ce que cette jeune femme est au courant ?

— Je n'ai de comptes à rendre à personne, c'est clair ? Bon, si c'est tout ce que vous avez contre moi, j'aimerais partir.

Il fait mine de se lever et je l'imite aussitôt.

— Au fait, est-ce que Madeleine Grangier connaît votre passé ? Est-ce qu'elle sait que le mec qu'elle fréquente est un junkie accro à l'ecstasy ?

Je me fige, comme statufié. C'est quoi son délire ? Furieux, je pivote vers lui. Nous sommes maintenant à quelques centimètres l'un de l'autre.

— C'est vous qui prétendez que je me drogue. Tout ça, c'est des conneries !

— Oh non, Nahel, ne me prenez pas pour l'idiot que je ne suis pas ! À votre avis, quelle serait sa réaction si quelqu'un lui montrait votre dossier, votre casier judiciaire, aussi bien en France qu'aux États-Unis ? Croyez-vous qu'elle en serait heureuse ?

Elle me tuerait, avant de jeter mon corps dans le Rhin, oui ! J'exagère sans doute un peu, mais je n'ose pas imaginer sa colère si elle venait à découvrir qui je suis vraiment. D'autant qu'elle m'a donné plusieurs occasions de le lui confier moi-même. Occasions que je n'ai jamais saisies.

Ma gorge brûle et mes tempes bourdonnent. Cette peur panique est à nouveau en train de me gagner, à l'idée que ces connards aient pu lui faire part de mes antécédents.

Dans la mesure où ils ont sans doute des informations des services de police américains, le tout doit être bien gratiné. Si elle découvre ça, Madie se barrera à la vitesse grand V, quitte à retourner dans les Vosges à pied. Bon sang, je suis dans une merde noire ! Quelle bande d'enflures ! Ce connard d'inspecteur savait parfaitement où appuyer pour que ça fasse mal. Et là, il a visé juste.

31

Madie

Arrivée dans le hall du commissariat, mon premier réflexe est de prendre la tangente pour me barrer le plus loin possible. Je ne parviens pas à y croire !

Ce qui me choque plus encore, ce sont les sentiments qui se disputent en moi. Je devrais me méfier de cette fliquette, penser qu'elle a volontairement exagéré les faits pour me déstabiliser. Après tout, Nahel est loin d'être un enfant de chœur. Je suis déjà au courant, il n'y a rien de nouveau sous les tropiques.

Pourtant, je ne mets pas ses paroles en doute un seul instant, comme si en mon for intérieur j'avais toujours su qu'il était mêlé à des trucs louches. Il est évident que j'aurais dû me méfier de lui, dès le début, quand mon instinct me hurlait que ce garçon était terriblement dangereux.

Seulement, parce qu'il m'avait soignée avec dévouement, j'ai voulu voir en lui mon prince charmant et j'ai fait taire cette petite voix intérieure. Mais, le trafic de drogue, ça non, jamais ! Sérieusement, je n'arrive pas à croire que je suis mariée à un dealer, que toute notre histoire repose sur un vaste mensonge. D'ailleurs, est-ce vraiment le cas ? Pas si sûr, finalement.

Je m'explique. J'aime Nahel, ça, c'est une réalité. Découvrir que quoi qu'on puisse me révéler sur lui, ne change rien à mes sentiments est profondément déstabilisant. Nahel m'aime également. Je n'ai aucun doute sur la question. Remarquez, c'est déjà ça. Il n'y a rien de faux dans notre relation ou dans ce que nous ressentons l'un pour l'autre. Tout est parfaitement authentique.

Je repense alors aux paroles de son père, de son frère, et à toutes ces bribes de conversations que j'ai plus ou moins entendues, sans jamais y prêter l'attention que j'aurais dû leur porter. Ma propre naïveté me saute à la figure comme un boomerang, me faisant l'effet d'une gifle ! Pourquoi n'ai-je pas vu ni compris ce qui se tramait ? Parce que je ne voulais surtout pas risquer de découvrir des choses qui pourraient me déplaire.

Comment vous expliquer clairement ? Il me semble qu'engluée dans mon super conte de fées des temps modernes, j'ai volontairement mis la tête dans le sable pour ne pas regarder ce qui se passait autour de moi. Oui, c'est ça, se voiler la face pour ne surtout rien savoir de dérangeant. Après tout, ce qu'on ignore ne peut pas faire souffrir. Si vous voulez mon avis, c'était une belle connerie ! En jouant les aveugles, j'ai perdu mille occasions de l'aider efficacement.

C'est étrange, parce que si mon premier réflexe a été un rejet pur et simple de ce mec, il n'a pas duré plus de deux minutes. À présent, bien consciente de la réalité, je sais ce que je dois faire. Mon devoir est de le soutenir, pour qu'il s'en sorte, pour lui permettre de réaliser qu'il est en train de se détruire et le convaincre d'accepter de se faire soigner, tant pour ses troubles du comportement que pour son addiction.

Je ne peux pas imaginer que nos sentiments ne sont pas assez forts pour je ne puisse pas l'aider. D'autant que j'ai une longueur d'avance sur tout le monde. Je sais pour quelle raison Nahel cherche à se foutre en l'air. Tout cela est lié à la mort de son frère, j'en ai l'intime conviction.

S'il acceptait de partager ce fardeau avec moi, il me semble que sa croix serait nettement moins lourde à porter. Oui, c'est ça. Je dois mettre en pratique ce que mon père et ma religion m'ont enseigné. Je vais faire tout ce qui est en mon pouvoir pour aider mon prochain, comme l'a si bien demandé Jésus. Et ce prochain, c'est l'homme que j'aime.

Avec un air déterminé et un sourire que j'espère serein, je m'avance vers Sophie et Vince. Évidemment, ils sont au courant. Si ça se trouve, ils participent même à tout ça.

— Alors, tu les as vus ? s'enquiert-elle.

— Non, on m'a juste informée que Val ne portera pas plainte.
— Mais qu'est-ce qu'ils te voulaient dans ce cas ? demande Vince avec une inquiétude perceptible dans la voix.

Si tu savais mon ami ! Tu as raison de te faire de la bile, parce que je suis au courant.
— Rien de particulier, nous avons discuté de tout et de rien. Je vous expliquerai.

Le visage de Sophie s'éclaire, tandis que son regard est rivé derrière moi. Je pivote pour découvrir Nahel et Fred, en train de sortir de l'ascenseur.

Mon DJ semble mal à l'aise, mais quand je lui souris comme si de rien n'était, il se détend imperceptiblement. Lorsqu'il arrive à mon niveau, son bras se pose sur mon épaule, tandis qu'il embrasse mon front.
— Barrons-nous d'ici, lance Vince. Cet endroit me fiche la chair de poule.

Nous quittons donc très rapidement le commissariat, sous l'œil inquisiteur d'un homme qui est sorti juste derrière eux. Il est jeune, plutôt pas mal de sa personne, mais son air curieux n'annonce rien de bon. D'ailleurs, en l'apercevant, Nahel se tend comme un arc et m'entraîne aussitôt vers l'extérieur.

Dans la voiture, c'est lui qui est au volant, tandis que je suis derrière avec So et Vince. S'il paraît insouciant, je surprends son regard plusieurs fois dans le rétroviseur. En réalité, il est inquiet.

Nous décidons de nous rendre dans mon studio, où nous nous installons à même le sol, un verre à la main pour débriefer au sujet des derniers évènements. Vince, vautré sur notre lit, malgré l'air menaçant de mon mec, est sans conteste celui qui est le plus détendu.

Durant de longues minutes, Nahel et Fred se sont isolés sur le balcon, soi-disant pour fumer une cigarette. Mon œil, oui !

Dès leur retour, et alors qu'ils empestent les herbes de Provence, je suis bien obligée de leur raconter mon entrevue avec la fliquette. Je suppose que malgré mes efforts, il y a un je ne sais quoi dans mon comportement qui intrigue mon mari.

Alors, je lui explique devant tout le monde, comment cette femme m'a raconté qu'elle avait couché avec lui et à quel point rencontrer une fois de plus une de ses ex avait été éprouvant pour moi.

À son soupir soulagé, je réalise qu'il avait peur, mais vraiment peur, qu'on ne m'ait appris d'autres éléments, tellement plus compromettants à son sujet. S'il savait…

Je pourrais tout balancer comme ça, mais pour le moment, je préfère garder ces informations pour moi. J'ignore pour quelle raison j'agis ainsi, mais tant que je n'aurai pas un plan concret, afin de l'aider à s'extraire de cette spirale infernale, il vaut mieux me taire. Mais clairement, je ne lâche pas l'affaire.

Pour la première fois depuis que nous sommes ensemble, il ne me vient même pas à l'idée de le quitter. Non, ce serait trop facile. À partir de maintenant, on va faire les choses à ma façon. Et avec ou sans son accord, je le sortirai de cet enfer. Parce que c'est le seul moyen pour nous d'imaginer un avenir serein, le seul moyen d'imaginer un avenir tout court. Et je refuse de me priver de l'homme de ma vie, sous prétexte qu'il est malade. Par conséquent, l'opération *« sauvetage de Nahel El Khouri »*, celui que j'aime, vient officiellement de commencer.

À suivre…

PLAYLIST

Parce que la musique occupe une part très importante quand j'écris, voici quelques titres que j'ai écoutés en imaginant Madie et Nahel.

- Glee Cast – *Because you loved me*
- Pharell Williams – *Happy*
- Bruno Mars – *Marry you*
- Sting – *Fragile*
- Franck Sinatra – *Fly me to the moon*
- Louis Armstrong – *Cheek to cheek*
- Coldplay– *Magic*
- Ed Sheeran – *Photograph*
- Matt Simon – *Catch & release*
- Can't stop – *Red hot chili peppers*
- This is what you came for – *Calvin Harris*
- Mike Posner – *I took a pill in Ibiza*

REMERCIEMENTS

Comme d'habitude, l'exercice est compliqué et je ne veux surtout oublier personne.

Tout d'abord un grand merci à mes amies et bêta-lectrices pour leurs encouragements et leur soutien. C'est super cool, vous devenez indispensables au fur et à mesure de mes bouquins.

Ensuite, un énorme bisou à ma famille et à mes enfants. Quelle patience !

Enfin, une mention spéciale à vous, lectrices, qui avez plébiscité le tome 1. J'ai tenu compte de vos remarques et, désormais, je n'écrirai plus rien d'autre, tant que cette série ne sera pas terminée.

Pour finir, et comme dans mes remerciements du tome 1, une mention spéciale à toutes les femmes qui souffrent d'endométriose. C'est encore un sujet tabou, même s'il touche bon nombre d'entre vous. Non, ce n'est pas normal de souffrir, malgré ce que nos mères ont pu nous expliquer.

L'AUTEUR

Nathalie CHARLIER est une romancière française spécialisée dans le genre sentimental. Elle vit en Alsace entourée de son mari et de ses quatre enfants.

Son premier roman « Un mensonge pour être aimée » est paru aux Éditions Amorosa en mars 2012. « Prisonniers de leur passé », son deuxième ouvrage est quant à lui paru en juin 2013. « La vengeance de Claire » a suivi en novembre 2013. Et entre-temps, vous avez pu suivre les aventures de Julie et Raphaël dans la série numérique « Apprends-moi ».

En avril 2015, paraît le 1er tome de « Troublante Obsession » qui est aussitôt un succès. L'excellent accueil par les lectrices de cette histoire, écrite en quelques semaines, est aussi extraordinaire qu'inattendu. En juillet, paraît « Histoires de femmes, histoires d'amour », regroupant deux nouvelles plus courtes. Depuis, le tome 2 de « Troublante obsession » est venu s'ajouter à tous les autres ouvrages.

Depuis mai 2015, Nathalie est auteur à temps plein et continue à s'autoéditer très régulièrement pour son plus grand plaisir.

Autres titres du même auteur :

- Prisonniers de leur passé. NCL Éditions, juin 2013.
- La vengeance de Claire. NCL Éditions, octobre 2013.
- Série APPRENDS-MOI, NCL Éditions, août 2013 à juillet 2014.
- Des apparences trompeuses – NCL Éditions, nov. 2014
- Apprends-moi tome 1 - NCL Éditions, septembre 2014
- Apprends-moi tome 2 - NCL Éditions, décembre 2014
- Troublante obsession tome 1 - NCL Éditions, avril 2015
- Histoires de femmes, histoires d'amour - NCL Éditions, juillet 2015
- Troublante obsession tome 2 - NCL Éditions, octobre 2015
- Troublante obsession tome 3 – NCL Éditions, avril 2016

- Ecstasy – tome 1 – NCL Éditions, janvier 2016.
- Le fantôme de Penvins – 1ère partie – NCL Éditions, mars 2016.

TROUBLANTE OBSESSION

TOME 1

Nathalie CHARLIER

Mon nom est Louis-Joachim NEYRAC et je suis ce qu'on appelle communément un enfoiré de première. Je n'ai aucun sens moral, aucun état d'âme, et tout est bon pour que je parvienne à mes fins. Je me sers de mon physique, des femmes et de l'argent, afin d'assouvir ma quête de pouvoir et ma soif de vengeance. Cette mécanique parfaitement huilée fonctionne parfaitement et c'est grâce à ce mode de fonctionnement que j'ai réussi bien au-delà de mes attentes.

Jusqu'au jour où mon chemin croise celui de Lara. Elle est d'une beauté renversante et d'une candeur désarmante. Sa fraîcheur et sa joie de vivre m'attirent comme peut l'être un papillon par la lumière. Pourtant, rien n'est possible entre nous et je mets très vite un terme à cette relation naissante. Seulement, il m'est impossible de couper court et pour la première fois de ma vie, j'éprouve le besoin viscéral de protéger une femme, même de loin…

TROUBLANTE OBSESSION

TOME 2

Nathalie CHARLIER

Lara m'a quitté et il me semble que ma vie s'est arrêtée ce jour-là. Alors, quand Barbara me contacte, catastrophée parce que sa petite sœur a disparu, je sais qu'il est survenu quelque chose de grave à ma rouquine. Et j'ai, hélas, raison. Un malheur n'arrivant jamais seul, son père est victime d'un infarctus.

Aussi, je me propose de la récupérer à Londres, lorsqu'elle est enfin retrouvée. Mais la revoir est un véritable choc. Elle n'est plus que l'ombre d'elle-même, suite à une violente agression. Et surtout, elle a terriblement besoin de moi. Même si je ne l'avouerai jamais, j'adore qu'elle soit si dépendante, en bon maniaque du contrôle que je suis…

Cette histoire est une fiction, tout droit sortie de l'imagination de l'auteur. Toute ressemblance avec des personnes, lieux ou évènements existants ou ayant existé, serait purement fortuite.

Dépôt légal : août 2016

NCL Éditions

Nathalie CHARLIER/NCL Éditions - 5, Rue des Dahlias 67310 WASSELONNE

Photographie de couverture :

Sopotniccy — *Depositphotos*
Viorel Sima – 123 Photos

Création de couverture :

Nathalie CHARLIER-LOWE

Imprimé en France par :

CREATE SPACE

Pour le compte de Nathalie Charlier - NCL Éditions

CPSIA information can be obtained at www.ICGtesting.com
Printed in the USA
BVOW08s1206260816

460266BV00001B/3/P

9 791092 634310